# 순교자의 나라

순교자의 노가

박도원 지음

② 피.로.쓴.백.서.

예담

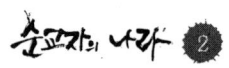

초판 1쇄 인쇄 2007년 4월 10일   초판 1쇄 발행 2007년 4월 20일

지은이 박도원   펴낸이 김태영

**기획편집 1분사_** 분사장 박선영   **책임편집** 정지연
1팀_ 양은하 이둘숙 도은주   2팀_ 오유미 가정실 김세희   3팀_ 최혜진 한수미 정지연
4팀_ 이효선 성화현 조지혜   디자인_ 김정숙 하은혜 차기윤

**상무** 신화섭   **COO** 신민식
**콘텐츠사업** 노진선미 이유정 김현영 이화진
**홍보마케팅 분사_** 부분사장 정덕식   **영업관리** 김은실 이재희
**마케팅** 권대관 송재광 박신용 김형준   **인터넷사업** 정은선 왕인정 김미애
**홍보** 김현종 임태순 허형식   **광고** 김정민 김혜선 이세윤 허윤경
**본사_** 본사장 하인숙   **경영혁신** 김도환 김성자   **재무** 고은미 봉소아 최준용
**제작** 이재승 송현주   **HR기획** 송진혁

**펴낸곳** (주)위즈덤하우스   **출판등록** 2000년 5월 23일 제13-1071호
**주소** 서울시 마포구 도화동 22번지 창강빌딩 15층   **전화** 704-3861   **팩스** 704-3891
**전자우편** yedam1@wisdomhouse.co.kr   **홈페이지** www.wisdomhouse.co.kr
**출력** 엔터   **종이** 화인페이퍼   **인쇄** (주)미광원색사   **제본** 세원제책

값 9,500원   ISBN 978-89-5913-206-5 04810   978-89-5913-204-1(전4권)

* 잘못된 책은 바꿔드립니다.
* 이 책의 전부 또는 일부 내용을 재사용하려면
  사전에 저작권자와 (주)위즈덤하우스의 동의를 받아야 합니다.

●●●이 도서의 국립중앙도서관 출판시도서목록(CIP)은 e-CIP홈페이지(http://www.nl.go.kr/ecip)에서
이용하실 수 있습니다. (CIP제어번호 : CIP2007000919)

2권 차례

주요 등장인물 | 7

피로 쓴 백서 | 11
새 시대를 기다리며 | 287

천천 차례

## 제1부 신유박해

### 1권  임금이 죽다

임금이 죽다

빛은 동방으로

광풍이 불기 시작하고


### 2권  피로 쓴 백서

피로 쓴 백서

새 시대를 기다리며


## 제2부 기해박해

### 3권  쌍호정과 백련사

한량목閑良目이란 사나이

쌍호정과 백련사

광풍이 휘몰아치고


### 4권  꽃잎이 흩날리다

꽃잎이 흩날리다

천국과 지옥

# 제1부 신유박해 | 주요 등장인물

**김갑녕_**
한국 가톨릭사에서 '김 프란치스코'라는 이름으로만 남은 인물. 실제로는 행적이 전혀 알려지지 않은 그가 『순교자의 나라』에서 '김갑녕'이라는 매력적인 인물로 재탄생한다. 양반집 노비였던 갑녕은 정약종과의 인연으로 천주교에 입문하지만, 그가 맞닥뜨리게 되는 것은 완고한 조선 사회 속에서 천주교가 참혹하게 수난당하는 시대의 비극이다. 1801년의 신유박해와 1839년의 기해박해를 거치고도 끝까지 살아남은 갑녕의 눈을 통해 조선의 서학과 천주교는 참모습을 드러낸다.

**정약종_**
정 아우구스티노. 정약용의 셋째 형으로 이벽을 통해 천주교에 깊이 감화한다. 정약종은 높은 학식을 지녔음에도 조정에 출사하지 않고, 재야에서 학문을 닦으며 우리나라 최초의 조선 천주교 회장으로 신앙생활에 전념한다. 또한 제자 황사영을 천주교의 세계로 인도하고, 한자를 모르는 백성들을 위해 한글 교리서 『주교요지主敎要旨』와 미완의 『성교전서聖敎全書』를 집필한다. 조선에 천주교 신앙의 씨앗을 싹 틔우려 애쓰던 그는 『성교전서聖敎全書』를 집필하는 도중에 참수되어 순교한다.

**황사영_**
황 알렉산데르. 유복자로 태어나 열일곱 어린 나이로 과거에 장원급제한 소년 진사로 이름이 드높은 황사영은 스승 정약종의 가르침으로 천주교에 입교한 후 주문모 신부를 곁에서 보필한다. 신유박해가 본격적으로 시작되어 제천 배론 지방으로 피신한 그는 토굴 속에서 조선 교난을 북경 주교에게 알리기 위한 '백서'를 작성한다. 그러나 주문모 신부를 비롯하여 신유박해에 희생된 순교자들의 자취를 낱낱이 알리기도 전에 붙잡혀 능지처참되어 순교하고 만다.

**강완숙_**
강 골롬바. 강완숙은 황사영과 함께 주문모 신부를 보필한 조선의 여걸이다. 남존여비로 남성이 절대 우위에 있던 남성 중심 세계에서, 그녀는 시어머니와 전실 아들을 데리고 충청도에서 상경한 후에 주문모 신부를 자기 집에 맞이하여 온갖 고난을 겪고 남성 회장들을 보좌하면서 당당하게 조선 천주교를 이끈다. 그녀도 신유박해 때 참수되어 순교한다.

**문영인_**
문 비비안나. 여섯 살 때 아기 궁녀로 궁에 입궐했던 문영인은 혜경궁 홍씨의 눈에 들어 정조의 후궁이 될 뻔했다가 원인 모를 병으로 퇴궐한다. 그 후 강완숙을 보좌하면서 주문모 신부의 시중을 들고, 강완숙이 개설한 여성 교리 학교의 선생으로 신앙생활에 전념한다. 김갑녕과 의남매를 맺는다.

**주문모_**
중국인 신부. 북경 구베아 주교의 명을 받고 조선에 들어온 주문모는 강완숙의 집에 은신하면서 조선 조정의 끊임없는 박해 속에도 조선에 천주교의 반석을 다지기 위해 애쓴다. 신유박해 때 무수한 신자들이 순교하자 자수하여 군문 효시로 순교한다.

피로쓴 백서

# 1

갑녕은 세마貰馬 집에 말을 돌려주고 곧장 훈동으로 돌아갔다. 그는 대문으로 들어서자마자 대모부터 찾았다. 강완숙은 그때 동정녀들과 시국에 관해 논의하던 중이었다. 그녀는 허겁지겁 들어오는 갑녕을 봤다.

"웬일로 이리 급하게 들어오는 게야? 너는 마재로 정 회장님을 모시고 갔지 않느냐?"

"정약종 어르신은 의금부로 잡혀가셨습니다."

그 말을 듣자마자 강완숙은 방바닥에 털썩 주저앉았다. 그 자리에 함께 있던 사람들도 놀라기는 마찬가지였다. 서로 쳐다보기만 할 뿐 아무도 말을 못 했다.

"어떻게 잡혀가셨더냐? 상세히 말 좀 해보거라."

갑녕은 마재를 출발한 것부터 한양으로 오는 도중에 금부도사를 만난 것까지 포함해 자초지종을 이야기했다. 다 듣고 난 강완숙은 길게 한숨을 내쉬었다.

"양반층 신도들의 씨를 말릴 작정이야. 우리가 정 회장님을 다시 뵙기는 쉽지 않을 것 같구나."

"그래도 아무 죄 없는 분을 설마 죽이기까지야 하려고요."

옆에서 듣던 윤점혜가 줄곧 다물고 있던 입을 열었다.

"그분은 죽음을 피하실 수 없을 게야. 신념대로 굽힘 없이 말씀하실 테니 그놈들이 그냥 놔두겠느냐."

강완숙의 이야기에 모두들 침울한 분위기가 되어 말을 잊었다. 이름이 알려진 사람들은 그저께부터 오늘 사이에 대부분 의금부로 끌려가고 있었다. 이가환부터 이승훈과 정약용 형제, 홍낙민 등 그 외에도 몇 사람이 더 잡혀갔는지 아직 알 수 없었다. 그런 데다 마침내 벼슬하지 않은 정약종과 녹암鹿庵 권철신마저 연행됐으니! 한숨을 쉬고 있을 때가 아니었다. 강완숙은 마음을 다잡았다.

"얘, 갑녕아. 너는 빨리 가서 황 진사에게 알리거라. 오늘 밤 당장 집을 떠나라고. 이러다가는 황 진사마저 잡히겠다. 지금 상황이 시급하니 한양에서 멀리 떠나라고 말씀드리거라. 되도록 깊이 숨어 있으라고. 젊은 황 진사 같은 이가 온전해야 우리 교회가 훗날이라도 기약할 수 있느니라."

"예, 그럼 다녀오겠습니다."

갑녕이 서둘러 나가려는데 강완숙이 마지막으로 한마디를 던졌다.

"네가 직접 황 진사를 모시고 가거라. 황 진사는 사대문 밖에만 나가면 길눈이 어두울 테니, 네가 살 만한 곳을 찾아드려야 한다. 일 년이고 이 년이고 이 난리가 잠잠해질 때까지 꼭꼭 숨어 있도록 해라."

"예, 명심하겠습니다."

갑녕이 밖으로 나오자 그를 기다리던 문영인이 따라오라는 눈짓을 보냈다. 자기 방에 들어갔다가 잠시 후 나온 문영인의 손에는 작은 보퉁이가 들려 있었다. 그녀는 속삭이듯 작은 목소리로 말했다.

"갑녕아, 이것을 가져가렴. 황 진사님이 돈이 궁하실 때 팔아 쓰거라."

"이것이 뭡니까?"

"그간 보관해 온 패물이야. 내가 가지고 있으면 뭐 하겠니. 요긴하게 쓰일 데가 있을 거야."

"알았어요."

갑녕은 대여섯 동정녀들의 간절한 기도가 담긴 전송을 받으면서, 비장한 각오로 훈동 집을 떠났다. 그는 품속에 간직한 보퉁이 안에 패물이 들어 있다고 생각하니 마음이 든든해졌다. 그는 문영인의 갸륵한 마음씨가 새삼 더욱 아름답게 느껴졌다. 그는 곧장 애오개에 자리한 황사영의 집으로 급하게 달려갔다. 황사영의 어머니가 갑녕을 맞았다.

"진사님은 아직 안 들어오셨습니까?"

"엊저녁부터 지금까지 모습을 보이지 않고 있다네. 여보게, 시국이 어수선하다더니 무슨 일이 일어난 것 아닌가?"

"아무래도 뭔가 심상치 않은 일이 벌어지고 있나 봅니다. 양반 교인들은 모두 잡아들이는 것이……."

그 말에 황사영의 어머니는 가슴이 덜컥 내려앉는 기분이었다. 며느리도 아침나절에 정약용의 집에서 급히 사람을 보내 데려간 후 아직까지 깜깜무소식이었다.

"그 양반들이야 벼슬하다가 툭하면 잡혀갔지만, 내 아들이야 그런 일이 없었으니 상관없겠지. 안 그런가?"

"이번에는 좀 다른 것 같습니다. 정약종 어르신은 언제 벼슬을 하셨습니까. 그런 양반이 잡혀가신 것을 보면 큰일이 단단히 벌어진 듯싶구먼요. 그래서 제가 서둘러 황 진사님을 다른 곳으로 모시려고 왔습니다. 강 골롬바 어머님이 하도 급하게 독촉하셔서요."

"아이고, 이 일을 어찌하나?"

그제야 급박한 사태의 위급함을 깨닫고 황사영의 어머니는 낯빛이 하얗게 질렸다. 그리고 자기 등에 업은 경한을 향해 넋두리를 했다.

"이 일을 어쩐다니, 경한아. 네 아비가 잡혀간다는구나, 잡혀간대."

황사영의 어머니는 안절부절 어쩔 줄을 몰랐다. 하인 육손이 걱정스러운 듯 갑녕에게 물었다.

"어디로 피신할 거냐?"

"모르지요. 진사님 마음에 달렸으니."

날이 어둡도록 황사영은 나타나지 않았다. 땅거미가 져서 바깥이

어둑어둑할 무렵에야 그림자처럼 조용히 들어오는 사람이 있었다. 황사영이었다.

육손이 황급히 다가가 말했다.

"갑녕이가 아까부터 진사님을 기다렸습니다. 어떻게 된 일인지요?"

갑녕을 본 황사영은 어머니를 자리에 모신 후 그 앞에 정좌한 채 말했다.

"어머니, 소자는 집을 떠나야겠습니다. 용서하십시오."

"지체 말고 어서 떠나거라. 한시가 급하다는구나."

황사영은 일어서서 어머니에게 큰절을 올렸다. 어머니는 등에 업은 경한을 아들에게 넘겨주었다.

"한 번 안아주고 가거라."

황사영은 두 손으로 경한을 받아서 까르르 웃는 아이의 볼에 까칠한 수염이 거뭇거뭇한 얼굴을 비벼댔다. 어느새 눈물 한 방울이 뚝 떨어졌다. 그는 그 눈물을 감추려는 듯 어머니에게 어린 아들을 얼른 넘겨주고 마루를 내려섰다.

잠시 후 그들은 간단한 여장을 꾸려 서둘러 집을 떠났다. 갑녕이 괴나리봇짐을 지고 황사영의 뒤를 따라갔다. 밤이 깊었으나 보름날이라 달빛이 두 사람 가는 길을 환히 밝혔다.

발걸음을 옮기는 황사영의 머릿속에 성서 구절이 떠올랐다.

'예수님 말씀에, 만일 이곳에서 박해가 일어나면 다른 곳으로 피하라고 하셨으니 우선 피신하자.'

황사영은 그렇게 마음을 다잡은 뒤에 서소문 쪽으로 향했다. 그는 서소문 밖에서 양태전을 벌이고 있는 주인 김계원을 찾아갔다. 갓양태를 파는 그 점포에는 살림집이 따로 있어서 하룻밤을 쉬기에는 적격이었다. 마침 가게를 지키고 있던 주인이 황사영을 반갑게 맞았다.

"집에서 나오셨구먼요. 잘 오셨습니다."

김계원은 바깥에서 벌어지는 일을 이미 잘 알고 있다는 말투였다.

"댁에서 오늘 밤 신세를 져야 하겠습니다그려."

"열 번이라도 환영하지요. 그런데 저녁은 어찌하셨습니까?"

"아직 못 먹었습니다."

"이런, 그럼 국밥이라도 준비하겠소."

김계원이 급히 밖으로 뛰어나갔다. 황사영은 그제야 방을 휘 둘러보고 갓을 벗어 방 한쪽에 놓았다. 그리고 갑녕에게 물었다.

"정 회장님이 의금부에 구금되셨다지?"

"아니, 어떻게 아십니까?"

그렇지 않아도 갑녕은 정약종의 근황을 언제 입 밖으로 꺼낼까 망설이던 중이었다.

"그만한 정보는 나도 알고 있다. 그래, 너는 강 골롬바가 보내서 왔더냐?"

"예, 가능한 한 한양에서 멀리 떠나라고 하셨구먼요. 제가 끝까지 나리를 모실 것입니다."

"고맙구나. 그런데 이번 사태는 어째 쉬이 끝날 것 같지가 않다."

황사영은 깊은 생각에 잠겼다. 아내를 못 보고 떠나는 것이 마음에 걸렸다. 숙부님 댁에 불려 간 아내를 만나볼 겨를이 없을 만큼 사태는 급박하게 돌아가고 있었다. 어쩌면 오히려 잘된 일인 것도 같았다. 아내가 집에 있었으면 그리 쉽사리 빠져나올 수가 없었을 터였다. 울고불고 소란이 일어나는 것을 피할 수 없었을 테니, 아내가 없을 때 집을 떠난 것은 오히려 다행일 수도 있었다.

황사영은 그날 밤 잠을 이루지 못했다. 밤늦게까지 전전반측하다가 새벽녘에야 겨우 잠이 들었다.

"진사님, 오늘 일정을 어떻게 잡으시렵니까?"

이튿날 한나절이 지나도록 황사영이 꿈쩍하지 않자 김계원이 물었다.

"아무래도 교우 변진철을 만나야겠소. 그 교우와 잘 아는 사람이 의금부에 다닌다지요?"

"예, 그 친구를 만나보면 의금부 소식을 소상하게 알 것입니다. 그럼 변 교우를 만나러 가시지요."

세 사람은 곧 집을 나섰다. 변진철은 용호군龍虎軍에 다니는 군사인데, 그의 절친한 친구가 의금부에 있었다. 황사영은 변진철을 통해 그곳의 소식을 들어보려는 것이었다.

"사창동에 사는 이동화를 데려가는 것이 어떻겠습니까? 변진철과 어려서부터 죽마고우이구먼요."

"그래요, 함께 갈 수 있다면 더욱 좋지요."

황사영 일행은 이동화와 합세하여 계동 구석에 사는 변진철을 찾아갔는데, 마침 그는 집에 없었다.

"점심때까지 잠을 처자더니 조금 전에 나갔다오. 잠시 기다리겠수? 내가 밖에 나가서 찾아올 테니."

"노인에게 귀찮은 심부름을 시켜서 미안하구려. 워낙 급한 일이라……."

노파는 별 대꾸도 없이 막걸리 두어 방구리도 받아 오겠다면서 커다란 술병까지 들고 서둘러 나갔다. 그들은 문간방에 들어앉고 갑녕만 바깥 마루에서 일행을 지키고 있었다. 시간이 지나도 노파는 좀처럼 돌아오지 않았다. 갑녕은 부쩍 의심이 들었다. 그는 한참을 기다리다가 방문을 열고 황사영에게 말했다.

"아무래도 느낌이 좋지 않습니다. 아까 노인 본새가 뭔가 서두르는 듯한 것이 영 의심스럽구먼요."

세 사람은 서로의 얼굴을 쳐다봤다. 무심히 봐 넘겼지만 의심하려고 드니 아닌 게 아니라 노파의 행동에 수상한 점이 있긴 했다. 이동화의 기억에도 노인이 자청하여 술을 받아 오겠다고 술병을 챙겨드는 것은 전에 없이 친절한 행동이었다.

"갑녕이가 그리 짐작했으면 거의 틀림없을 것이오. 일단 여기서 나갑시다."

황사영의 말이 떨어지기가 무섭게 일행은 서둘러 그 집을 나섰다. 그리고 혹시나 싶은 마음에 마을 뒷산으로 올라가서 그 집을 지켜봤다. 한참을 기다렸더니 아니나 다를까, 포졸들이 달려오지 않는가. 그들은 숨어서 동정을 살폈다. 포졸들을 뒤따라 노파가 허위

단심 쫓아오고 있었다. 그들은 그런 광경을 지켜보며 가슴을 쓸어내렸다.

포졸 네 명이 방망이를 치켜들고 집 안팎을 뒤져보더니 노파에게 투덜거리며 핀잔했다.

"이 노인네가 공연히 헛소리한 것 아니야?"

"내가 익은 밥 먹고 선소리하는 사람인 줄 아오? 두 명은 내가 잘 아는 사람이지만, 그중에 한 양반은 수염이 가슴까지 내려온 것으로 보아 진사라는 그분이 틀림없소. 전에 우리 집에도 한 번 왔다니까 그러네."

"나이는 몇 살이나 되어 보였소?"

"서른 안쪽으로 보이더구먼."

"그럼 틀림없는 것 같긴 한데."

"자네, 그 사람을 직접 봤는가?"

"봤지. 재작년인가? 그 황 진사라는 사람, 왼팔에 붉은 공단을 감고 있더구먼. 소년 시절, 과거에 급제한 황 진사의 손을 선왕이 손수 어루만져 주신 다음부터 그리 하고 다닌다더라고. 나도 감탄하면서 그 손을 봤네. 그런데 지금에 와서 그런 위인이 나라에서 수배하는 사학죄인이 되리라고 누가 알았겠는가."

"김여삼이라는 그 작자가 발 벗고 나서서 황 진사를 찾으려는 속셈이 무엇일까?"

"임 포교가 시킨 일이겠지. 그 둘은 한통속이니."

"그러니까 포도청에서 황 진사라는 사람을 잡으려 할 때는 뭔가 속셈이 있을 터인데…….”

"뻔하지 않은가. 천주학의 핵심 인물을 잡아서 번듯한 자리에 앉으려는 게야. 임 포교가 눈에 불을 켜고 황 진사를 잡으려는 것은 그런 욕심 때문이겠지."

포졸들은 이런저런 소리들을 지껄이면서 계동 언덕길을 내려갔다.

황사영 일행은 삼청동 산길로 돌우물에 사는 권상문을 찾아갔다. 권상문은 양근에 사는 권철신의 양아들이었다. 그를 통해 권철신도 이미 잡혀갔다는 소식을 들었다. 권상문이 황사영에게 충고했다.

"황 진사라도 아직 성하게 보전하고 있어 다행이구먼. 미구에 체포령이 내릴 것이니 각별히 조심하게. 외진 곳으로 도망가서 숨는 것이 지금으로서는 상책이야."

권상문의 짧은 충고를 듣고 황사영 일행은 자리에서 일어났다. 다시 만날 수 있을지, 만난다면 언제 볼 수 있을지 도무지 기약을 할 수 없었다. 살아만 있다면 언제든 볼 수 있으리라는 희망을 가슴에 품을 뿐이었다. 황사영은 눈물을 글썽이는 김계원과 이동화와 그곳에서 헤어졌다. 황사영이 갑녕에게 말했다.

"갑녕아, 홍인문(동대문) 안동네로 가자꾸나. 되도록 사람들이 적은 길을 택하여 걷자."

"제가 일러드리는 방향으로 앞장서서 가십시오. 태연한 태도로 걸으셔야 합니다."

한양 바닥을 제 손바닥 보듯 환히 알고 있는 갑녕이었다. 일 년 사이에 그만큼 한양 지리를 잘 알게 된 사람도 드물 것이었다.

우선은 홍인문 안동네에 사는 송재기를 찾아갔다. 송재기라면 두 달 전에 정약종의 짐을 맡았던 인물이다. 정약종의 집으로 짐을 운반하던 임대인은 포졸들에게 발각됐고, 그 바람에 아직까지 감옥에 갇혀 있었다.

황사영이 나타나자 마침 그 집에 와 있던 김의호가 화들짝 놀랐다.

"아니, 지금 어찌하시려고 도성 안을 돌아다니신단 말이오? 지금 조정에서 수배령이 내린 것을 모르고 계시오? 진사님을 잡으려고 밀정배와 포졸, 의금부의 나졸까지 한양을 이 잡듯이 수색하고 다닌다는데……."

"수배령이 언제부터 내렸답니까?"

"오늘 낮부터 포졸들이 본격적으로 찾아 나선 모양입니다."

"생각만 해도 아찔한 순간이오. 마침 엊저녁에 집을 나섰는데, 오늘쯤이면 우리 집에도 포졸들이 몰려갔겠구먼."

아내는 집에 없어 다행이었지만 어머니가 애꿎은 곤욕을 당하리라는 생각에 황사영은 가슴이 미어졌다.

"여기서 이럴 것이 아니라 장소를 옮기지요. 바로 이웃집에 방이 하나 있습니다."

주인 송재기는 일행을 옆집으로 데려갔다. 자신의 가게는 이미 포도청에서 주시하고 있는 터라 불안했다.

황사영은 그 집에서 이틀을 숨어 지냈다. 사흘째 되던 날, 그는 갑녕을 밖으로 내보냈다. 의금부와 포도청을 살피고 애오개에 있는 그의 집도 요령껏 둘러보라는 분부를 내렸다. 초조하게 갑녕을 기다리던 황사영 앞에 송재기가 어느 중년 사내를 한 명 데리고 들어왔다.

"진사님, 마침 이 교우가 절 찾아왔기에 진사님 피신할 걱정을 했더니, 이리 뵙겠다고 하여 데려왔습니다. 한번 이야기를 들어보십시오."

황사영을 본 사내는 큰절부터 했다. 이에 당황한 황사영도 맞절을 하고 나서 물었다.

"어디 마땅한 장소가 있습니까?"

"예, 숨어 있기에는 좋은 장소 같은디 진사님의 마음에 드실까 모르겠어유."

"말씨가 충청도 출신 같은데?"

"지는 충청도 홍주 땅에서 대대로 살았는디, 관에서 하도 등쌀을 부려 고향을 떴구먼유. 어디 가면 밥 세 끼를 못 먹으랴 싶어……. 지는 본래부터 점店을 했어유."

"점이라면 옹기를 굽는다는 말이오?"

"맞구먼유. 그래서 어디를 가더라도 밥걱정은 안 하고 살지유. 지가 지금 사는 곳은 충청도 제천 고을 배론이라는 곳인데, 큰길에서 십 리 길은 족히 산골로 들어가야 하는 터라 그곳으로 찾아올 사람이 거의 없지유. 제천 읍에서도 삼십 리 거리니 은신하기에는 딱 좋구먼유."

"들어보니 적합한 장소 같소. 일단은 그곳으로 가기로 하지요."

"그렇게 마음을 정하셨다니 한량없이 기쁘구먼유."

한눈에도 순박해 보이는 교우 김귀동은 황사영의 말이 끝나기가 무섭게 서둘렀다.

"그럼 지는 먼저 떠나겠어유. 어서 가서 진사님이 거하실 방도 마련해야 되고, 또……."

"방이 없습니까?"

"방이야 있지유. 전에 일꾼들이 쓰던 방이 있긴 한데 오랫동안 비워두어 손질을 좀 해야 돼유."

"제 한 몸을 누일 수만 있으면 됩니다. 그런 점은 신경 쓰지 마시오."

"그래도 안 되지유. 진사님을 어찌 그런 곳에 주무시게 할 수가 있겠어유?"

"허어, 찬밥 더운밥을 가릴 처지가 아니올시다."

"아무튼 지는 지금 곧장 배론으로 돌아가겠어유. 곧 뒤따라오실 테지유?"

"예, 이삼일 내로 길을 떠나겠소. 형제 분이 계신 곳이라니 안심하고 찾아가겠습니다."

김귀동은 배론의 위치와 약도를 설명해 주고, 그 즉시 제천을 향해 길을 떠났다. 황사영은 김귀동의 사람됨이 믿음직스럽고 성실해 보여서 적이 마음이 놓였다.

저녁때쯤 갑녕이 돌아왔다. 좋은 소식은 아니었다. 어제 아침, 일찌감치 포졸들이 황사영의 집에 들이닥쳤다. 그들은 집 안을 샅샅이 뒤진 다음 황사영이 간 곳을 대라고 몇 마디 을러대더니 한참이 지난 후에야 돌아갔다는 것이다.

황사영은 제천에 가기로 마음을 정했다고 말하면서 갑녕에게 그곳의 위치와 여러 가지 상황을 설명했다. 그 말을 들은 갑녕은 대뜸 상기된 목소리로 말했다.

"하느님께서 진사님이 가실 곳을 가르쳐드린 것입니다."

"자네도 그렇게 생각하는가?"

황사영은 배론이라는 곳에 가본 적이 없었다. 그래도 왠지 배론이 그가 한번 가본 곳처럼 여겨지고 마음이 끌렸다.

이틀째 되는 아침나절에 김한빈이 찾아왔다. 정약종이 끌려간 후로 마음 갈피를 잡지 못한 그는 한양에 올라와서 알 만한 교우들을 찾아다니는 중이었다.

"우리 정 회장님은 어떻게 되십니까?"

김한빈이 답답한 듯 물었으나 황사영은 달리 해줄 말이 없었다. 이런 판국에 무슨 답변을 하겠는가.

"하기야 진사님 코가 석 자는 빠졌는데……. 제가 너무 답답하여 쓸데없는 소리를 했습니다."

황사영이 한양을 빠져나갈 계획을 설명하자 김한빈은 백 번 옳은 일이라고 찬성했다.

"그런데 그렇게 가실 생각입니까?"

"왜 그러오?"

"의복부터 바꾸어 입어야지요."

"나도 그럴 생각을 하긴 했지만, 어떤 옷으로 바꾸어 입는 것이 좋겠소?"

"상복이 제일 안전하지요. 상제(喪制)는 건드리는 사람도 별로 없을 테니."

"옳거니! 상제가 가장 적합하겠구먼."

주인 송재기가 들어왔다. 황사영은 그에게 상복 만들 사람을 알아봐 달라고 부탁했다. 송재기의 얼굴이 밝아졌다. 교우 중에 마땅한 사람이 있다는 것이었다.

얼마 지나지 않아 예순 안팎으로 보이는 노파가 송재기를 따라 들어왔다. 방으로 들어오자마자 그 노파는 황사영에게 정중히 절을 올렸다.

"진사님의 성함은 일찍부터 듣고 있었으나 오늘에야 처음으로 뵙는구먼요. 시국이 하도 사나워 얼마나 심사가 괴로우십니까그래?"

"모든 것이 하느님의 뜻에 달렸겠지요. 그러나 지금 우리로선 피할 수 있는 데까지는 피할 밖에 달리 방법이 없어요."

"지당하신 말씀입니다."

"내일까지 상복 한 벌을 지어주실 수 있겠소?"

"그럼은요, 밤을 새워서라도 지어야지요."

"그럼 한 벌만 만들어주시오."

황사영은 보따리에서 엽전을 꺼냈다. 노파는 펄쩍 뛰듯이 손사래를 쳤다.

"상복을 만들 베는 저희 집에 있습니다. 그런 걱정일랑 마시오. 진사님의 옷 치수나 재겠습니다. 아, 아닙니다. 눈짐작으로도 충분하겠구먼요. 내일까지는 틀림없이 지어 올립지요."

"그럼 부탁드리오."

노파가 서둘러 방을 나간 후에 김한빈이 또 한마디 던졌다.

"상복만 입으면 안전하다고 생각하십니까?"

황사영은 그의 말뜻을 몰라 어리둥절한 표정으로 쳐다봤다. 김한빈이 갑갑하다는 듯 혀를 찼다.

"쯧쯧, 진사님은 성문을 나가시자마자 당장 잡힐 것이오. 그 잘난 수염 때문에."

그 순간 황사영은 아차 싶었다. 지금까지 왜 그런 생각을 못 했을까. 이 수염 그대로 나섰다면 어찌 됐을지에 생각이 미치자 그는 머리카락까지 쭈뼛해졌다. 남들 앞에서 항상 자랑스럽게 늘이고 다니던 수염이 아닌가. 곱게 다듬어진 기다란 수염은 그의 가슴께까지 늘어져 있었다. 처음 그것을 보는 사람은 누구나 눈을 돌려 유심히 살핀 후에 다시 가던 길을 재촉하곤 했다.

"그 수염, 참으로 훌륭하구먼!"

모든 사람들이 부러운 눈으로 그리 말하면서 지나가던 시절이 있었다. 한때는 자랑거리였던 황사영의 수염이 지금은 커다란 근심거리가 된 것이었다.

"김 서방, 그럼 이 수염을 어찌해야 하오?"

"볼 것 없이 싹 밀어야지요."

"밀어?"

"미련이 남으십니까. 아무리 보물 같은 수염이라도 자기 생명과는 바꾸지 않겠지요?"

"아암, 그렇고말고. 당장 수염을 밀어버리세. 갑녕아, 어서 배코칼을 구해 오너라."

"예."

갑녕은 주인에게 말하여 배코칼을 구해 가지고 들어왔다. 그런데 김한빈은 생각을 다시 바꾸었다. 황사영의 수염을 깨끗이 밀기보다 약간 남겨두는 편이 현명하다고 판단했다. 그는 칼 대신 가위로 황사영의 긴 수염을 잘라내기 시작했다. 삭둑삭둑 가위질 소리가 날 적마다 소담스러운 수염이 잘려 나가 방바닥에 쌓였다. 황사영은 눈을 지그시 감으면서 이 일이 헛되지 않도록 해달라고 주님에게 기도했다. 긴 수염을 대강 자르고 나서 고르게 가다듬는 일도 김한빈의 몫이었다.

황사영은 기다란 수염을 자르고 난 뒤에 갑녕이 구해 온 방갓을 썼다. 그는 새파란 청년 선비 모습이었다.

"천하의 미장부가 따로 없습니다그려."

김한빈이 감탄스러워하며 농담 반 진담 반으로 말했.

다음 날 오후에 노파가 황사영의 상복을 지어 가지고 왔다. 황사영의 몸에 꼭 맞았다. 노파는 지난밤을 꼬박 지새웠던 것이다.

"과연 솜씨가 대단하시오. 하룻밤 동안에 이것을 만들어내다니!"

"등잔불을 두세 개나 돋워도 눈이 침침해서……. 진사님이 입으실 옷이라 한 땀 한 땀 정성을 다해 만들었구먼요."

"참으로 수고가 많으셨소."

"그나저나 이 상복을 입고 성문을 무사히 빠져나가셔야 할 텐데…….."

"운명을 하늘에 맡겨야지요."

"설마하니 수염까지 자르신 진사님을 포졸들이 알아보기나 하겠습니까? 어디를 보더라도 영락없이 양반집 상제 도령이신데……."

황사영도 빙그레 웃었다. 거울에 비친 자기 모습이 낯설고 어색하기는 했지만 만족스러운 변장이었다. 그러나 상대가 누군가. 개코처럼 냄새를 잘 맡는다는 포도청 포졸들이 아닌가. 결코 안심할 수는 없었다. 더구나 포도청에서도 황사영을 잡기 위해 가장 노련한 포졸들을 배치했을 것은 불 보듯 뻔한 일이었다.

김한빈이 홍인문 근처를 살펴보고 들어와서 말했다.

"평소보다 감시 인원이 곱절은 늘었습니다. 그것이 의미하는 바는 분명하지요. 진사님을 체포하려는 것인데 그 감시망을 어떻게 뚫고 나가시렵니까?"

황사영은 아무 말도 할 수 없었다. 백면서생인 그에게 뾰족한 방법이 있을 리가 없었다. 곰곰 생각하던 김한빈이 한양을 벗어날 방도를 제시했다.

"포졸들이 아침 임무 교대를 하기 직전을 이용하는 것이 가장 좋구먼요. 아침에는 모두 피로해하고 졸려하니까요. 포졸들도 사람인지라 그때는 행인들을 건성으로 검사하기 쉽습니다. 상제로 변장하고 가다가 그놈들에게 들키면 도리 없지만 그런 걱정일랑 나중에 하기로 합시다. 내가 장담하지만 절대로 들킬 염려는 없으니 안심하시오."

"나도 그 방법밖에는 없다고 생각하오."

"문지기들에게도 상제를 심하게 다루지 않는 전통이 아직은 남아 있어요. 너나없이 상제에겐 경의를 표하는 것이 좋다고 생각하지요."

"그럼 내일 아침 임무 교대 시간을 이용합시다."

황사영과 김한빈은 구체적으로 상의했다. 황사영을 수행하는 사람은 갑녕 한 사람으로 정하고, 김한빈은 근처에서 망을 보다가 포졸들의 숫자가 적은 시간에 신호해 주기로 했다.

그날 밤이 됐다. 한양에서 보내는 마지막 밤이라고 생각하니 황사영의 머릿속에 만감이 교차했다. 황사영은 교회의 앞날에 대한 염려와, 한양에 남겨진 가족, 그리고 포도청과 의금부에 잡혀간 교우들에 대한 걱정으로 몹시 우울했다. 주문모 신부가 피신하여 아직 살아 있다는 사실이 그나마 위안이 됐다. 그것으로 충분했다. 가족들 생각은 당분간 덮어두기로 마음먹었다.

이제 교회에서 쓸 만한 인물은 아무도 남아 있지 않았다. 조정 권력자들은 고명한 선비들을 빗자루로 싹쓸이하듯 전부 잡아 감옥에 처넣었다. 이가환, 권철신, 이승훈, 홍낙민, 최창현 총회장을 비롯하여 정약종 삼 형제 등 이름깨나 알려진 사람들은 거의 붙잡혀 갔다. 그들은 천주학 사학죄인으로 잡힌 것처럼 되어 있지만, 그 내막을 알고 보면 순수한 종교적 박해가 아니었다. 노론 벽파에게 눈엣가시 같은 존재인 그들이 직접적 혹은 간접적으로 천주교와 관련되어 있으니, 사교邪敎로 엮어서 남인의 씨를 말리려는 의도가 다분했다.

그렇게 잡혀간 사람들은 의금부에서 날마다 호되게 매를 맞을 것이었다. 매 앞에는 장사가 따로 없다고 하지 않는가. 얼마나 많은 교우들이 주님을 배반할 것인가. 그 생각을 하는 것만으로도 두려웠다. 황사영은 잠을 못 이루며 몸서리쳤다. 그 밤을 보내며 그는 굳은 결심을 했다.

'나라도 살아남아 기필코 교회를 지켜야 해.'

황사영은 밤새도록 전전반측 잠을 이루지 못하다가 새벽녘에야 설핏 잠이 들었으나 눈을 뜨니 아직도 날이 채 밝지 않았다. 극도로 긴장한 탓에 온 신경줄이 팽팽하게 당겨진 것 같았다.

황사영은 아침밥을 뜨는 둥 마는 둥 하고 상복을 걸쳤다. 김한빈이 일일이 거들면서 상복을 꼼꼼하게 입혀주었다. 그는 행여 어느 구석에 실수가 없는지 찬찬히 살펴봤다. 그리고 손수건 하나 챙겨 넣는 것까지 잊지 않았다.

황사영 일행이 방에서 막 나가려 할 때 상복을 지어준 노파가 찾아왔다.

"이 돈, 얼마 안 되우. 가는 길에 노자로 써주시오. 그동안 푼푼이 모아두었던 돈을 이렇게 쓰게 되니 마음이 얼마나 흡족한지 모르겠소."

말을 마친 노파는 적잖은 돈을 내놓았다.

"이러시면 안 됩니다. 이 상복을 마련해 주신 것만으로도 고맙기 그지없소."

"자, 받으시우. 우리에게 돈이 무슨 필요가 있소. 아무쪼록 진사님이 무사하셔서 우리 교회를 위해 큰일을 많이 해주셔야지요. 진사님을 잘 보살펴달라고 하느님께 빌겠습니다."

노파는 엽전 꾸러미를 무작정 갑녕에게 안겨주고 나서 두 손을 모아 경건한 자세로 싹싹 비벼댔다. 황사영은 목이 메었다. 그의 몸은 이제 더 이상 자기 것이 아니었다. 그는 신도들을 위해서라도 꼭 살아남아야 한다는 것을 새삼 깨달았다.

김한빈과 송재기가 앞장서고, 황사영과 갑녕이 적당한 거리를 둔 채 뒤따랐다. 평상시보다 성문을 지키는 포졸들이 훨씬 많아 보였다. 김한빈은 왼쪽 골목으로, 송재기는 오른쪽 골목으로 각각 헤어졌다. 그들이 적당한 거리를 두고 자리를 잡을 때쯤 황사영과 갑녕이 나타났다. 한 걸음 한 걸음 성문을 향해 다가갔다. 황사영의 심장이 빠르게 뛰었다. 포졸들이 그 소리를 듣고 자신을 잡아갈 것만 같았다.

'하느님! 태연하게 걷도록 해주십시오. 태연하게.'

황사영은 마음속으로 그렇게 기도하면서 보통 걸음으로 걸으려고 애썼다. 갑녕은 사방을 둘러보며 그런 황사영을 바쁘게 뒤쫓아갔다. 삼지창을 짚고 서 있는 포졸들이 눈을 번쩍이면서 두 사람을 노려보듯 살펴봤다. 포졸 한 명이 무슨 말을 물어보려다가 상복을 입은 것을 보고는 황사영을 그냥 지나쳐 보냈다. 대신 바로 뒤따르는 갑녕의 앞을 가로막고 목소리를 낮추어 물었다. 갑녕은 깜짝 놀라듯 그 자리에 섰다.

"앞에 가는 분이 누구냐?"

"우리 주인 나리구먼요. 보통은 이 상주李喪主라고 부르지요."
"새 상주 같구먼."

포졸들의 말투에는 그냥 보내라는 뜻이 내포되어 있었다. 앞장서서 걷던 황사영이 뒤를 돌아봤다. 그때 포졸에게 질문을 받던 갑녕이 그들을 향해 꾸벅 인사하고는 급히 황사영을 뒤따랐다. 찰나였지만 그 순간이 유난히 길게 느껴졌다. 머릿속이 하얘지고 모든 것이 멈춘 듯했다. 황사영은 고개를 돌리고는 자신이 가던 길을 계속 걸었다.

# 2

 황사영은 더 이상 뒤돌아보지 않고 발걸음을 재촉했다. 당장이라도 포졸들이 잠깐 그 자리에 서라고 소리칠 것만 같았다. 갑녕이 옆으로 따라붙으면서 안심하라는 뜻으로 중얼거렸다.
 "간이 콩알만 해졌네!"
 "절대로 뒤를 돌아보지 말거라."
 주인과 하인이라도 되는 양, 둘은 앞뒤로 서서 계속 걸어갔다. 황사영은 양반 상제답게 의젓한 자세를 잃지 않고 앞만 보면서 걸었으며, 갑녕도 눈치껏 주위를 둘러보면서 그와 보조를 맞춰 부지런히 뒤따랐다.
 한참을 간 뒤에야 갑녕은 비로소 돌아봤다. 성문 주위에는 어떤 움직임도 보이지 않았다.

"포졸들이 눈치 채지 못한 것 같습니다. 이제는 안심해도 괜찮을 것 같구먼요."

 황사영은 고개만 끄덕일 뿐 계속 가던 길을 멈추지 않았다. 그 길은 황사영이나 갑녕에게 낯익은 길이었다. 두 사람은 고향 길을 찾아가는 듯 줄곧 앞만 보면서 빠른 걸음걸이로 걸어갔다. 호랑이 굴을 무사히 통과한 기분이었다.

 오른편으로 한강을 끼고 계속 걷던 두 사람은 배알미리를 지나가게 됐다. 한강을 오르내리는 배들이 심심찮게 지나갔다.

 어느새 해가 서산마루에 걸렸다. 잠시 쉬었을 뿐 그들은 점심 먹는 것도 건너뛰었다. 두 사람 모두 시장기도 느끼지 못했다. 극도의 긴장 상태는 그들에게 식욕이라는 원초적 욕구마저도 망각하게 했던 것이다.

 배알미리에서 멀리 마재 뒷산이 보였다. 정겨움이 몰려왔다. 황사영은 비로소 도망가는 몸이라는 것을 잠시 잊을 수 있었다. 지난 일들이 겹겹이 떠올랐다. 아내가 나고 자라온 곳, 열여덟 해 동안 곱게 꿈을 키워온 곳, 자신이 장원급제하여 금의환향한 곳도 저곳 마재였다. 부부로 인연 맺은 지 어느덧 십 년이 됐는데, 아내와 작별 인사도 나누지 못한 채 집에서 도망치듯 나와 지금은 처가를 지척에 두고도 그냥 지나쳐야 하다니…….

 그들은 마재를 지나 두물머리 나루터에 이르렀다. 이미 땅거미가 짙게 내려앉아 주변이 어두웠다. 경비는 허술했다. 나루를 건널 때는 포졸들도 보이지 않았다. 뱃사공만 혼자서 흥얼거리며 노를 저을 뿐이었다. 바로 근처에 있는 주막집에 포졸들 한 떼가 몰려 있긴 했으나, 행인들이 건너거나 말거나 관심 밖으로 저희끼리 먹고 마시고 떠들었다. 황사영 체포령이 아직 이곳까지 하달되지 않은 모양이었다.

그들은 동네 끝머리에 있는 주막에서 저녁을 먹었다. 시간이 꽤 늦었지만 내처 걷기로 했다. 첫날인 데다가 아직 안심할 수 없는 처지였다. 적어도 양근까지는 가자면서 두 사람은 서로 위로하며 밤길을 재촉했다.

한 오 리쯤 갔을까. 황사영은 갑자기 온몸이 녹작지근해지면서 더 걸을 수 없게 됐다. 그러나 근처에 주막은커녕 인가 한 채도 보이지 않았다. 갑녕이 그의 상태를 눈치 챘다.

"진사님, 기운을 내십시오. 요 근처에는 민가도 보이지 않으니 억지로라도 걸어야 합니다."

"미안하구나. 노숙을 하더라도 더는 못 가겠다."

"조금만 걸어가면 인가가 나타날 겁니다. 조금만 더 힘내십시오."

"갑녕아."

"왜 그러십니까?"

"노숙한들 어떠랴."

"노숙은 아무나 하는 줄 아세요? 지금은 2월 중순이라 새벽녘에는 얼어 죽기 십상이구먼요. 참고 좀더 가셔야 합니다."

갑녕은 지친 황사영을 앞에서 잡아끌다시피 하며 어두운 밤길을 계속 걸어갔다. 얼마쯤 갔을까. 저만치 불빛이 반짝였다. 조심스레 살펴보니 인가가 틀림없는 것 같았다. 기운을 얻은 두 사람은 힘차게 걸어갔다.

불빛이 반짝이는 그 집으로 가려면 큰길에서 벗어나 산골길로 접어들어야 했다. 그 집은 처음 생각했던 것보다 훨씬 먼 곳에 있었다. 힘이 빠질 대로 빠진 두 사람은 도중에 포기할 생각마저 들었다. 그러나 빼도 박도 못 하는 처지였다. 그들은 이를 악물고 그 집까지 가는 수밖에 없었다. 드디어 개 짖는 소리가 들렸다.

개들이 너무 그악스레 짖는 바람에 그 집 하인들이 밖을 내다봤다. 황사영과 갑녕이 그 집에 도착했을 때는 이미 사람들 여럿이 밖으로 나와 웅성거리는 중이었다. 사람들을 보자 황사영은 다시 정신을 바싹 차렸다.

"웬 사람들이오?"

"이거, 너무 미안하오. 지나가던 과객인데 주막집을 못 찾아서 이리 헤매게 됐소. 환한 불빛을 따라오다 보니 여기까지 왔구려."

"어찌 됐든 간에 안으로 들어오시오. 오늘 밤은 아버님의 기고忌故 날이라 방금 제사를 마친 참이었소."

그들은 집 안으로 들어갔다. 그 집에는 손님들도 대여섯 명 있었는데 모두들 의아한 표정으로 밤손들을 맞았다.

"원주에 사시는 숙부님이 병환으로 중태에 빠지셔서, 길을 서둘다 보니 어려운 상황에 처하고 말았습니다. 그런데 마침 이 댁을 찾아 이렇게 신세를 지게 됐소. 두물머리에 있는 여숙에 들 것을 한시라도 빨리 가려고 밤길을 더 걸었던 것이 그만……."

"여행 중에는 흔히 있는 일이지요. 편히 앉으시오."

그러나 방 안에 있는 사람들이 상제 옷 입은 위에 방갓까지 쓴 모습을 의아하게 쳐다보는 것 같아서 황사영이 한마디 덧붙이지 않을 수 없었다.

"다음번에는 과거 시험에 꼭 입격入格하려는 결심으로 방갓을 쓰고 다닙니다. 작고하신 부친은 제가 지난번 과거에 반드시 급제하리라 믿으셨는데……. 입격하기 전에는 태양을 안 볼 것입니다."

"결심이 대단하시군요."

"다음번에는 반드시 급제해야 조상님에게 면목이 설 텐데요."

"과거를 봤다니 글은 어디까지 읽었소?"

"사서삼경은 통달하다시피 외웠는데 그만 낙방하고 말았소."

방 안의 사람들은 모두 놀란 표정이었다. 사서까지는 모르지만 삼경까지 읽었다니 전부 기가 죽은 표정을 숨기지 않았다. 그중에서 가장 연장자로 보이는 어른이 얼른 화제를 바꾸었다.

"어쨌거나 저녁을 먹으면서 이야기합시다."

"저녁은 먹었습니다."

"이 밤에 어디에서 저녁을 드셨단 말이오?"

"두물머리에서 저녁 요기를 하고 밤길을 떠났소이다."

"그러시다면 약주라도 한 잔……."

"약주라면 조금."

제삿날이라 안주가 상에 그들먹했다. 황사영은 술을 몇 잔 마시고 나니 새 기운이 솟는 것 같았다. 그날 밤의 화제는 과거 시험 이야기로 돌아갔다. 주인이 황사영에게 물었다.

"사서삼경을 어느 정도 읽으셨소?"

"달달 외웠다는 것은 과장이고, 어느 정도는 깊이 이해했다고 봐야겠지요. 그것은 기본이 아닙니까? 과거를 보려면……."

"우리 아들도 과거를 준비하는 중인데, 삼경까지는 못 읽었소."

"자제 분이 금년 몇입니까?"

"열여덟 살인데 아직 멀었지요?"

"조금 빠른 느낌이 있군요. 장기적인 준비를 세워 느긋하게, 그러나 하루도 허송하지 않도록 각오해야 할 것입니다."

"아암, 그렇고말고!"

주인과 친척들이 감탄한 듯 연신 턱을 주억거렸다. 이야기의 주인공인 아들은 상투 머리인 것으로 보아 장가를 간 모양이었다.

그날 밤을 곤하게 잘 잔 황사영은 아침잠에서 깨었다. 어제 일이 까마득한 옛일처럼 여겨졌다. 그러나 이토록 참담한 현실은 바뀌지 않으리라. 당장 포졸들에게 잡혀갈 몸이라는 사실을 결코 잊어서는 안 됐다.

'내 앞에는 새로운 세상이 열리는구나. 이번 도피 길을 무사히 마치고 좋은 결과로 열매 맺도록 주님께서 돌봐주시기를 기도할 뿐이다.'

주인집에서 떡 벌어지게 아침상을 잘 차려 왔다.

"마침 제사 음식이 그대로 남아서 손님을 푸짐히 대접할 수 있게 됐으니 다행입니다."

"덕분에 아침을 잘 먹었습니다."

"웬만하면 제 자식 놈에게 한 수 가르쳐주고 떠나셨으면 합니다만……. 제 집에서 몇 달이라도 묵으시면 더욱 황송하겠고요."

"숙부님이 워낙 중환이라……."

"아 참! 그리 말씀하셨지요. 그것을 깜박 잊고 무리한 부탁을 할 뻔했소. 죄송합니다."

"천만에요. 분수에 넘친 대접을 받고서도 그냥 떠나가게 되어 죄송할 따름입니다."

황사영은 주인집에 백배사례한 후 그 집을 떠났다. 하염없이 멀게만 느껴졌던 어제 밤길과는 달리 큰길에서 십 리 정도밖에 되지 않는 거리였다.

"십 리 길이 안 되는구나. 어젯밤에는 이십 리 길도 더 되는 듯싶었는데."

"엊저녁에는 진사님이 다리를 질질 끌다시피 어려운 길을 걸으셨으니 더욱 멀게 느끼신 것이지요."

어쨌거나 새로운 날이었다. 두 사람은 새 기운이 솟아오른 듯 힘이 넘쳤다. 그들은 말없이 부지런히 걸어 강원도로 들어섰다. 문막에서 길을 물어 지름길로 접어들었다. 그곳에서 불과 몇 십 리를 안 가니 원주에서 다시 제천으로 가는 큰길로 나섰다. 산골이라 곧 날이 저물었다.

"이쯤에서 주막을 잡자. 어제처럼 고생하지 말고."

"예, 그러지요."

산골 주막치고는 정갈한 편이었고 양반이 사용할 방까지 따로 준비되어 있었다. 주모가 나와서 굽실거리며 물었다.
"반찬으로는 돝고기가 있습니다요. 닭도 있구먼요."
"아침을 포식했으니 그만두겠네. 평소대로 해 오게."
갑녕은 발 씻을 물을 떠다가 토방에 가져다 놓았다.
"갑녕아, 내가 너를 보면 불안하다. 네 입에서 진사라는 소리가 툭 튀어나올 것만 같구나."
"절대로 그럴 일이 없을 것이구먼요. 단둘이 있을 때만 그리 부르겠습니다."
"우리끼리 있을 때도 그리 부르는 것은 되도록 삼가거라."
"예, 알겠습니다."
그날 밤도 그들은 편안하게 잠을 잤다.
드디어 사흘째 되는 날이었다. 이제 배론까지 가는 길은 얼마 남지 않았다. 배론이 어떤 곳인지 궁금해지기 시작했다. 원주에서 제천까지 가는 길은 대로였다. 그 길을 가는 내내 황사영은 배론의 위치를 생각했다.
'내가 안전하게 숨어 있을 만한 곳일까?'
저녁 해가 설핏 기울어가는 시각쯤에 산골로 갈라지는 길이 보였다. 김귀동이 가르쳐준 그 길이 틀림없었다. 행인에게 물어보니 팔송정 도점촌陶店村이라고 했다. 드디어 그들은 목적지에 도달한 것이었다. 느긋하게 걸어서 주위가 어두울 무렵에 골짜기로 들어섰다.
그 길로 접어들면서도 그들은 주위를 둘러보는 것을 잊지 않았다. 어느덧 도망자의 본능이 몸에 밴 것 같았다. 그러고 보니 주위를 둘러싼 산들과 골골이 흐르는 냇물도 예사로 보이지 않았다. 하늘 아래로 산 그림자만 선명할 뿐 주변 풍경은 제대로 보이지 않았다. 가끔 가다가 희미한 불빛이 보이는 것으로 보아 촌가임은 틀림없는데 그런 시골집들이 이런 산골에서 무엇을 해 먹고 살까 궁금해졌다. 오 리쯤부터는 경치가 바뀌었다. 드문드문하던 촌가들도 부쩍 줄어들어 산골 외길만 이어져 있을 뿐이었다. 십 리쯤 더 올라갔을 때 개 한 마리가 사납게 짖어댔다. 골짜기 맨 위쪽에 큰 집이 보이고 그 주위에도 서너 채가 웅크리고 있는 듯했다. 개가 여전히 날카롭게 짖자 방문이 열렸다.

"애들이 장에서 이제야 오는가?"

두 내외가 캄캄한 밖을 뚫어지게 쳐다봤다.

긴장이 풀어진 탓일까. 황사영은 길가에 털썩 주저앉았다.

'이곳이 내가 숨어 지내야 할 곳인가.'

이곳이 도피처라는 데 생각이 미치자, 황사영은 어둠 속에서나마 새삼 주위 환경을 세심히 살펴보게 됐다. 그리고 배론으로 들어서면서부터는 아무도 만난 사람이 없다는 것을 깨달았다. 온 사방이 고요한 산골 마을임을 확인할 수 있는 순간이었다.

'이곳이야말로 내가 은신하기에는 더할 나위 없이 적당한 장소로구나.'

황사영은 마음을 놓았다. 더구나 같은 교우가 가까이 있으니 생활하기에도 좋을 것이었다.

마음을 굳힌 황사영은 벌떡 일어섰다. 옆에 앉아 있던 갑녕도 곧 따라 일어났다. 두 사람은 곧바로 인가 쪽으로 걸어갔다. 잠시 잠잠하던 개가 다시 컹컹거렸다. 방문을 다시 닫았던 사람들이 기어이 짚신을 끌고 마당으로 나왔다. 황사영과 갑녕도 그들 곁으로 다가갔다.

"거, 누구유?"

"황사영이올시다."

"아이고, 진사님!"

"그간 안녕하셨소?"

황사영과 김귀동이 그 자리에 서서 인사를 주고받았다.

"여기까지 오시느라 고생이 많으셨어유."

"아니요. 지리를 자세히 일러주어 쉽게 찾아왔소."

"안으로 드시지유."

집은 초가였지만 살림살이가 제법 깔끔했다. 곧 한 노파가 나오더니 코가 땅에 닿도록 절을 했다. 인사를 받는 황사영이 황송할 지경이었다.

"이분은 고향에서 함께 온 사람이유. 꺼꾸리 엄니 되시쥬. 둘 다 우리 교우이구먼유."

"이런 산골에 들어와서 사시느라 고생이 심하시겠소."

"자네도 짐을 벗지그려."

김귀동이 엉거주춤 서 있는 갑녕에게 말했다.

"이 정도로 산골이면 우리가 지내기에 넉넉하지 않습니까?"

"내일 낮에 봐야 알겠지만 나도 만족스럽구나."
옆에서 노파가 나서면서 말했다.
"저희가 돌봐 드릴 테니 안심하고 여기 계셔유. 이 위쪽으로는 집이 한 채도 없으니께 다른 사람들을 만날 걱정도 없구먼유."
황사영은 빙그레 웃으면서 흡족한 듯 고개를 끄덕였다.
"어서 방으로 들어가시쥬. 먼 길에 몹시 피곤하실 텐디……."
"피곤은 싹 가셨소. 주변이 마음에 꼭 들어서."
"그러신감유. 진사님 마음에 드신다니 지 마음도 흐뭇하구먼유."
황사영이 방갓을 벗고 방으로 들어갔다. 새삼 황사영의 얼굴을 쳐다보던 김귀동은 탄식하듯 말했다.
"진사님이 보기 좋던 수염을 깎으셨는데, 지가 더없이 서운하구먼유. 그러니 진사님 마음이야 어떻겠어유."
"수염이야, 또 기르면 되지요. 수염 때문에 생명이 위태할 지경이면 그 수염은 필요 없지요."
"암만이유, 백 번 지당한 말씀이지유."
김귀동의 부인은 뒷전에서 황사영에게 인사하고 부엌으로 들어갔다.
황사영을 따라 갑녕도 대충 걸레로 발을 훔치고 방으로 들어앉았다. 아늑한 방이었다. 농촌이 다 그러하듯 세간은 별로 없었다. 농짝 위에 이불 두어 채가 올려져 있고 아랫목으로 횃대가 달려 있었다. 횃대에는 주로 입던 옷 두어 가지가 걸려 있을 뿐 다른 것은 눈에 띄지 않았다. 없는 살림에 유난히 도드라지는 것은 화려한 등잔 받침이었다. 그 등잔 받침은 질그릇으로 만든 것인데 온갖 기교를 부려 놓았다. 점 사람이 아니랄까 봐 저렇게 재주를 부렸는가? 갑녕은 그런 생각을 하면서 혼자 웃었다.

저녁 밥상이 들어왔다. 닭 한 마리가 한복판에 놓이고 몇 가지 산채 나물들이 밥상을 가득 채웠다.

"반찬은 별로 없지만 시장하실 텐디 많이 잡수세유."

"이만하면 진수성찬 못지않습니다."

"자네도 어서 들게. 진사님 모시고 다니느라 수고가 많구먼."

"이름은 김귀동이라고 들었으나 나이는 몇 살이오?"

"몇 살 안 돼유. 마흔 고개를 막 넘었구먼유."

"그럼 지금부터 형님으로 모시겠습니다. 편하게 이 서방이라고 불러주시오. 여기서는 바깥세상 일들을 일체 잊어버리고 남들에게도 그렇게 행세해야 할 줄로 압니다."

"진사님 말뜻을 알아듣겠구먼유. 외부 사람들이 별로 오지는 않지만, 어쩌다가 우리 집에 찾아오더라도 손님으로 다니러 온 조카쯤으로 여길 거유."

그들이 숟가락을 들고 식사를 막 시작하려는데 밖에서 개가 우렁차게 짖는 소리가 들려왔다. 아까와는 달리 사람을 반기는 소리였다. 잠시 후 쿵 하고 토방에 짐을 부리는 소리가 들렸다.

"아버지, 꺼꾸리 아저씨랑 장에 다녀왔어유."

그 말에 방문을 열고 밖으로 나가면서 김귀동이 한마디 했다.

"늦었네그려."

"야, 한양 손님이 오신 게구먼유?"

"응, 지금 막 저녁을 먹으려던 참이여."

"그럼 어서들 잡수세유. 지는 손발을 닦으려면 시간이 걸리는구먼유."

"어여 들어와서 인사부터 올려."

그들이 방으로 들어오기 전에 황사영이 물었다.

"따님이 있소?"

"야, 열다섯 살 난 딸아이가 하나 있는데, 지금 제천 장에 쫓아갔다가 오는 길이구먼유."

"아드님은 없으시오?"

"고향에 있어유. 지 할아버지가 끼고 놓지를 않으시는구먼유. 글도 가르쳐야 한다고……. 그래서 추석과 정월 명절 때는 겸사겸사 고향에 가유."

"고향이 충청도 내포라고 했던가요?"

"야, 지방에서는 내포가 제일 성할 거유, 천주교가. 한양 다음으로 천주교를 제일 먼저 믿은 지방이니께유."

"이존창이라는 어른이 제일 먼저 그곳을 개척했지요."

"맞아유. 그 양반이 혼자서 불철주야로 노력했기에 가능했지유."

밖에서 꺼꾸리가 들어왔다. 그는 들어오자마자 황사영에게 큰절을 올렸다. 황사영이 당황하는 몸짓으로 맞절하면서 말했다.

"젊은 사람에게 무슨 절을……."

"진사님에게 예의를 갖추는 것이 마땅하지유."

김귀동이 당연하다는 듯 말했다.
"지금 이후로는 신분 차이가 없기로 합시다. 나는 단지 이곳에 숨어 지내는 한양 사람에 지나지 않소."
"진짜여. 입 밖으로는 진사님이라는 말을 절대로 내면 안 되는구먼."
"알겠구먼유."
김귀동이 꺼꾸리를 가리키며 소개했다.
"이 사람은 교명教名이 한 그레고리오여유. 어려서부터 꺼꾸리로 불렸는디, 본인이 그 이름을 듣기 싫어하여 그렇게는 잘 안 부르지유."
김귀동은 꺼꾸리가 장가들고 이태 만에 상처한 후 이날까지 홀아비로 살아온 사연과, 자신을 따라 그의 어머니와 함께 고향을 등졌다는 이야기도 했다.
"아무튼 여러 가지로 신세를 지게 생겼소."
"무슨 말씀을 하신대유. 진사님을 숨기는 것은 저희가 마땅히 해야 할 일인데유. 불편해도 꾹 참고 지내시면 반드시 좋은 때가 올 것이구먼유. 그저 하느님께 기도나 열심히 해주셔유."
꺼꾸리 어머니가 방으로 들어와서 닭 볶은 것을 가지고 나가면서 덥혀 온다고 했다.
"앞으로 꺼꾸리 엄니 신세를 많이 져야 할 거유. 보통 재간이 넘치는 분이 아니어유. 내일부터 저분이 하자는 대로 하면 매사가 틀림없어유."
"예, 명심하겠습니다."

황사영이 정중하게 대답했다.

늦은 저녁을 먹자 피곤이 몰려왔다. 황사영은 그대로 잠자리에 들었다.

# 3

 산골에도 봄기운은 완연했다. 아침이라 안개가 자욱하긴 했지만 코끝을 스치는 냄새는 봄 향기로 가득했다.
 아침이 밝아오자 안개도 물러갔다. 산봉우리부터 자욱한 안개가 벗겨지기 시작하더니 서서히 아래쪽으로 산골 풍경이 보이기 시작했다. 산골짜기라 그런지 바람이 순식간에 안개를 몰고 내려갔다. 아울러 한 폭의 그림처럼 산골 전체가 제 모습을 드러냈다.
 아침 일찍 일어난 황사영은 눈앞에 펼쳐지는 풍경들을 묵묵히 바라보고 있었다. 갑녕이 어느새 친해진 개와 더불어 그의 곁으로 다가왔다.
 "어떠십니까? 아침에 보니까 이 산골짜기가 한층 더 마음에 드시지요?"

"그렇구나."

황사영은 건성 대답했다. 그는 무엇인지 깊은 생각에 잠겨 있었다. 갑녕은 그를 방해하지 않기 위해 개를 데리고 골짜기 아래쪽으로 뛰어 내려갔다.

아침상을 물리고 나서 꺼꾸리 모자도 참석한 가운데 회의를 시작했다.

"어떠시대유? 지낼 만한 곳인감유?"

"예, 만족스럽습니다."

"마음에 드신다니 다행이구먼유. 그런데 한 가지 걱정이 있어유."

"걱정이라니요?"

황사영과 갑녕이 눈을 동그랗게 뜬 채로 쳐다봤다.

"지금 쓰시는 방이 마음에 드시남유?"

"마음에 들고 안 들고를 따질 여력이 있어야지요."

"지 말은, 그러니께 뭐냐 하면……. 진사님이 하루 이틀 여기 계실 것도 아니고 몇 달을 지낼는지, 막말로 몇 해가 될는지 모르잖아유?"

김귀동은 잠시 말을 멈췄다가 다음 말을 계속했다.

"그래서 말씀드리는디, 지금 그 방에서는 지내시기가 어렵다는 뜻이지유, 지 말은."

황사영은 말하는 의도를 몰라 의아한 눈으로 김귀동을 쳐다봤다.

"한마디로 그 방은 걱정된다는 말이지유."

"사람들이 드나드는 것을 걱정하는 것이오?"

"물론 사람들이 자주 오지는 않지만, 어쨌거나 언젠가 남의 눈에 띄지 않겠어유?"

"되도록 사람들 눈에 띄지 않도록 조심해야겠지요."

"하루 이틀도 아니고 오래 머물다 보면 남들 눈에 발각되게 마련이지유."

"그건 그렇소. 아무리 조심하더라도……."

"그래서 지 생각을 말씀드리자면……."

"어서 말해 보시오."

"땅굴을 파자는 것이유."

"땅굴?"

황사영과 갑녕은 뜻밖의 이야기에 깜짝 놀라는 표정을 지었다.

"땅굴을 만들면 마음 놓고 지내실 수가 있어유."

기발한 생각이었다. 황사영은 자신도 모르게 김귀동의 손을 덥석 잡았다.

"정말 좋은 생각을 했구려. 나는 미처 그런 생각을 하지 못했소."

"지는 한양에서 내려오는 날부터 진사님을 어떻게 숨길까 그 궁리만을 하면서 지냈는걸유."

"분이 아버지는 이 궁리 저 궁리를 하다가 땅굴 파는 것이 상책이라고 판단했구먼유."

옆에서 꺼꾸리 어머니가 한마디 거들었다.

"이렇게 모두들 걱정해 주니 고맙기 그지없소."

"그럼 밖으로 나가서 땅굴 팔 데를 확인하시지유. 어느 곳이 땅굴

들어앉기에 마땅한지 직접 눈으로 보서야지유."

"어련히 알아서 결정하지 않았겠소."

그들은 모두 김귀동을 따라 옹기 공장 쪽으로 갔다.

"분아, 너는 여기서 저 아래 누가 오는지 잘 살피거라. 개가 먼저 알아보고 짖거든 얼른 우리에게 알려줘야 하는구먼. 동네 사람 동칠이나 오갑이가 오더라도 알려야 한다."

"야."

옹기 공장은 어둠침침했다. 정면으로 햇볕을 받기에 망정이지 그렇지 않았다면 컴컴한 공장 안이 더욱 어두울 뻔했다. 언뜻 들어섰을 때는 주변이 온통 침침하여 모든 것이 희미하게 보였다. 눈이 어둠에 익으니 차츰 사물이 또렷하게 드러났다. 중앙에 옹기를 성형하는 물레가 서너 곳에 자리 잡았고, 그 주변으로는 만들다 만 옹기들이 여기저기 널브러져 있었다. 옹기 재료로 쓰는, 엿매질로 길게 다진 흙도 함께 쌓여 있었다.

옹기 공장 밖으로 나가자 솔가지로 지붕을 덮은 그늘막이 있었다. 성형된 옹기를 옮겨다가 말리는 건조장이었다. 올해 들어 처음 옹기를 만드는 참이라 아직 건조해야 할 옹기는 없었다. 건조장 옆으로 완성된 옹기를 쌓아두는 장소가 있었는데, 그곳도 옹기가 거의 팔려 나가서 절반 이상이 텅 비어 있었다.

"여기여유."

황사영과 갑녕은 의아한 표정을 지었다. 여기에 어떻게 작업을 한다는 것인지 이해가 되지 않았다.

"이 위에 널빤지 같은 것을 덮고, 또 그 위에다가 흙으로 덧바르면 안전할 거구먼유."

"출입구는 어떻게 내지요?"

갑녕이 호기심을 보이며 물었다.

"약간 경사가 졌는디, 저쪽 아래에 출입구를 내고 항아리들로 그 앞을 가려 위장할 생각이여. 다 방법이 있으니께 그런 걱정일랑 하지 않아도 되는구먼."

"어련하시겠소. 모두가 훌륭한 계책입니다."

꺼꾸리가 마음에 걸리는지 걱정스럽게 말했다.

"아무래도 덮을 것이 문제가 되지 않겠어유?"

"서까래를 빡빡하게 올리면 염려 없구먼. 널빤지는 구하기가 힘들뿐더러 우리가 톱으로 켜기도 힘든 일이니께."

"굵은 서까래로 촘촘히 놓으면 널빤지보다 훨씬 낫지유."

꺼꾸리도 서까래로 덮자고 동의했다.

"그럼 내일부터라도 공사를 바로 시작하시지유. 어때유?"

"그렇게 하는 것이 좋겠구먼."

"나도 이런 공사는 빠르면 빠를수록 좋다고 생각하오."

황사영도 집주인의 말에 찬성했다. 갑녕은 오랜만에 일다운 일을 하게 됐다고 생각하니 벌써부터 온몸이 근질근질해 왔다.

다음 날 아침부터 공사를 시작했다. 2월 하순, 만물이 올라오는 계절이었다. 곡괭이로 땅을 파기 시작하고 삽으로 흙을 올렸다. 처음부터 꺼꾸리와 갑녕이 팔을 걷어붙이고 본격적으로 그 일에 매달렸다. 서른이라니 갑녕보다 십여 년은 연상이지만 꺼꾸리는 한창 일할 나이였다. 힘만큼은 갑녕 못지않았다. 두 사람은 번갈아 곡괭이질을 했다.

"꺼꾸리 형님."

"왜 그려?"

"언제까지 홀아비로 살 것이오?"

"자네가 중매라도 설 참이여?"

"못 설 것도 없지요."

"어느 여자가 산골로 와서 점 놈 여편네 노릇 하겠나."

"서방이 좋으면 어디든 못 가서 살겠습니까?"

"그런 신통한 여자가 있으면 데려와 보게."

"우선 이 공사부터 끝내놓고요."

"아암, 이 일부터 마무리해야겠지."

두 사람이 하는 말을 듣고 있던 김귀동이 한마디 던졌다.

"땅굴 공사를 끝내고 나면 이 산골짝에 큰 잔치가 벌어지겠네 그려."

"그러게 말이유. 원님 덕에 나팔 분다고, 진사님 덕분에 지가 팔자 고치게 생겼구먼유."

황사영은 허허 웃음으로 대답을 대신했다. 그때 꺼꾸리 어머니가 삶은 감자를 새참으로 가져왔다.

"어여들 와. 그런 일을 하려면 배를 든든하게 채워야 하는구먼."

꺼꾸리 어머니의 말에 꺼꾸리와 갑녕이 손을 털면서 밖으로 나왔다. 그들이 하는 양을 지켜보던 김귀동이 충고했다.

"흙을 파는 일은 당장에 해치우려면 고장이 나는 법이여. 느긋하게 마음을 먹고 천천히 파야지. 내일도, 모레도 꾸준하게 해야 하는 법이구먼."

"알아유. 그런 줄 알면서도 첫날이라 힘을 많이 쓰게 되는구먼유."

"진사님, 감자 한 알 드셔보셔유."

"언제까지 나를 진사라고 부를 참이오?"

김귀동이 머리를 긁적거리며 대꾸했다.

"다른 말이 입에서 쉽게 안 나오는구먼유."

"다시 말하지만 나는 상주요, 알겠소? 이 상주라는 것을 명심해 주길 바라오."

"야."

"보통 때는 이 서방이라고 하시오."

"진사님을 이 서방으로 부르기가 무엇한디……."

"그럼 삼촌이라고 부르는 것이 어떻겠소? 그러면 내가 하대하기도 쉬울 테니……."

"외당숙으로 해두는 것이 좋지 않겠어유?"

"그 편이 좋겠소. 그럼 오늘부터 나는 외당숙으로 행세하겠소."

난감한 호칭 문제가 비로소 해결됐다. 어렵게 생각할 것은 없었다. 외당숙이라는 말을 축으로 각자 취향대로 황사영을 부르면 되는 것이다.

흙을 파내기도 쉽지 않았으나 그 흙을 버리는 것이 더 큰 골칫거리였다. 그 장소에서 되도록 멀리 내다 버리는 것이 중요했다. 땅굴을 판 흔적을 남기지 않으려면 멀리 가서 흙을 사방에 흩뿌리는 것이 상책이었다. 그 험한 일을 집주인 김귀동이 맡았다.

"오늘은 그만 하세."

김귀동이 일을 중단시키자 갑녕이 벌써 하루 일을 끝내냐는 뜻으로 말했다.

"해가 거의 중천에 걸렸는데요?"

"내일도 이 일을 해야 하지 않겠는가. 첫날에 무리하면 몸이 고장 난대도 그러는구먼."

맞는 말이었다. 그 말에 꺼꾸리와 갑녕은 밖으로 나왔다.

"생각보다 많이 팠구먼. 벌써 한 길 가까이 되니……."

"그러다가는 사흘을 못 가서 누워버릴 것일세. 천천히 하라니까."

황사영은 하릴없이 구경만 한 것이 너무도 민망했다. 일찍이 성호星湖 이익은 그의 저술에서 다음과 같이 설파했다.

"당쟁은 한정된 벼슬자리에 너무 많은 사람들이 덤벼들어 자리다툼이 벌어지는 것이다. 그것이 당쟁의 근본 원인이다. 그러므로 양반도 무위도식할 것이 아니라 생업을 가져야 한다."

조선 사회에 대한 신랄한 비판이 아닐 수 없었다. 양반은 노동을 기피하면서도 그것을 당연하게 여긴다. 노동하기를 꺼리면서 부富를 축적하자니, 자연히 명분을 붙여 돈이나 물품을 수탈해 갈 수밖에 없다. 주변에 억울하게 재산을 빼앗기는 백성들이 얼마나 많은가. 그러므로 양반도 생업을 가지라고 질타한 성호 선생의 말씀은

피로 쓴 백서 … 55

백 번 지당하다. 그런데 황사영은 아무 일도 하지 않고 있었다. 자신도 놀고먹는 양반에 지나지 않는다는 생각에 그는 자괴심을 느끼지 않을 수 없었다.

"세 사람이 땀을 뻘뻘 흘리며 일하고 있는데 나 혼자 구경만 하자니 부끄럽구려."

"별말씀을 다 하셔유. 이런 일을 언제 해보셨남유."

김귀동이 대꾸했다.

"그러니 부끄럽다는 것이오. 양반도 일을 하여 먹고살아야 하거늘."

"사람은 제각각 할 일이 따로 있구먼유. 진사님만 하더라도 얼마나 바쁘게 살아오셨어유. 신부님을 모시랴, 각처에서 올라오는 교회 소식들을 일일이 답변해서 전하시랴, 짬이 나면 책을 번역하시랴. 소인도 진사님 하시는 일이 한두 가지가 아닌 줄 잘 압니다유. 그런데 놀고먹는다고 자책하시다니유?"

"물론 내가 마냥 편하게 놀고먹는다는 것은 아니고, 양반들 대부분이 그렇다는 것이지요."

"추호도 그런 생각일랑 마시고, 진사님은 일할 때 곁에서 좋은 이야기나 들려주셔유."

김귀동의 일갈에 황사영은 쓴웃음을 지었다.

이튿날 점심때는 꺼꾸리 어머니가 쑥 범벅을 가져왔다.

"벌써 햇쑥으로 범벅을 만들었소?"

"지금 양지쪽에는 쑥이 무성하게 올라와유."

"빠른 것이 세월이라더니 벌써 그렇게 됐나."

여럿이 둘러앉아 햇쑥으로 버무려 만든 쑥 범벅을 나누어 먹었다. 싱싱한 햇쑥 냄새가 온몸으로 퍼지면서 묵은해의 기운을 싹 벗기는 것 같았다. 만물에는 새봄이 오는데 조선 교회는 언제쯤이나 소생할 날이 올 것인가. 그 생각을 하면 할수록 참으로 답답한 노릇이었다.

황사영과 꺼꾸리 어머니가 이야기를 나누었다. 꺼꾸리 어머니가 묻고 황사영이 대답하는 식이었다.

"집에는 식구들이 누가 있대유?"

"어머니와 아내, 그리고 아들 하나가 있습니다."

"아버님은유?"

"내가 어머니 뱃속에 있을 때 돌아가셨소."

"저런, 유복자이시구먼."

"어머니가 고생이 많으셨지요."

"혼자서 자식을 키우셨으니 오죽하셨겠어유. 그 고생은 말로 다 못 할 것이구먼유."

"오로지 내 과거 공부에만 전심전력을 다 쏟으셨지요. 다행히 문재文才가 좀 있는 자식의 스승을 구하러 다니시는 것이 어머니의 일과였습니다. 열네 살 때까지 강화도에서 살다가 훌륭한 스승을 만나려고 경기도 광주 땅으로 이사했지요. 그 와중에 어머니 마음에 차시지 않는 스승을 몇 번이나 갈아치웠는지 모릅니다."

"그래서 그런 분을 만났남유?"

"예, 훌륭한 스승님을 만났습니다. 지금 감옥에 갇혀 있는 정약종 어르신이 내 스승님이십니다. 그분 밑에서 배워 과거에 장원급제를 했지요. 그때 정조 임금이 특별히 나를 어전으로 부르시더니 이 손을 어루만져 주셨소. 전에는 그런 일이 한 번도 없었다고 하오. 내 나이 열일곱이 되던 해였는데, 정조 임금은 다음에 대과를 본 후 스무 살이 되거든 당신을 찾아오라고 분부를 하셨습니다."

"그래서 임금님을 찾아가셨남유?"

"아니요. 그때는 이미 천주교인이 되어 있었소. 예수님을 저의 주님으로 모셨지요. 그러다가 주문모 신부님이 조선으로 들어오신 후에는 그분의 비서 역할을 하면서 봉사했습니다."

"하느님께서 부르신 거구먼유. 진사님을 특별히 쓰시려고유."

"나도 그렇게 생각하오."

"어서 저 굴을 파서 진사님을 안전하게 모셔야 할 텐디……."

"곧 완성되겠지요."

꺼꾸리 어머니는 하늘을 향해 두 손을 모아 빌면서 축원했다.

"우리 진사님을 잘 보호해 주시유. 우리네 같은 것들이야 몇 섬이라도 내다 버린들 상관없지만 진사님은 귀중한 분이라 꼭 보살펴 주셔야 하는구먼유. 조선 천주교에 큰일을 해야 될 분이니께유."

"아주머님은 언제, 무슨 이유로 고향을 떠나셨습니까?"

"삼 년 전에 이곳 배론으로 이사 왔지유. 고향에서는 천주학을 믿는다고, 걸핏하면 현감이라는 자가 불러다가는 볼기를 치는 거여유. 이러다가 제 아들을 죽이겠다 싶은 생각이 들어서 먼저 고향을 떠난 분이네를 따라왔어유. 고향 십 리 밖에도 안 나가 본 지가 물어 물어 천 리 길을 걸어서 이 산골까지 찾아왔지유. 보름도 더 걸렸을 거구먼유. 막내딸을 여윈 즉시 고향을 떠났어유. 지와 꺼꾸리 둘이서만."

"여기서 내포 지방까지는 아주 먼 거리인데 고생이 많았소."

"호랑이들이 우글거린다고 해도 여기가 마음 편해유. 우리 마음대로 하느님을 믿을 수가 있잖아유."

"아들을 재혼시켜야지요."

"다시 장가 안 든다네유. 이대로 어미와 둘이 살겠대유. 옹기장이 점 놈이라고 딸을 보내려는 집도 없고유."

꺼꾸리는 서른 살밖에 되지 않았으나 독신으로 살 마음을 굳혔다. 다음 날이었다. 분이가 공사 현장으로 헐레벌떡 뛰어왔다.

"아부지, 저 아래 기삼이 아부지가 올라오고 있어유."

"뭐여?"

김귀동과 꺼꾸리가 동시에 놀랐다. 둘은 당황하다가 황사영과 갑녕에게 당부를 했다.

"진사님과 갑녕이는 여기서 꼼짝 말고 있어유. 우리가 나가서 처리할 테니께."

개도 이웃 사람이라 낑낑대면서 알은체를 했다. 김귀동과 같은 또래의 사내가 뒷짐 지고 한가롭게 걸어왔다. 김귀동이 먼저 말을 걸었다.

"배 서방, 요새 어디 갔다 왔남?"

"처갓집에 가서 초상을 치르고 왔구먼."
"누가 죽었기에?"
"장인."
"무슨 병으로?"
"해수병咳嗽病으로 여러 해 앓았어."
"그것참, 안됐구먼."
"자네 집에 손님이 온 것 같던데?"
"응, 응. 조카가 왔다가 돌아갔구먼."
"벌써?"

어찌해도 변명으로 들릴 것만 같았다. 김귀동은 답변이 궁색하여 모든 것을 털어놓기로 결심했다. 그도 천주교를 믿는 교우였다. 황사영에 대해, 김귀동은 열일곱 살 때 장원급제한 일부터 임금에게 손목 잡힌 일까지 이야기하고, 출세하는 것보다 예수를 믿고 전교하는 일이 훨씬 보람 있다는 신념으로 천주교에 투신하여 신부를 모시게 된 경위를 설명했다. 그리고 선왕이 돌아가시자 노론의 박해로 유력한 교우들이 의금부에 잡혀가는 바람에 환란을 피하여 지금 배론에 와 있다고 말했다.

"그럼 그 양반이 지금 자네 집에 있다는 것인가?"
"그려, 자네를 믿고 말하는 것이여. 우리가 그 양반을 보호해야지, 그렇지 않으면 곧 잡혀 죽게 될 것이구먼."
"그러면 안 돼지."

배 서방의 태도에는 진지함이 묻어났다. 물론 이웃에 살면서 김귀동이 그의 사람됨을 누구보다 잘 알지만 워낙 중대한 사안이라 몇 번씩 다짐을 받았다. 그리고 그를 황사영 앞으로 데려갔다.

"우리 집에서 가장 가까이 살지만, 그보다는 그의 신앙심을 믿기에 진사님에게 인사를 시키는 것이유. 교명은 바오로라고 지가 지어줬구먼유. 사람됨이 근실하고 믿을 만한 사람이어유."

"이렇게 만나게 되어 반갑소."

황사영이 먼저 인사로 고개를 숙여 보였다. 배 서방은 너무 황송하여 어쩔 줄을 몰랐다.

"여러분을 믿고서 이곳에 머물게 됐습니다. 앞으로 여러분의 신세를 많이 지게 생겼으니 면목이 없소이다."

"염려 마십쇼. 여기 있으면 들킬 걱정은 없으니까."

배 서방이 나서서 말했다. 은연중에 배 서방도 한통속이 됐음을 과시한 셈이었다.

땅굴 공사는 땅파기가 모두 끝났다. 다음은 옆면을 거적때기로 빙 둘러쳐야 했다. 김귀동의 집에 있는 거적들을 전부 걷어 와도 모자라자 배 서방이 자기 집에 있는 거적들을 모조리 가져왔다. 벽면에는 가는 서까래를 군데군데 질러서 거적때기들이 움직이지 않도록 고정했다. 그리고 땅바닥에 멍석을 깔았다.

다음에는 천장을 덮을 서까래 감을 찾으러 산속으로 들어갔다. 꺼꾸리와 갑녕, 그리고 배 서방이 함께 가서 팔뚝만 한 굵기의 서까래 감을 베어 가지고 산을 내려왔다. 각자 한 지게씩 베어 오니 땅굴을 덮기에 충분한 양이었다.

땅굴의 크기는 세로 여섯 자, 가로 네 자 다섯 치였다. 사람이 둘 누우면 빠듯한 자리였다. 그러므로 서까래는 다섯 자면 걸치기에 넉넉했다.

땅굴 공사를 마무리하는 날이 됐다. 서까래들을 촘촘히 놓아 천장을 덮고, 거적때기로 그 위를 덮어씌웠다. 거기에다가 또 흙을 두툼하게 덮으니 훌륭한 지붕이 됐다. 그뿐이랴. 그런 지붕 위에다가 옹기그릇들을 죽 늘어놓으니 더할 수 없이 완벽한 위장 효과까지 있었다.

땅굴 공사가 완전히 끝났다. 황사영은 불을 밝혀 들고 그 안으로 들어가 봤다. 아늑한 공간이 완성되어 있었다.

"이만하면 훌륭한 방이오. 이것을 만드느라 고생들이 얼마나 많았소."

황사영은 진심으로 치하했다. 출입구 안쪽은 거적때기로 치고 바깥쪽은 큰독으로 위장한 것을 두고는 거듭 찬탄했다.

"어느 누구도 이곳으로 사람이 드나들리라고는 전혀 생각지 못할 것이오!"

"천주님이야 다 알겠지요. 하지만 우리네 사람들은 출입구를 찾기 어려울 것이구먼요."

이웃 배 서방도 감탄해 마지않았다.

"닭 두어 마리를 잡았으니 오늘 저녁에는 배 두드리며 실컷 먹어봐유."

집주인 김귀동의 말이 떨어지자 모두들 가벼운 환성을 내질렀다.

그날 저녁은 땅굴을 판 고생담을 나누며 시간을 보냈다. 오랜만에 흥에 겨워 술을 마시다 보니 꺼꾸리가 십 리 밖 주막으로 동난 술을 받으러 가야 할 지경이었다. 갑녕도 자청해서 동행했다. 김귀동과 배 서방이 곰배팔이춤과 곱사등이춤을 추는 등, 그날 밤은 마음껏 취하면서 이슥하도록 즐겁게 놀았다.

# 4

훈동 점포에 웬 낯선 사내가 찾아와서 물건을 고르는 척하더니 주인에게 다가갔다.

"주인장 되시오?"

"그렇소만……?"

그는 속삭이는 목소리로 낮게 말했다.

"추 봉교가 전한다고 하시오. 오늘 신시(申時)에 지난번 그 집에서 기다리겠다고. 전할 말은 그뿐이오."

사내가 나가려고 하자 주인이 다급하게 불러 세웠다.

"댁은 뉘시오?"

"추 봉교의 하인 막천이라고 하오."

"알겠소. 가보시오."

홍필주는 천천히 안채로 들어갔다. 급한 일일수록 느긋하게 행동하라는 어머니의 당부가 생각났기 때문이다. 강완숙은 계모였다. 하지만 홍필주는 친어머니 이상으로 그녀의 말이라면 무조건 승복했다.

아들의 말을 들은 강완숙은 뒷담으로 가서 묵은 장작을 치웠다. 묘하게 뚫어놓은 담 구멍이 나타났다. 담 너머 뒷집 주인 아낙과 강완숙만 알고 있는 비밀 통로였다. 이 집에 이사 와서 낯이 익을 때쯤 강완숙은 뒷집으로 떡 그릇을 들고 찾아갔다. 그날 그녀는 아무것도 숨기지 않고 천주교를 신봉한다는 것, 그러므로 항상 위험에 처해 있다는 것을 솔직하게 말하면서 비상시에는 담 구멍을 이용하게 해달라고 이야기해 두었다. 이웃은 고개를 끄덕였다. 다른 사람 아닌 주문모 신부를 모시게 되면서 그녀가 세운 대책이었다.

한 번도 그 담 구멍을 이용한 적이 없었지만, 요사이 포졸들이 늘 집 주변을 맴돌며 감시하기 때문에 강완숙은 부득이 그곳을 통해 빠져나갔다.

시간에 늦지 않게 강완숙은 예의 그 집으로 갔다. 추 봉교가 먼저 와 있었다.

"하인 막천이 말로는 포졸들이 집 주변을 감시한다던데요."
"그래서 나도 비상수단을 썼지요. 추 봉교의 말이니까."
"정말 심각한 문제입니다. 일망타진됐어요."
"……일망타진이라면?"
"벼슬하는 남인들은 전부 체포됐소. 그리고 양반들도."

이가환 대감을 비롯하여 전 평택 현감 이승훈, 전 집의(執義) 홍낙민, 전 승지(承旨) 정약용 등 웬만한 사람은 모두 의금부에 갇혔다고 한다. 일제히 검거령이 내린 모양이었다.

"천주교는 전멸한 것이나 다름없어요!"

강완숙의 입에서 비통한 말이 새어 나왔다.

"그들 중에는 천주교인이 아닌 사람도 있다던데, 그것은 어떻게 된 일입니까?"

"지금은 안 믿지만 초창기에는 전부 천주교와 관련되어 있던 사람들입니다. 별 의미 없이 모임에 몇 번 참석했던 사람들 중에 누명을 쓰고 잡혀간 사람들도 많을 것이오. 전체 남인 가운데 죽일 사람들을 일부분 골라내겠지요. 아무튼 남인의 중심 세력은 이번에 모두 소탕될 것입니다."

중얼거리듯 말하는 강완숙의 얼굴은 비통하다 못해 처참하기 이를 데 없었다.

"천주교를 믿는다고 해서 인명을 그렇게 해치다니……."

추 봉교는 어처구니없다는 듯 말끝을 흐렸다.

"겉으로 내세우는 대의명분은 어디까지나 천주교이지만, 저들의 속셈은 남인의 핵심을 박살 내는 일이 첫째 목표라는 것을 알아야 합니다. 추 봉교, 아시겠습니까?"

"말뜻은 알겠습니다. 사이가 좋지 않은 줄은 알았지만, 노론 패거리가 그토록 남인을 증오했을 줄은 미처 몰랐소."

"그것이 당파 싸움입니다. 기회만 있으면 너희가 죽느냐, 우리가 죽느냐, 결판을 내고야 마는. 선왕이 살아 계신 동안에는 그런 파벌 싸움을 막았지만 노론 측의 불만이 많았지요. 선왕이 노론보다 남인을 편애하시는 것 같으니까. 그러다가 선왕이 돌아가셨으니 이번 기회에 남인을 싹 쓸어버리려는 것입니다. 천주교를 빌미 삼아서 말이지요."

"이렇듯 처참한 싸움이리라고는 전혀 생각지 못했습니다."

"삼십 년 전 사도세자의 뒤주 사건 이후, 선왕이신 정조 임금의 통치 시대에는 겉으로나마 잠잠했습니다. 상감이 워낙 선정을 베푸시기도 했지만, 그보다 탕평책으로 신하들의 당파 싸움을 무난하게 다스리신 덕택이오. 물론 노론은 항상 앙앙불락이었지만. 그들의 눈치를 보느라고 상감이 왕권도 마음대로 행사하시지 못한 것이 답답할 뿐입니다. 그토록 아끼시던 이가환 대감도 겨우 공조판서로 끝내고 말았으니 원통하지요. 지난해 채 대감이 돌아가셨을 때, 이어서 이가환 대감이 영의정에 올랐으면 오늘 같은 비극은 없을 것 아닙니까."

강완숙은 처음으로 눈물을 흘렸다. 소리 없이 우는 그녀의 두 눈에서 뜨거운 눈물이 흘러나와 양 볼을 적셨다. 그 모습을 지켜보는 추 봉교의 마음도 아프기는 마찬가지였다. 추 봉교는 간신히 눈물을 참았다.

그사이에 마침내 정약종을 심문하는 날이 왔다. 영의정 심환지를 비롯하여 거물급 노론들이 거의 전부 모여서 정약종을 심문하는 광경을 지켜봤다. 정약종이 중요한 인물이라는 것은 누구나 아는 사실이었다. 그의 입을 통해 조선에 숨어 있는 중국인 신부의 행방도 알 수 있고, 또한 그동안 감춰졌던 천주학의 내막도 제대로 살필 수 있으리라는 기대감이 역력했다. 판의금부사 서정수가 의기양양한 태도로 중앙에 앉아서 아래를 굽어보며 심문을 시작했다.

절차 요식대로 주소부터 증조부, 처가 쪽 내막까지 상세히 물은 다음 본격적인 질문에 들어갔다. 첫 질문은 역시 책롱에 관한 것이었다.

"지난달 정월 19일 저녁때 임가라는 자가 지고 가던 책궤는 너의 것인가?"

"그렇소."

"그 책궤 속에 든 물건은 전부 너의 것이었던가?"

"그러하오."

"사학 책과 그림, 십자가 같은 것들은 네 것인 줄 짐작이 가나 양서 서찰들은 누구의 것인가?"

"그것들은 칠 년 전에 우리나라에 들어왔던 그 중국인 신부가 처음 반년 남짓 머무실 때 연경(북경) 교회와 주고받았던 서신이오."

"그 서찰들의 내용은 무엇인가?"

"난들 서양 글로 쓴 서신의 내용을 어떻게 알겠소?"

"그 서찰들을 어째서 네가 가지고 있었느냐?"

"그분이 본국으로 돌아가실 때 그것들을 지금은 죽은 최인길의 집에 두고 갔소. 최인길이 죽자 그의 집에서 내게 맡기면서, 다음에 기회가 있으면 원래 주인에게 돌려주라고 하기에 내가 보관하고 있었던 것이오."

"그러면 그 중국인은 지금 우리나라에 있지 않고 그때 제 나라로 돌아갔단 말인가?"

"글쎄, 나는 그렇게 생각하오."

"거짓말하지 마라. 김여삼이라는 자의 고발에 의하면, 그 중국인은 강완숙의 집에서 육칠 년 동안 숨어 있었다. 그뿐만 아니라 경기, 충청, 전라를 돌아다니면서 사학을 가르치다가 이번 사옥邪獄이 일어나자 어디론가 피신했다. 그렇다면 칠 년 전에 그가 본국으로 돌아갔다는 네 말은 거짓이 아니고 무엇이냐?"

"그분이 본국으로 돌아가셨다가 또다시 오셨는지는 모르겠소만, 칠 년 전에 중국으로 가신 것만은 분명히 알고 있소."

"그 서찰들은 그때 것이 아닐 것이니라. 요 얼마 전까지도 중국인 신부가 우리나라에 있으면서 해마다 동지사冬至使 편에 너희 밀사들을 보내어 연경에 있는 서양인들과 교섭해 온 서신들이 아니고 무엇이냐? 왜 점잖은 양반인 네가 거짓말로 나라의 큰 죄인을 숨기려 하느냐?"

"나는 모르겠소. 당신들 생각하는 대로 그런 서신이라고 해두시오."

"지금 그자가 어디로 피신해 있는지 이실직고하라."

"나는 아무것도 모르오. 강완숙의 집에 육칠 년간 그분이 계셨다는 말도 금시초문인데, 그분이 피신하신 장소를 내가 어찌 알겠소?"

"그자의 성명은 무엇이며 나이는 몇 살이고 얼굴 생김새는 어떤지 말하라."

"성명은 야고보 신부라고 하오. 그 당시의 연세가 마흔 남짓이었고, 얼굴은 보통 중국인의 모습 그대로였소."

"그대로라니? 얼굴이 길다든지 둥글다든지, 수염이 많다든지 적다든지 그 생김새를 똑똑하게 말하라."

"얼굴은 좀 긴 편이었고 수염은 보통 길이였소. 머리는 길러서 상투를 틀었는데 얼핏 보면 조선 사람과 비슷하오."

"그 책궤 속에는 모두 사학을 가르치는 책들이 들어 있던데 그 출처를 대라. 어디서 났느냐? 그 외의 그림과 십자가는 무엇을 하는 데 쓰는 것인고?"

"책들은 전부터 조선 사신들이 중국에서 들여온 것들이고, 성화聖畵와 십자가는 우리 성교회 미사를 드릴 때 벽에 걸어두는 성물聖物들이오."

"그것들은 어디서 났는가?"

"잘 모르겠소. 아마도 중국에서 들여왔겠지요."

"그렇게 어물쩍하지 말고 정확히 누구에게 받았는지 그 사람의 이름을 똑똑히 밝히렷다."

"그 사람이 누구인지는 잘 모르오. 누가 중국에서 가져왔는지 모르지만, 내가 그것들이 필요하여 특별히 부탁해서 돈을 주고 구한 것은 기억이 나오."

"그 사람이 누구냐니까?"

"오래되어 누구인지 기억나지 않소."

"너는 모든 것을 이실직고하지 않고 이리저리 숨길 작정이로구나. 좋다, 그렇다면 네 집에서 몰수해 온 책들과 네가 쓴 원고들은 대체 무엇인가?"

"읽어봤으면 무슨 글들인지 이미 알고 있을 것 아니오? 그 책이나 원고는 모두 내가 직접 만든 것들이오."

"네가 사학꾼 중에 첫째 괴수임은 틀림없구나. 사학의 도리를 그만큼 알고 책까지 썼으니 말이다. 그럼 좀 물어보자. '주교요지主敎要旨'라는 말은 무엇이고, 또 '성교전서聖敎全書'라는 말은 무엇이냐?"

"주교요지란 '천주교의 요긴한 뜻'이라는 말이고, 성교전서도 글자 그대로 '성교회의 도리를 모두 말하는 글'이라는 뜻이오."

"그 책은 몇 부나 만들었으며 누구누구에게 전했느냐?"

"『주교요지』를 이미 만들기는 했지만 아직 인쇄를 못 해서 누구에게도 전하지 못했고, 『성교전서』는 아직도 만드는 중이라 절반은 정리되고 나머지 절반은 초고 그대로 있소."

"거기에 보니 삼구三仇에 대해 길게 말했는데 그 삼구란 무엇을 뜻하는가?"

"읽어봤으면 무슨 뜻인지 대강 알았을 것이오. 세속, 마귀, 육신 세 가지를 말한 것이오."

"그 세 가지가 어째서 원수란 말인가?"

"사람이 죄를 범하는 동기가 그 세 가지에 달렸소. 즉 그 세 가지가 사람에게 죄를 범하게 하니 원수란 말이오."

"세속은 이 세상의 것, 즉 나라와 가정과 사회를 말하는 것 같은데 나라에는 임금이 계시고 가정에는 가장이 있다. 그게 다 원수가 되면 너는 나라도 임금도 원수라는 말이냐? 그리고 육신은 우리 몸뚱이를 가리키는 것이렷다. 우리 몸은 부모에게서 받은 것인데, 그 몸을 준 부모도 원수라는 말이냐? 너희 사학을 가리켜서 임금도 어버이도 모르는 무군무부지도無君無父之道라 함은 과연 옳은 말인 줄을 알겠다. 사학이나 사도라고 부르는 것도 틀린 말이 아니니라. 너희는 왜 성현들이 가르치시는 삼강오륜의 거룩한 윤리를 버리고, 그런 금수와 같은 무군무부지도를 성교聖敎로 믿는 것이냐?"

"나로선 거기에 대해 더 이상 할 말이 없소. 구태여 세속을 나라와 임금으로 알고 육신을 부모라 하니 더는 말하고 싶지 않소. 그 책에 삼구를 해석한 부분을 잘 읽어보시오. 나라나 임금이나 부모를 원수라고 했는지 안 했는지 잘 알 수 있을 것이오. 억지로 죄를 덮어씌우지 마시오. 또 우리 성교를 무군무부지도니 금수지도禽獸之道니 하는 말은 어불성설이오."

"그래, 조선에는 성현들의 정학正學이 있고 윤리 도덕이 있거늘 왜 서양 오랑캐의 사도를 봉행하느냐? 그러니 나라에서 금하는 것이 아닌가?"

"천주교를 금하는 것은 만만부당한 처사라오. 천주 성교는 누구나 믿고 받들어야 할 진도眞道라고 여기오."

"무엇이 어째? 임금의 처사가 만만부당하다? 이 나라의 신민으로서 그렇게 말할 수 있단 말인가? 이는 범상犯上 죄요, 곧 역적의 말이다. 너는 그만한 학식과 문벌로써 대역부도 죄를 범했을뿐더러, 나라의 큰 죄인을 숨겨 두둔했으며, 고약한 글을 지어 백성을 속이고 사학에 물들게 했으니, 이제 나라의 법이 얼마나 중하고 무서운지 맛을 좀 봐라."

심문을 마친 판의금부사 서정수는 형틀에 정약종을 잡아맨 후 곤장 삼십 대를 치라고 호령했다. 정약종은 늠름한 자세로 곤장을 고스란히 맞았지만 매 앞에 장사는 없었다. 얼마 후 그는 정신을 잃었다. 포졸 하나가 물을 뿌리자 다시 깨어났다. 고문은 더욱 거세졌다. 중국인 신부의 행방과 편지의 내용을 이실직고하라는 주리 틀림과 밧줄 톱질, 치도곤이 수없이 이어졌다. 그러나 정약종의 태도는 변하지 않았다. 그는 일언반구도 없이 오히려 즐거운 낯빛으로 형벌을 달게 받을 뿐이었다.

"지독한 놈!"

서정수가 나직하게 중얼거렸다. 정약종은 앞에 몰려 있는 고관들에게 들으라는 듯 큰소리로 외쳤다.

"당신들은 왜 나한테 가장 중요한 것 하나를 묻지 않소? 승하하신 선왕에 대한 질문 말이오?"

고관 몇몇의 얼굴에 당황하는 빛이 떠올랐다. 서정수가 서둘러 폐정을 선언했다.

"저자가 이실직고를 하지 않으니 오늘은 이만 파하겠소."

일제히 자리를 박차고 일어나는 고관들을 향해 정약종이 비웃는 얼굴로 말했다.

"양심에 가책이 되오? 어째서……."

정약종은 다음 말을 이을 수가 없었다. 나장 한 명이 손으로 정약종의 입을 가로막았기 때문이다. 아까운 순간이었다. 여러 고관들이 보는 앞에서 임금이 시해된 전말을 폭로하려던 계획은 수포로 돌아갔다.

그 후에도 정약종은 곤장 삼십 대를 더 맞았다. 꿋꿋하게 견디던 그도 거의 삼십 대를 맞아갈 무렵에는 기절하고 말았다. 하지만 그의 입가에는 고통을 초월한 웃음이 가득 넘쳤다. 이미 그의 영혼은 육신을 떠나 천국으로 향하고 있는 것처럼 보였다.

# 5

 다음은 이가환의 순서였다. 이가환은 몸을 제대로 움직이지 못했다. 전날에 이미 호된 심문을 받은 뒤였기 때문이다. 그는 형리들의 부축을 받으며 겨우 법정에 나와 앉았다.
 판의금부사 서정수가 심문을 시작했다.
 "듣거라, 오늘도 바른대로 말하지 않으면 매밖에는 돌아갈 것이 없으리라. 그러니 모든 것을 사실대로 밝히거라."
 이가환은 정신을 차리려고 애썼다. 어제 감옥으로 찾아온 고관 하나가 했던 말이 떠올랐다.
 "대감, 이번에는 옥에서 나가기가 쉽지 않으리다. 그러니 떳떳하게 버티시오."
 이가환은 가슴속에 담아두었던 말을 내뱉기 시작했다.

"십 년 전 기유년己酉年에 윤유일이라는 젊은이가 몰래 연경으로 들어간 일이 있었소. 죽은 권일신의 밀서를 가지고 동지사 편에 국경을 넘었던 것이오."

이가환의 입이 열렸다. 모두들 숨을 죽이고 그의 말이 이어지기를 기다렸다.

"나는 젊은 사람들이 큰 뜻을 지니고 연경까지 사람을 보내는구나 싶었소. 그래서 그에게 노자로 쓰라고 오십 냥을 주었소."

이가환의 말에 좌중이 동요했다. 서정수가 호통을 치자 수군거림이 가라앉았다. 이가환이 계속해서 말했다.

"오십 냥이 큰돈은 아니지만 노자에 보태라고 준 데는 서양의 문물을 배워 오라는 뜻이 담겨 있었소. 연경 천주당에 서양인 신부들이 있다는 것은 다 알고 있는 사실이오. 서양 문물 중에 우리 동양보다 수준 높은 것들이 있는 것 또한 사실이오. 그러니 우리는 서양 사람들에게 배워야 하는 것이오. 나라를 철통같이 막아놓고 사람을 차단하면 어떻게 되겠소? 그것은 어리석은 짓이외다. 물이 높은 곳에서 낮은 곳으로 흘러내리듯 서양 문물이 차츰 조선으로 몰려올 것은 삼척동자도 다 아는 사실. 그것을 억지로 막으려야 막을 도리가 없을 것이오. 십 년 후 백 년 후 언제가 될는지는 모르지만, 서양 문물은 분명 이 땅으로 스며들 것이오. 성리학에만 매달리면 나라의 발전이 없소. 이 점을 잊지 말아주시오. 내가 여러분에게 간곡히 부탁하는 바이오."

이가환이 말을 끝냈지만 누구도 나서는 사람이 없었다. 뜻밖의 말에 당황한 서정수는 이가환의 죄목을 끄집어냈다.

"죄인은 충청도 보령 땅에 사는 방백동이라는 자를 아는가?"

"오늘 처음 듣는 이름이오."

"만나본 일도 없고?"

"물론이오."

"그렇다면 어째서 그자가 네 이름을 알고 있는가?"

"영문을 모르겠소. 경위를 자세하게 설명해 주시오."

"방가라는 자가 비밀히 간직해 오던 서적이 한 권 있다. 천주학 무리를 순서대로 나열한 공책인데, 맨 첫머리에 이가환이라는 이름이 쓰여 있었다. 그 연유를 설명해 보라."

"어째서 그 명단의 맨 상단에 내 이름이 적혀 있는지 나로선 도무지 알 수 없는 일이오."

"천주학과 아무런 상관이 없다면 그 명단에 있을 까닭이 없지 않은가?"

"나는 천주학과 무관한 사람이오. 일차로 심문할 때 누누이 설명하지 않았소."

"충청도 시골구석에 있는 자까지 아는 이가환이라는 이름을 본인이 아니라고 잡아떼면 그만인가. 천주학 무리의 우두머리라는 것을 알고 있기에, 그자는 자랑스럽게 명단의 첫머리에 너의 이름을 써넣었다. 이렇게 명명백백한 사실을 어째서 부인하는가? 같은 질문을 되풀이하고 싶지 않으니 솔직하게 털어놓아라."

이가환은 기가 막혀 할 말이 없었다. 무슨 말을 해야 변명이 되는지 신통한 생각이 떠오르지 않았다.

"죄인은 어째서 말이 없는가? 변명의 여지가 없으렷다."

"그 명단은 조작에 불과하오."

"고작 그것을 답변이라고 하는가? 그럼 네 눈으로 명단을 직접 확인하거라."

금부도사 한 명이 판의금부사에게 그 명단을 받아서 이가환에게 보여주었다. 분명히 그의 이름이 맨 첫머리에 적혀 있었다. 그 밑에는 정약전, 정약용 형제를 비롯하여 이기양처럼 예전에는 천주교에 관심을 가졌으나 지금은 멀어진 사람들의 이름이 나열되어 있었다.

"이 명단은 초창기 서학이 처음 조선에 들어왔을 때, 다시 말해 나라가 천주교를 사교라고 지탄하기 전에 발을 들여놓았던 사람들의 것이오. 이미 천주교와 멀어진 사람들의 명단을 만들어서 지금 내 앞에 보여주는 것이라는 말이외다."

"사교와 멀어졌는지, 여전히 가까운지는 조사하면 백일하에 드러날 문제이니라. 중요한 것은 네 이름이 그 명단에 포함되어 있을 뿐만 아니라, 그것도 맨 첫머리에 커다랗게 떡하니 자리 잡고 있다는 사실이다."

"그것은 내가 알 바 아니오. 무슨 뜻으로 내 이름을 거기에 넣었는지."

"네가 모르면 누가 아는가?"

"정말로 나는 모르는 일이오."

"죄인은 그렇게 잡아떼면 그만인 줄 아는가?"

"버선목이 아니라 내 속을 뒤집어 보일 수도 없는 일이고……."
"초창기에는 사교에 들었으나 지금은 아니라는 변명을 한다면 참작할 수도 있으련만……."
"사실과 다르오. 나는 한 번도 천주교에 입교하지 않았소."
"안 되겠다. 이실직고할 때까지 매로 다스려라."
"잠깐만, 매로써 다스린다면……."
"그러면 솔직하게 불겠는가?"
"무엇을 불라는 말이오?"
"매우 쳐라!"
"아구구…… 매로 치면……."

그동안에 형리들은 익숙하게 죄인을 형틀에 잡아맸다. 먼저 이가환을 붙잡아 엎어놓았다. 그러고는 능숙한 솜씨로 곤장을 내려치기 시작했다. 한 녀석이 '하나요, 둘이요' 하면서 숫자를 세면 다른 두 녀석이 번갈아 곤장을 때렸다.

구경하는 벼슬아치들은 눈살을 찌푸리며 지켜봤다. 형리들은 기계처럼 음률에 맞춰 능숙하게 곤장질하고 있었다. 이가환은 까무러치듯 고통스러운 소리를 질러댔다. 매질은 오래가지 않았다. 열아홉, 스물에서 곤장은 멈추었다. 이가환이 이미 기절했던 것이다.

이가환이 형틀에 매여 곤장을 맞다니, 선왕이 살아 있으면 상상도 할 수 없는 일이었다. 지하의 정조가 통곡할 일이었다.

정조는 이가환의 폭넓은 식견에 감탄을 금치 못했다. 이가환은 모르는 것이 없었다. 특히 그는 천지 만물의 생성 과정과 이치, 그리고 별들의 천체 운행에 대해 깊이 연구한 사람이었다. 이백여 년 전 중국에서 발표했던 서양 선교사들의 연구에 관해서도 그는 이미 서책으로 통달한 상태였다. 그뿐만이 아니었다. 문장도 당대 제일이었다.

이가환은 분명히 명실상부한 조선 제일의 수재요, 천재였다. 정조가 그에게 질문하여 답변을 못 듣는 일이란 없었다. 한번은 정조가 머리를 쥐어짜며 고심한 적이 있었다. 정조 자신도 웬만한 한문 서적을 다 읽어서 낯선 글자가 없는 터였지만 한 글자를 도무지 알 수가 없었다. 고심 끝에 정조는 이가환을 불러 물었다. 이가환은 조금도 망설이지 않았다. '그 글자는 지금 사용하지 않는 한자로, 무슨 책 몇 쪽 몇 째 줄에 쓰여 있습니다' 하고 정확하게 대답을 했다.

그렇듯 이가환은 한 번 읽은 책이면 잊어버리는 법이 없었다. 그의 기억력은 상상을 초월했다. 동서고금을 넘나들며 그가 읽지 않은 서적이 드물었고, 그가 읽은 것 중에서 내용을 기억하지 못하는 일도 좀처럼 없었다.

그런 이가환이 특별히 기억하는 책들이 있었다. 그것들은 바로 서학서이다. 중국을 통해 들여온 그 책들은 종류가 다양했다. 예수 그리스도를 중심으로 한 종교 서적이 대부분이었지만, 천체 연구나 수학의 기하학에 관한 것들도 있었다. 그는 서양의 학문들을 높이 평가하고 흥미롭게 공부했다. 그 덕분에 그는 결국 조선 기하학의 독보적인 존재가 될 수 있었다.

그런 국보적인 존재를 정적이라고 하여 무지막지하게 다루니 온

전한 나라가 아니었다. 지난해 채제공이 세상을 떠나고 나서부터 이가환은 자타가 모두 인정하는 남인의 영수領袖가 됐다. 뭇 남인이 우러러 바라보니 노론의 표적이 이가환에게 쏠리는 것은 당연했다. 채제공에 이어서 한 해 만에 정조마저 갑자기 세상을 떠났으니, 이가환을 비롯한 수하 남인이 받은 충격은 가히 짐작하고도 남는 일이었다. 맹수들이 우글거리는 우리에 내팽개쳐진 고아들처럼 그들은 속수무책으로 적들의 처분만 기다리는 꼴이 됐다. 그러기에 자기들의 영수가 의금부에 잡혀 와서 모진 매질을 당해도 누구 한 사람 말려주지 않았다. 하기야 남인 대부분이 천주학꾼으로 잡혀 있으니 나서려야 나설 사람도 없었다.

그날도 이가환은 나졸의 등에 업힌 채 감옥으로 돌아갔다. 이가환을 업어 온 나졸은 맨손으로나마 그의 몸을 주물러주었다. 동료 하나가 눈짓하며 그 나졸을 끌어내 가려고 했다. 하지만 나졸이 보기에도 이가환은 너무나 불쌍했다. 나졸은 완강하게 거절하며 그의 간호를 계속했다.

의금부 앞마당은 연일 천주교인들의 매타작이 벌어지는 곳이 됐다. 권철신 역시 의금부행을 피할 수 없었다. 그는 정약종과 함께 의금부 감옥으로 잡혀 왔다. 고향 양근을 떠나 한양의 아들 집에 머물렀던 그는 의금부 금부도사에게 잡혀서 감옥으로 끌려오는 신세가 됐다.

양근 군수로 새로 부임한 정주성은 천주학쟁이들의 씨를 말리겠다고 큰소리친 만큼 천주교인들에게 포악한 짓을 많이 저질렀다.

그는 양근 지방에 천주교가 성행하는 것은 모두 한강개의 녹암 권철신 때문이라고 단언했다. 사실 녹암은 밖으로 다니며 전교한 일이 없었다. 그래도 그 지방 사람들은 그가 풍기는 인품의 고귀한 기운만으로도 예수를 받아들였다. 전임 군수가 나날이 번성하는 천주교를 막지 못하자, 선왕 정조는 정주성을 양근 지방에 보냈다. 그러자 노론의 거물 몇몇이 신임 양근 군수를 매수했다. 녹암의 약점을 잡아 말썽을 일으켜주면 훗날 좋은 자리로 영전榮轉해 주겠다고 약속했던 것이다.

정주성은 먼저 권철신에게 출두 명령을 내렸다. 특별한 이유 없이 학문에 여념이 없는 선비를 함부로 오라 가라 못 하는 법이라며 녹암이 응하지 않자 형방을 보냈다. 그래도 녹암이 따르지 않자 포졸들을 수십 명 보내어 강제로 연행해 오라고 명령했다. 권씨 집안도 가만히 있지는 않았다. 사 형제와 집안 하인들을 모두 동원하여 대항했다. 그 기세를 만만하게 볼 입장이 아니었다. 화가 머리끝까지 치솟은 정주성이 직접 부하들을 끌고 권철신의 집으로 쳐들어갔다. 그러나 녹암은 이미 피신하고 없었다. 그는 한양과 양근을 오가면서 정주성을 피했다. 숨바꼭질하듯 길고 긴 싸움이 시작됐던 것이다.

그러다가 정조가 붕어했다. 노론이 득세하자 권철신은 자신의 때가 한계에 이르렀음을 절감했다. 고향을 떠나 아들 집에 있던 녹암은 순순히 의금부에 잡혀 왔다.

권철신은 천주교인이 아니라고 부인하지는 못했다. 비록 천주교인들의 집회에는 한 번도 참석하지 않았지만, 그는 예수 그리스도를 부정할 수 없었다. 물론 처음에는 매질에 못 이겨 부인하려고도 했다. 그러나 천주학 서적들을 읽으면서 마음속으로는 예수를 공경했다. 그는 결국 판의금부사의 말을 시인하고 말았다. 양근 시골구석에 처박혀 지냈으나 그의 명성은 선비 사회에 여전히 빛나고 있었다.

정헌貞軒 이가환과 녹암 권철신은 남인에겐 두 기둥과 같은 존재였다. 한 명은 정계의 중심으로서, 또 한 명은 야인으로서 두 사람의 명성은 청솔처럼 푸르렀다. 어지간한 선비들치고 그들을 모르는 이는 없었다. 그들은 의금부에서도 함부로 대하기가 어려웠다. 그러나 시절이 바뀌었다. 시국이 바뀐 지금은 모두들 두 늙은이를 개 취급하며 잔혹하게 매질했다.

한편 예문관의 추 봉교는 바쁘게 움직이고 있었다. 의금부의 금부도사 한 명을 매수하는 것이 목표였다. 그는 며칠째 금부도사가 다니는 단골 술집을 드나들었다. 그는 풍족한 자금으로 술집 주인의 마음을 사로잡았다. 강씨 성을 가진 금부도사가 퇴근하자마자 그 술집으로 득달같이 달려왔다. 추 봉교가 기다리고 있다가 아첨하듯 말했다.

"형님, 오늘은 몇 사람이나 잡아들였소?"

"오늘은 바깥으로 나가지 않았네. 웬만한 천주교인들은 거의 잡아들인 셈이야. 양반층은 싹쓸이했지. 한 놈을 못 잡고 있는데 아무래도 한양에서 벗어난 듯하구먼."

"그게 누구인데요?"

"황사영이라는 젊은 놈인데, 천주학에서는 꽤 높은 직책을 맡고 있는 것 같아."

"그놈이 쥐새끼처럼 빠져나갔다면 다시 잡기가 쉽지 않겠구먼요?"

"의금부에는 날마다 매타작이 벌어지고 있다네. 형리들의 팔이 모두 병날 지경이야. 며칠째 매질만 해대고 있으니 그럴 만도 하지."

"죄인들은 순순히 불던가요?"

"어림없어. 개중에는 악질배도 있으니……. 주리를 틀어도, 밧줄 톱질을 해도 말을 안 듣고 끝까지 반항한단 말이야."

"신념이 강하다는 거겠지요."

그들이 이야기하는 도중에 술상이 들어왔다. 기생 둘도 함께 왔으나 지금은 노닥거릴 기분이 아니었다. 추 봉교가 눈짓을 하자 기생들은 다시 밖으로 나갔다. 그가 진지하게 물었다.

"형님, 앞으로 그 사람들을 어떻게 처리할 것 같습니까? 나는 천주교인이 아니지만 그 일을 궁금해하는 사람들이 있기에 묻는 것이오."

"주모자 급은 거의 전부 죽일 것 같더구먼."

"그래요?"

"생각해 보게. 그들이 천주교인이라 죽이는 것이 아니라, 사실 남인이라 처단한다고 봐야겠지. 선왕 시절에 남인을 제거하고 싶어 얼마나 별렀나? 이번 기회에 남인이 된서리를 맞게 된 거지."

"남인을 치는데 왜 천주교인이 죄를 뒤집어쓴단 말이오?"

"결국 그 패가 그 패 아닌가. 그런데 자네가 왜 그리 천주교 일에 관심이 많은가?"

"남인이 딱하게 됐으니까 하는 말이오."

"정치란 그런 것이야. 한 편이 살기 위해서는 상대편을 제거하고 권력을 잡아야 한다네. 행여 나중에 반란을 도모할 수도 있으니 그 싹을 완전히 잘라버려야지. 그것이 감투 쓴 놈들이 으레 행하는 짓거리 아닌가."

"술이나 마십시다. 더러운 정치판을 생각하다가 술 맛도 떨어지겠소. 애들아, 들어오너라. 형님, 그런 당쟁에는 아예 휘말리지도 마시오."

"출세하려면 모를까, 양반도 아니면서 어떤 당파에 들 필요가 무에 있겠는가. 이렁저렁 이런 곳에서 이런 계집들과 노닥거리며 사는 것이 상책이지. 얘, 인월아. 안 그러냐?"

그는 방으로 들어오는 기생을 덥석 끌어안고 방바닥에 벌러덩 넘어졌다. 인월이라는 기생은 기겁을 하며 자리에서 일어나 앉더니 눈을 흘겼다.

"점잖은 손님 앞에서 이것이 무슨 추태요?"

"허허, 난 점잖은 손님이 아니다. 술자리에서 사내들이란 모두 소나 개와 같은 꼴이지. 오늘 맘껏 마셔보자꾸나."

그날 추 봉교는 혀가 꼬부라지도록 마신 뒤에 술자리를 털었다.

다음 날 저녁이 됐다. 예전 그 집으로 강완숙이 나타났다. 추 봉교가 벌떡 일어나며 강완숙을 반갑게 맞이했다.

"지금도 집 주변을 감시당하고 있습니까?"

"포졸들이 잠시도 자리를 비우지 않습니다. 번갈아 번番을 서면서 우리 집을 감시하고 있지요. 그래서 내가 데리고 있는 아이들을 한둘씩 자기 집으로 돌려보내고 있소. 아무래도 불안해서……."

"그러면 영인이도 집으로 보내시려고요?"

"추 봉교가 제일 반가워하겠구먼. 오매불망하던 임이 돌아오지 않소."

"지금 그런 농담이나 하고 있을 때가 아니잖습니까?"

의외로 추 봉교는 심각한 표정을 지었다. 강완숙도 고쳐 앉으며 진지하게 사과했다.

"미안하오. 며칠째 감시를 받으면서 생활하느라 예민해진 신경을 풀어보려고 잠시 농담을 했소."

"의금부에 강씨 성을 가진 금부도사가 있습니다. 그동안 격조하게 지냈는데 시국 돌아가는 꼴을 알려고 술집에서 여러 번 어울렸지요. 그이가 현 시국을 꿰뚫어 보더이다. 옥에 갇혀 있는 천주교인들 중에 몇몇 중요 인물들은 살아남기 힘들겠다고 합니다."

"누구누구가 희생될 것 같습니까?"

"구체적인 것은 그 사람도 확실히 모르지요. 지금 분위기가 그렇다는 것을 말할 뿐입니다."

두 사람은 그 외의 정보를 간단히 교환하고 곧 헤어졌다. 강완숙은 훈동 집에 도착한 즉시 문영인을 불렀다.

"네 집에 있는 것이 안전할 게다. 그곳에서 지내다가 회오리바람이 가라앉으면 돌아오거라. 매사에 몸조심하는 것을 잊지 말고."

"어머니, 설마 이것이 마지막은 아니겠지요?"

"아가타는 따로 피할 집이 없으니 나와 끝까지 행동을 함께할 것이다. 걱정 마라. 모든 것은 하느님의 뜻대로 될 것이다. 어서 가렴. 이럴 때 갑녕이가 있었으면 집까지 바래다주련마는."

"혼자 가도 괜찮습니다. 곧 떠날 준비를 하겠어요."

문영인이 밤늦게 떠나버리자 집 안이 텅 빈 것만 같았다. 훈동 집에 남은 식구들은 더 한층 쓸쓸하기 짝이 없었다. 그마저도 얼마 되지 않아 가족과 하녀 두 명, 윤점혜뿐이었다.

문영인이 훈동을 나섰다. 그런데 그림자처럼 그녀의 뒤를 따르는 포졸이 있었다. 며칠 전부터 여기를 나가는 여인들은 무사하지 못했다. 포졸들이 뒤를 밟아 여인들의 집을 알아냈다. 당사자들은 자기가 무사히 집에 도착한 줄 알지만, 눈치 빠른 포졸들이 아무도 모르게 순진한 여인들을 뒤밟는 것은 식은 죽 먹기보다 쉬운 일이었다.

청석동에 있는 문영인의 집도 그녀가 도착한 즉시 발각되고 말았다. 그러나 당장 그녀를 체포한 것은 아니었다. 포졸은 위치만 파악해 두고 조용히 물러갔다.

며칠 후 드디어 일이 터졌다. 훈동 천주교 본당이 급습을 당하여 난장판이 됐다. 집 주변을 여러 날 감시하는 줄은 알았지만, 이렇게 포졸들이 한꺼번에 집 안으로 몰려들리라고는 미처 예상치 못한 일이었다.

"이놈들아, 이 나라에는 법도 없는 줄 아느냐. 이게 무슨 행패란 말이냐?"

강완숙이 냅다 큰소리로 호령하니, 이 방 저 방으로 흩어져 방 안을 휘젓고 다니던 포졸들이 모든 행동을 멈추고 그녀를 멍하니 쳐다봤다. 지휘자로 온 포교 한 명이 앞으로 나서면서 거만하게 말했다.

"우리는 상부의 명령을 받고 법대로 시행하는 것뿐이오."

"어떤 무식한 상관이 그따위 명령을 하더냐. 양반 과수 혼자 사는 집에 함부로 들어와서는 안 된다는 것이 이 나라의 법도이다. 수백 년 동안 지켜온 법도를 무시하고, 어디 와서 행패를 부리느냐?"

"나도 그런 줄은 알고 있소. 그렇다고 나라에서 찾는 죄인을 이 집에 숨겨놓은 줄 번연히 알면서도 나라의 법도를 내세워 그냥 넘길 일이 아니잖소. 그래서 이번에는 상부에서도 용단을 내려 이 집을 수색하라고 명령을 내린 것이오."

"수백 년간 이어져 온 법도를 어기면서까지 죄인을 잡겠다고? 부하들을 데려온 책임자인 자네의 이름을 자세히 말해 보게."

"나는 좌포청에 적을 두고 있는 포도부장 임성렬이오."

"분명히 상부의 명령을 받았다고 했겠다?"

"물론입죠. 이런 양반가에 와서 감히 나 같은 일개 포도군관이 명령도 없이 이런 짓을 마음대로 저지르겠습니까, 마님?"

말은 부드러웠지만 실상 내용은 그렇지 않았다. 임 포교의 말끝에는 비웃음이 가득 담겨 있었다. 강완숙은 분했지만 입술을 깨물었다. 앞으로 전개될 일을 생각하니 눈앞이 캄캄해졌던 것이다. 그녀는 두 손을 모아 마음속으로 기도했다.
'주여! 주님의 뜻대로 하소서.'
앞마당에서 세 사람은 포승줄에 묶였다. 강완숙과 윤점혜, 그리고 집주인 홍필주까지. 늙은 시어머니와 어린 손자가 놀라서 엉겨 붙으며 매달렸으나 포졸들은 그들을 거칠게 떼어놓았다. 강완숙은 눈짓으로 며느리와 대화를 나누었다. 두 사람은 이런 일이 있을 때를 대비하여 미리부터 약속해 둔 것이 있었다.
강완숙은 대문 밖으로 끌려 나가면서 자기가 살던 집을 휘둘러봤다. 조선 천주교의 요람이었던 이곳이 오늘로 마지막이라고 생각하니 절로 눈물이 나왔다. 그러나 그녀는 믿었다. 어리석은 정치인들이 지금은 기고만장할지라도 조선에서 천주의 진리는 결코 소멸하지 않을 것이다. 아무리 억압하고 탄압해도 진정한 종교를 희구하는 소망은 반드시 이루어질 것이다. 그녀는 당당하게 포도청으로 끌려갔다.

# 6

 포도청 감옥 앞에 이르러서야 강완숙의 정신이 바로 돌아왔다. 그녀는 간절히 기도를 하면서 한 걸음 한 걸음 걸어왔던 것이다. 옥졸 서넛과 옥쇄장이라는 자가 앞으로 나섰다. 옥쇄장은 여자들을 흘낏 쳐다보면서 임 포교에게 말을 걸었다.
 "오늘부터는 여자들을 잡아들입니까?"
 "왜, 재미있을 것 같으냐?"
 "에이, 재미는요. 여자들 다루기가 더욱 성가시구먼요. 이번에는 젖먹이가 딸리지 않아서 다행이네."
 옥졸들은 이야기를 나누며 홍필주를 더 안쪽으로 끌어갔다. 그의 얼굴은 이미 핥아버린 죽사발처럼 하얗게 사색이 되어 있었다. 그 모습을 보고 강완숙이 용기를 불어넣어 주었다.

"필주야, 정신을 똑바로 차려라. 네 곁에는 항상 주님이 계신다."

옥졸들에게 끌려가던 홍필주가 뒤돌아봤다. 강완숙은 더욱 큰소리로 말했다.

"결코 고문에 굴복하지 말거라. 항상 주님만 쳐다보면서 견뎌야 한다."

"조용히 하시오. 너희 둘은 저 방으로 들어가거라."

옥졸 한 명이 손을 내저은 뒤에 옥방 문을 가리켰다. 강완숙은 윤점혜와 함께 컴컴한 옥방으로 들어섰다. 그곳에 발을 들여놓자마자 구역질이 욱 치솟으면서 금방이라도 토할 것 같았다. 바깥에서는 도저히 상상도 못할 감옥 특유의 냄새가 비위에 거슬렸다. 옥방 안으로 밀려 들어와 어두컴컴한 가운데 주위를 둘러보니 차츰 사물의 형체가 눈에 들어왔다. 멍석을 깐 바닥은 시커멓게 반들반들 닳아 있었으나 짚 새끼 사이사이에 오만 가지 오물이 끼여 있었다. 구석에 웅크리고 앉아 있는 여자들 세 명도 보였다.

"댁들도 천주교인이오?"

강완숙이 먼저 묻자 그중 나이 많은 노파가 선뜻 대답했다.

"왜 아니겠소. 여기서 교우들을 만나다니."

그들은 서로 얼싸안았다. 이런 감옥에서 교우들을 만날 줄이야! 도처에 천주교를 믿는 교우들이 있다는 것을 비로소 실감할 수 있었다.

"댁들은 어떻게 들어오게 됐소?"

강완숙이 질문하자 노파는 자랑스럽게 말했다.

"지난 섣달에는 여기는 말할 것도 없고 모든 옥방마다 천주교인들로 가득 찼소. 그런데 몇 사람들이 매질 서너 번에 '아이고, 나 죽네' 엄살을 떨자, 천주교를 멀리하겠다는 다짐을 받고서 내보내 주더구먼. 그러니까 너도나도 절대로 천주교를 안 믿겠다고 싹싹 빌더니 대부분 옥에서 풀려났다오. 여기 남은 우리 세 사람은 끝까지 버텼지."

"참 잘했소. 훗날 천국에 가서 크게 상을 받을 것이오."

"그것 봐. 내 말이 맞다니까."

노파는 다른 두 여자에게 보란 듯이 으쓱거렸다. 한 여자는 마흔이 약간 넘어 보였고, 또 한 여자는 쉰쯤 된 듯했다.

"지금 우리가 고생해도 나중에 죽으면 천당에서 즐거운 세월을 보내게 된다고 하지 않던가."

"할머니는 어디에서 오셨소?"

"서소문 밖 동막골에 살았다오."

"그럼 그 지역 책임자가 새우젓 도가를 하는 이상면이 맞소?"

"그 양반을 어떻게 아시오?"

강완숙이 목소리를 낮춰 말했다.

"내가 신부님을 모시던 사람입니다. 강 골롬바라고 하오."

세 사람은 깜짝 놀랐다.

"어쩐지 첫인상이 남다르더라니. 보통 여자가 아닌 줄을 알아봤소. 그런데 신부님은 지금 어디 계시오?"

"신부님 행방은 나도 모릅니다. 우리 집을 떠난 뒤로는 나도 소식을 못 들었으니."

"아무쪼록 무사하셔야 할 텐데."

"우리 모두 기도합시다. 비록 우리의 몸은 이런 지옥 같은 곳으로 잡혀 와 있을지라도 영혼은 천상에 있다고 믿읍시다. 천국으로 가는 길을 쉽게 생각하면 안 됩니다. 우리의 신앙심을 단련하기에는 여기보다 더 적당한 곳이 없습니다. 그리고 신부님의 안녕을 위해서도 간절한 마음으로 기도합시다."

그 시각에 문영인은 훈동 강완숙의 집을 떠나서 청석동 자기 집에 도착해 있었다. 전날 밤 늦게 그곳을 떠난 그녀는 낯선 곳을 찾아가듯 조심스럽게 자기 집으로 향했다. 아무도 모르게 훈동 집을 빠져나왔으리라 믿었다. 그녀는 포졸이 미행하는 것을 조금도 눈치채지 못했다.

문영인의 집에는 젖먹이 하나를 둔 젊은 부부가 세 들어 있었다. 그러나 그녀의 어머니는 여전히 혼자 외롭게 살았다. 시집간 맏딸이 이웃집에 살면서 아침저녁으로 어머니를 돌보는 생활을 계속해오고 있었지만, 어머니의 마음이 허전하기는 마찬가지였다. 그런 마당에 문영인이 나타난 것이었다.

그런데 문명인의 어머니는 표정이 밝지 않았다. 느닷없이 나타난 딸을 반가워하기보다 어리둥절한 기색으로 바깥 동정부터 살폈다.

"얘, 영인아. 훈동 집에 무슨 일이 났느냐?"

"아무 일 없어요. 갑자기 어머니가 보고 싶어 왔어요."

"아무 일 없다고? 어미 앞에서까지 숨길 것이 무에 있느냐?"

문영인은 한숨을 포옥 내쉬었다.

"어머니, 아무래도 시국이 불안해요. 양어머니가 우리들에게 각자 자기 집으로 돌아가라고 분부하셨어요."

"그랬구나. 아무튼 잘 왔다. 이참에 집에서 푹 쉬거라."

"제가 집에 와 있다는 것을 아무에게도 말씀하시지 마세요."

"아무렴. 허나 네 큰언니에겐 어차피 알려야 하지 않겠니?"

"큰언니에겐 어쩔 수 없지요."

바로 이튿날 아침나절에 느닷없이 추 봉교가 찾아왔다. 문영인 모녀는 몹시 당황했다.

"내가 못 올 데를 왔나, 왜 그리 놀라시오?"

"어서 안으로 들어오시오. 혼자 사는 집이라 썰렁하지만."

"그러면 염치 불구하고 들어가겠소."

방 안으로 들어온 추 봉교는 주위를 휘 둘러봤다. 아랫목에 횃대가 걸려 있고 윗목에 옷장 하나가 놓여 있는 것이 세간의 전부였다. 그는 마음이 아팠지만 지금 손쓸 수는 없는 일이었다. 잠깐 뜸을 들이다가 그가 먼저 말을 꺼냈다.

"훈동 쪽에서 이야기를 들었소. 문 소저가 여기로 돌아오면 앞일을 부탁한다고요. 염려 마시오. 나, 추삼길이 책임지고 문 소저를 보호해 드리겠소."

문영인의 어머니는 여전히 영문을 몰라 얼떨떨한 모양이었다. 추 봉교는 자신이 천주교인이 된 경위를 간단히 설명하고 나서 신중하게 말을 이었다.

"여기는 매우 위험합니다. 내가 안전한 곳으로 안내할 테니 그 집으로 가시겠소? 그 집은 마음대로 지내도 괜찮은 장소라오."

문영인 본인보다 옆에 있는 어머니가 더 애타는 마음에 추 봉교의 말을 그대로 좇으라고 권했다. 그러나 문영인은 선뜻 대답하지 않았다. 추 봉교가 그녀의 속내를 알겠다는 듯 고개를 끄덕였다.

"솔직히 말해서 나는 천주교인이라고 말할 자격도 없는 사람이오. 그러나 강 골롬바라는 여인에게 예수님 이야기를 들었고 교리책도 빌려 밤새도록 읽었소. 그 덕분에 깨우친 바가 정말 많았소. 강 골롬바가 나에게 간절히 부탁하더이다. 이번 교난에 우리 영인이가 무사하도록 보호해 달라고. 그래서 나는 장담했소. 내 목숨을 걸고라도 문 소저를 보호하겠다고 말이오. 천국이 있다지만 그곳은 죽은 다음에 가는 곳이고, 우선은 살아서 예수 그리스도의 행실을 본받아 선을 행하는 일이 급선무인 것으로 알고 있소. 그러니까 먼저 살고 봐야 하오."

추 봉교의 입에서 예수 그리스도라는 말이 나오자 문영인은 갑자기 그가 가깝게 느껴졌다. 그녀는 추 봉교의 말을 따르겠다고 약속했다.

"집에서 쉴 겸 어머니와 회포도 풀어야 하니 내일모레쯤 약속 장소로 나가겠습니다."

"좋습니다. 그러면 나는 그동안 모든 준비를 갖추도록 하겠소."

추 봉교가 말을 마치고 밖으로 나오자 대문에서 조금 떨어진 곳에 하인 막천이 나타났다.

"이야기를 다 마치셨습니까?"

"오냐, 뜻대로 일이 잘됐다."

추 봉교는 매우 만족한 듯 의기양양하게 돌아갔다. 문영인의 어머니는 대문 밖에서 두 사람의 행동을 지켜봤다. 추 봉교가 참으로 믿음직스러워 보였다.

그런데 다음 날 한낮에 갑작스럽게 포졸들이 문영인의 집에 들이닥쳤다. 옴치고 뛸 시간조차 없었다. 마침 어머니는 이웃집에 가고 없었고, 문영인 혼자 가벼운 낮잠에 빠져 있다가 포졸들의 급습을 받았던 것이다.

"집에 다른 사람은 없느냐?"

"어머니가 계신데 이웃집에 마실 가신 모양입니다."

신발을 신은 채 방으로 들어온 포졸들은 횃대에 걸린 옷들을 걷어서 옷 속을 낱낱이 까뒤집어 봤고 장롱 안도 빠짐없이 살폈다. 방 안의 세간이 너무 간소하자 방바닥에 깔아둔 기직자리를 들추며 문영인을 한쪽으로 밀었다. 그런데 그곳에서 곱게 접힌 종이 한 장이 나오는 것이 아닌가. 문영인은 그제야 아침에 수산나 아주머니가 찾아왔던 일을 떠올렸다. 그것은 교무 일지를 적은 종이였다. 하기야 포졸들이 너무도 갑작스레 몰려드는 바람에, 그곳에 그 종이가 있다는 것을 알았다고 해도 감출 겨를이 없었을 것이다.

"너도 천주학쟁이가 틀림없지?"

"예, 맞습니다. 그러니 나리들의 처분대로 하시오."

증거품을 들이대는 데는 별수가 없었다. 문영인은 두말 못하고 자백하고 말았다.

"이왕 내 집에 오셨으니 약주라도 간단히 잡숫고 가시오."

그러고 나서 문영인은 한집에 사는 여자를 불러 막걸리를 사 오라고 부탁했다. 뜻밖의 행동에 포졸들은 감동한 모양이었다.

"보아하니 미색이 뛰어난데, 어쩌다가 천주학에 빠졌느냐?"

포졸 한 명이 문영인의 얼굴을 유심히 쳐다보더니 동정하는 뜻으로 말을 걸었다.

"나도 하느님의 선택을 받았습니다. 우리 주 예수 그리스도를 믿으면 누구나 영생의 행복을 얻을 수 있지요."

"배운 사람이나 안 배운 사람이나 모두 예수를 찾던데, 그것은 나중 일이고 내가 한 가지 제안을 하지. 우리도 아가씨 같은 처녀를 포도청으로 끌어다가 고생시키고 싶지 않구먼. 우리에게 한마디만 해 주게. 예수를 안 믿겠다고."

그러자 어림없는 소리라는 듯 문영인은 얼굴에 한가득 미소를 지으며 도리질을 하는 것이었다.

"우리 예수님을 배신하라고요? 그런 말은 한마디도 할 수 없습니다."

"말로 배신하는 것이 무에 어떤가? 말로는 백 번 저버린들 무슨 상관이야. 마음속으로 믿으면 그만이지."

"그런 위선적인 행동을 할 수는 없소."

다른 포졸이 한마디 거들면서 내뱉었다.

"헛수고하지 말게. 진짜 천주학쟁이는 백 번 말해도 소용없으니까."

심부름 갔던 여자가 술병을 들고 들어왔다. 집을 나설 때는 경황 없어 보이더니 그녀는 마음이 안정된 듯 부엌으로 가서 술상을 봐 왔다.

"차린 것은 없지만, 목들이나 축이시오."

"잡혀갈 처녀에게 술대접 받기는 난생 처음이구먼."

"여하간 잘 마시겠소."

잠시 후 문영인은 포승줄에 묶여 집을 떠났다. 한집 여자에게 연락을 받은 그녀의 어머니가 딸을 뒤쫓아 가면서 울부짖었으나 소용없는 일이었다. 포졸들에게 막혀 딸에게 접근하기조차 힘들었다.

한나절도 훨씬 지난 시각에 추 봉교가 나타났다. 어쩐지 썰렁해진 집 안 풍경에 불길한 예감이 들어서 그는 하인 막천을 먼저 들여보냈다. 잠시 후 그 집에서 뛰쳐나온 막천이 어처구니없는 소식을 전했다.

"포, 포졸들이 그 아가씨를 먼, 먼저 잡아갔소."

"무엇……?"

추 봉교는 체면 불구하고 집 안으로 뛰어 들어갔다. 문영인의 어머니는 그를 보고도 꼼짝하지 않았다. 갑작스러운 변고에 멍하니 얼이 빠진 모양이었다. 잠시 후에야 제정신을 차린 그녀는 추 봉교를 붙잡고 원망을 해댔다.

자초지종을 듣다가 말고 집 밖으로 뛰쳐나간 추 봉교는 무조건 포도청을 향해 달려갔다. 갓도, 두루마기도 갖추지 못한 채 정신없이 달려간 그는 단숨에 포도청 앞에 이르러, 정문을 지키는 포졸들에게 가쁜 숨을 내쉬면서 물었다.

"조금 전에 처녀 한 명을 연행해 오지 않았는가?"

첫눈에 양반처럼 보이긴 하지만 추 봉교의 행색은 엉망이었다. 그때 마침 막천이 갓을 갖고 뒤따라오지 않았으면 경을 칠 뻔했다.

"어허, 포졸들이 이곳으로 처녀를 잡아 왔느냐고 물으시는 말씀을 못 들었소?"

눈치 빠른 포졸들은 금세 곰살궂게 굴었다.

"한 시간은 됐을 것이오. 기막히게 어여쁜 여자가 포승줄에 묶인 채로 끌려왔소."

그 소리에 추 봉교는 맥이 탁 빠져서 만사휴의萬事休矣라는 표정으로 굳었다.

"천주학쟁이라던데?"

포졸 한 명이 그렇게 묻자 막천이 얼른 대답했다.

"우리 봉교 나리가 그 아가씨에게서 천주학을 멀어지게 하려고 무던히 애쓰셨소. 그런데 여기로 잡혀 왔으니……."

추 봉교는 당장 포도청으로 뛰어들고 싶었으나 그럴 처지가 못 됐다. 그와 같은 하급 관리의 신분으로는 포도청을 마음대로 출입할 수 없었다. 적어도 포도군관쯤 되는 사람이 동행한다면 모를까. 그는 안면이 있는 포교들을 헤아려봤으나 얼른 이름이 생각나지 않았다.

일단 그곳에서 물러나는 수밖에 없었다. 추 봉교는 그곳을 무력하게 떠나려니 발걸음이 한없이 무거웠다. 그런 곳에 문영인 같은 여린 여인을 남겨놓으려니 발길이 떨어지지 않았다. 그는 생각할수록 억울했다. 문영인이 잡혀갈 때 곁에 없었던 것이 못내 안타까웠다. 그때 그만 있었으면 포졸들을 어떻게 매수해서라도 문영인이 연행되는 것을 모면했을 텐데, 하필 그 시각에 그녀가 머물 곳을 확인해 두려고 떠나 있었으니.

'십 년 공부 도로아미타불이라더니……, 나는 영인이와 인연이 없는 것인가.'

추 봉교는 그런 절망감마저 들었다. 그는 마음을 주체할 수 없어 근처 술집으로 들어가 독한 술을 연거푸 들이켰다. 막천이 너무 빨리 마신다고 주의를 주었으나 그의 귀에 들어오지 않았다.

그때 바깥에서 행진하는 북소리가 들려왔다. 막천이 술집 밖으로 나갔다가 급하게 뛰어 들어왔다.

"주인 나리, 어서 밖에 나가 보시오."

"왜 그러느냐?"

"글쎄, 어서 나가 보시라니까요."

추 봉교는 막천에게 떠밀리다시피 강제로 술집을 나왔다. 종로 거리는 벌써 구경꾼들로 가득했다. 고수鼓手가 지나간 뒤를 따라 사형수를 태운 소달구지들이 줄지어 지나갔다. 수레는 모두 세 대였다. 수레마다 죄수는 두 명씩 타고 있었다.

"천주학쟁이들을 사형하러 간다는구먼."

"어디로 데려간다던가?"

"그야 참터로 갈 테지, 어디로 가겠어."

천주학이라는 말에 추 봉교는 정신이 번쩍 났다. 그는 군중들 틈에 끼여 사형수들을 바라보며 정신없이 따라갔다. 서로 가까이에서 보려고 앞을 차지하려는 사람들이 자리다툼을 벌였다. 추 봉교도 사형수들만 쳐다보며 걷느라고 앞을 막는 사람들과 수없이 부딪쳤다.

"오! 저 사람들이 천주교인이야?"

추 봉교는 무수한 인파 속에 앞뒤로 밀리면서도 사형수들을 태운 소달구지를 뚫어지게 바라보며 악착같이 뒤쫓았다.

"믿음을 위해 자기 목숨을 바친단 말이지!"

사람들은 그들의 얼굴을 새삼스럽게 쳐다봤다. 사형수들은 초연한 모습이었다. 군중이 아우성치며 구경해도 그들의 귀에는 아무 소리도 들리지 않는 모양이었다. 그들 중에는 머리를 단정하게 매만진 사람도 있었지만, 봉두난발한 머리 그대로 앉아 있는 사람도 있었다. 모두 천골로 보이지는 않았다. 유심히 살펴보니 한결같이 양반들이었다. 머릿속에 학식도 꽤 들어 있는 듯 보였다. 저 여섯 사람의 목을 한자리에서 치다니 절로 몸서리쳐질 일이 아닐 수 없었다. 추 봉교는 급히 마신 술이 언제 깼는지 모를 정도로 정신이 명료했다. 사형수들 중에는 구경꾼들을 찬찬히 바라보다가 이렇게 외치는 사람도 있었다.

"비웃을 수 있을 때 마음껏 비웃으시오. 그러나 죽고 나면, 나는 천국에서 웃고 있겠지만 현세의 그대들은 비탄에 빠져 지낼 것이오."

그렇게 소리치는 사람은 바로 정약종이었다. 군중을 외면하지 않는 그는 웃는 얼굴을 하고 있었다. 소달구지에 가까운 자리를 차지하고 있던 사람들은 정약종의 말소리를 똑똑하게 들었다. 몇몇 사람들은 고개를 저으면서 자못 심각한 표정을 지었다.

맨 앞에서 고수가 치는 북소리는 온 거리의 사람들을 유혹했다. 구경꾼들은 갈수록 많이 모여들었다. 종로 네거리쯤 갔을 때는 그야말로 인산인해를 이루었다. 사형수들을 태운 행렬은 곧바로 서소문으로 행진했다. 어느새 추 봉교는 뒤처진 채 사람들의 꽁무니를 뒤쫓아 가고 있었다.

"무엇 때문에 저 사람들을 죽이러 간다던가?"

"천주학쟁이들을 참하러 가는 길이라 하지 않던가."

"천주학을 믿는다고 죽여?"

"그러니까 나라에서 말리면 진작 말을 들었어야지. 그랬다면 죽는 것은 면할 게 아닌가."

"사람을 죽인 것도 아닌데, 사교를 믿는다고 함부로 처형까지 한단 말인가?"

"천주학이 사교인지 진교眞教인지 누가 확실하게 알긴 하는가? 그 사람들 말로는 절대로 나쁜 종교가 아니라던데."

"제 어미 아비도 모르는 종교가 사교가 아니면 무엇이야?"

"그건 모략일세. 그런 종교가 세상에서 어찌 행세하겠나?"

"그럼 저 사형수들을 보게. 자세히 뜯어보면 한결같이 잘생긴 얼굴들이 아닌가. 저렇게 똑똑하고 잘난 양반들이 터무니없는 사교를 가르치겠나."

"아무렴, 천주학에도 뭔가 배울 것이 있으니까 사람들에게 가르치겠지."

"죽으면 그만인데 내세가 무슨 소용인가?"

"자네는 안 죽을 것 같은가? 사람은 결국 누구나 죽기 마련이야. 그러니 누구든지 내세를 생각할 수밖에……."

사람들이 저희끼리 지껄이는 소리를 들으면서 추 봉교도 이런저런 생각을 하지 않을 수가 없었다. 그는 감옥으로 붙잡혀 간 문영인을 떠올렸다. 그녀도 저 양반들처럼 사형장으로 끌려갈 것인가. 그런 일은 상상조차 하기 싫었다. 절대로 그런 일이 있어서는 안 된다. 그녀를 지켜주겠다고 약속한 지 하루밖에 안 지났는데, 이런 일이 일어나리라고는 추 봉교도 전혀 예상하지 못했다. 갑작스러운 문영인의 체포는 곱씹을수록 그의 가슴속에 천추의 한이 됐다. 그러나 그는 어떤 수단을 써서라도, 돈을 얼마든 들여서라도 기어코 그녀를 구출해 내겠다고 굳게 다짐했다.

# 7

사형 행렬은 서소문을 지나서 염청교 근처에 있는 참터에 도착했다. 소달구지가 차례로 멈추자 꼴사나운 풍경이 벌어졌다. 참터를 빙 둘러싼 구경꾼들이 서로 좋은 위치를 차지하려고 엎치락뒤치락 자리다툼까지 벌이는 것이었다. 추 봉교는 눈을 질끈 감았다가 떴다.

소달구지에 실린 함거檻車에는 죄인들이 두 명씩 타고 있었는데, 첫번째 함거에는 이승훈과 최필공이, 두 번째 함거에는 최창현과 홍교만이, 세 번째 함거에는 홍낙민과 정약종이 있었다. 그들은 참터로 실려 오는 동안에 수많은 군중을 굽어보거나 둘러보고, 눈을 감은 채 중얼거리며 기도를 했다. 군중 중에는 최필공과 최창현을 알아보는 사람들이 많이 있었다. 몇 해 전부터 최필공이 거리에서 예수를 믿으라고 떠들며 돌아다닌 터라 그를 기억하는 사람이 많았던 것이다. 또한 최창현은 발이 넓어 친지뿐만 아니라 지인도 유난히 많은 편이었다.

"저이는 아까운 사람인데. 저런 훌륭한 사람을 죽이다니!"

"노론 세상이 되더니 천주학 하는 사람들의 씨를 말릴 작정이구먼."

추 봉교는 그런 말들을 귓결로 들으면서 죄수들의 얼굴을 찬찬히 살펴봤으나, 함거에 탄 사람들이 어떤 신분인지는 도통 알 수가 없었다. 그들은 앞에서부터 차례로 끌려 내려왔다.

죄수들이 여섯 명이나 되는 탓인지 주위를 경계하는 군사들도 많았다. 대략 삼사십 명은 족히 될 듯싶었다. 군사들이 늘어선 가운데 망나니들의 칼춤이 시작됐다. 처음부터 막걸리 통깨나 비운 듯 얼굴들이 불콰하게 상기되어 있었다. 죄수들이 열 지어 무릎을 꿇어앉았고, 판관이 결안結案을 낭독했다. 제일 먼저 이승훈의 것부터 읽기 시작했다.

"서양의 나쁜 책들은 고금에 유례없이 흉악한 것들이다. 거짓말로 예수라는 자를 선전하여 세상을 속인다. 천당과 지옥이라 하는 것은 불도를 잘못 모방한 것이며, 신부라는 자는 인류를 없애려는 자에 지나지 않는다. 그들은 재물과 여자를 공동으로 소유할 수 있으며 형벌과 죽음도 두려워하지 않는다고 말한다. 그들의 말은 모두 악랄하고 난잡하고 뻔뻔스러운 것들이니, 성현은 그것들을 배척해야 하고 백성은 그것들을 물리쳐야 한다. 그런데도 죄인은 영세를 하고 만 리나 되는 먼 곳에서 그 책들을 가져와 친척과 인척 사이에, 한양과 시골에, 가까이 또는 멀리 퍼뜨렸다. 그것은 죄인이 저지른 사소한 일에 불과하다. 죄인은 서양인들과 상통하고 그들과 연락했으며, 윤유일이라는 자와 더불어 비밀 음모를 꾸몄고, 정약종과 함께 가증스러운 일을 꾀했다. 임금이 국법을 엄히 하자 죄인은 겉으로 회개하는 체하면서 내심으로는 타락과 무분별을 계속 일삼았다. 천주교인들의 악랄한 도당과 불쾌한 무리 중에 죄인을 종교의 두목으로 알고 그를 아비라고 부르지 않는 자가 하나도 없다. 이와 같은 죄악을 저지르고 나서 어떻게 죄인이 천지간에 용납될 수 있으랴. 모든 증거가 드러나고 모든 죄악이 백일하에 나타났으니, 하늘의 법이 빛나고 국왕의 법이 지엄하다."

그 말과 함께 이승훈의 손을 끌어다가 결안에 강제로 서명하도록 했다. 모든 사형수들이 으레 거치게 마련인 서명 절차였던 것이다.

이승훈 베드로는 끝끝내 아무 소리도 하지 않고 망나니들의 칼을 받았다. 그 침묵의 깊이를 누가 감히 짐작이나 할 수 있으랴. 그는 배반하더라도, 혹은 회개하더라도 어차피 죽을 운명이었다. 이 나라에 예수의 씨앗을 맨 먼저 퍼트린 이승훈이 수많은 군중 앞에 당당히 '나는 예수를 믿노라' 고 크게 외쳤더라면 듣는 사람들에게 얼마나 큰 감동을 주었을까. 참으로 안타깝기 짝이 없는 노릇이었다. 이 나라에서 맨 처음 영세한 그가, 동포들에게 복음을 처음으로 가져왔던 그가 여러 순교자들과 함께 죽음의 길로 나아갔으되 순교자는 아니었다. 그는 천주교인이라고 참수됐으나 끝내 배교자로 남았다. 그러나 죽음 직전에 하느님에게 올린 그의 마지막 기도를 누가 알랴. 당시 그의 나이는 마흔다섯이었다.

추 봉교는 이승훈이 평택 현감으로 있을 때부터 그의 이름을 알고 있었다. 그 당시에도 천주교로 인한 말썽이 많았다. 특히 노론이 계속 그를 걸고 넘어졌다. 문묘 배향 문제로 시비가 많았으나 선왕이 그를 두둔해 준 덕분에 온갖 중상모략도 무난히 넘긴 모양이었다. 그러나 정조가 승하한 마당에 그가 설 땅은 없었다. 지상에서 누리는 행복이 아무리 지고해도 그 한계가 있음을 절실하게 깨닫지 않을 수 없었으리라.

두 번째로 최필공이 호명됐다. 그는 무릎 꿇은 자세에서 벌떡 일어나 짧은 거리지만 당당하게 걸어갔다. 망나니는 이런 일에 경험이 적은 탓인가, 그의 머리를 단번에 자르지 못했다. 교명이 토마스인 최필공은 칼 맞은 자리에 자기 손을 갖다 댔다가 피로 흥건히 젖은 손을 다시 떼어 주의 깊게 들여다보며 외쳤다.

"오, 보배로운 피!"

그리고 하늘을 우러러봤다. 망나니의 두 번째 칼 놀림은 최필공에게 천상으로 가는 문을 열어주었다.

세 번째는 교명이 요한인 최창현이었다. 그렇듯 잘생기고 인품이 뛰어난 사내를 누가 아깝다 하지 않으리. 그를 아는 모든 사람들이 안타까워했다. 그는 포도청에서 마음이 약해진 나머지 모호한 답변을 했으나, 의금부로 와서는 자기가 한 불분명한 말들을 모두 용감하게 취소했다. 그리고 처음부터 총회장 노릇을 한 것은 자기 분에 넘치는 일이었으며 더 큰일을 하지 못했음을 아쉽게 생각한다고 토로했다. 그는 천주교에 대한 호교론護敎論을 글로 써서 상부에 제출하여 높은 사람들에게 큰 반향을 일으켰다. 그의 나이 마흔셋이었다.

교명이 프란치스코 사비에르인 홍교만은 그때 나이가 예순넷이었다. 그는 포천 지방에서 이름난 선비로 마재의 정약종과 사돈을 맺었다. 그의 딸이 정약종의 전처에게서 태어난 큰아들 철상에게 시집을 갔던 것이다. 그는 아들의 권유로 천주교를 알게 됐는데, 그 후로는 맹자 공자만 읊조리는 고리타분한 친구들과 더 이상 가까이 하지 않았다.

"나는 천주교를 위해 목숨을 바치는 것이 행복하오."

심문하는 도중 홍교만이 남긴 말이었다.

선왕 정조 앞에서 천주교를 멀리하겠다고 거듭 공언한 사람은 홍낙민 루가였다. 그 배반 덕분에 의금부에서 그를 살려준 바 있었다. 그런데 이번에 또 의금부로 잡혀 와서 매질을 당하니 새로운 용기가 솟았던 모양이다. 그는 자신을 심문하는 사람들에게 이렇게 말했다.

"내가 지난날에 저지른 모든 잘못은 목숨을 비겁하게 보존하려는 것에 지나지 않았소. 이제 또 매질을 당하고 망신을 겪으니, 나는 마음속에 감춰두었던 말을 전부 솔직하게 말하고 용감하게 죽고자 하오. 내가 섬기는 천주님께서는 하늘과 땅과 천신과 사람과 만물의 주재자이시오. 이마두(마테오 리치)와 다른 선교사들은 우러러볼 만한 도리와 성덕을 지닌 분들이시며, 그들이 하는 말은 진리요. 그러므로 나는 지금 천주님을 위해 죽음으로써 천주교 신앙의 진리를 증거하고자 하오."

 죽음으로 예수의 신앙을 증거한다는 홍낙민의 발언에 재판을 주재하던 고관들은 격앙했다. 그곳에 모여 있던 사람들은 뜻밖의 말에 놀란 듯 모두 웅성거렸다. 곧 대왕대비 정순왕후에게 사람을 급히 보내어 방금 일어난 일을 전하니, 그녀도 몹시 노하여 홍낙민에게 혹독한 고문을 가하라는 명령을 내렸다. 홍낙민이 벼슬했던 자였기에 더욱 가혹하게 다뤄졌던 것이다. 그의 육신은 사정없이 내려치는 매질에 섭산적이 되다시피 으스러졌다. 감옥으로 다시 끌려간 그는 상처에서 흐르는 피를 씻으면서도 이렇게 중얼거렸다.

 "나는 이제 행복하고 마음이 편안하다."

 홍낙민이 형장으로 가려고 수레에 올랐을 때 그의 얼굴은 기쁨으로 빛났다. 그는 눈을 들어 하늘을 우러러보면서 수많은 구경꾼들을 향해 예수 그리스도를 따르라고 권고하기를 마지않았다. 그는 묵주를 가져오지 못한 것이 몹시 안타까웠다. 형틀에 매여 매질당할 때 묵주를 들켜 빼앗겼던 것이다. 그는 전에도 매일 빼놓지 않고 묵주기도를 올렸다. 공무를 집행할 때나 자기 집에 친구가 찾아올 때도 그는 묵주기도를 거르지 않았다고 한다. 과거에 급제하여 고향 예산을 떠난 이후 근 삼십 년 동안 천주교를 믿으며 노론에 맞선 홍낙민의 신앙생활은 정조의 승하와 함께 끝맺음을 했다. 그때 그의 나이 쉰하나였다.

 정약종 아우구스티노의 최후는 열심을 다해 살았던 그의 일생에 어울리는 것이었다. 그는 형장으로 끌려가면서도 만면에 미소를 잃지 않고 군중에게 무엇인가를 말하고 싶어 했다. 그리고 도중에 목이 마르다고 수레 끄는 사람에게 물 한 그릇을 청했다. 함께 가던 군사가 그에게 핀잔을 주었다.

"죽으러 가는 사람이 그깟 목마름 좀 참으면 어떻소?"

그러자 정약종은 이렇게 대답했다.

"내가 물을 청한 것은 예수님의 위대하신 모범을 본받기 위함이오."

정약종의 말대로 예수도 골고다로 끌려가는 도중에 물 한 그릇을 얻어 마신 적이 있었다. 옥중에서나 법정에서나 지칠 줄 모르고 전도하던 정약종은 형장으로 끌려와서도 그런 모습을 버리지 않았다. 그에게 순교의 현장은 웅변할 수 있는 강단이나 마찬가지였다. 동료들이 모두 쓰러져 죽은 모습을 본 뒤, 그는 모든 사람들이 들을 수 있도록 소리 높여 외쳤다.

"스스로 존재하시고 무한히 흠숭하올 천지 만물의 주재자이신 이가 당신들을 창조하시고 보존하셨소. 당신들은 모두 회개하여 자기 근본으로 돌아와야 하오. 그 근본을 어리석게 멸시와 조소 거리로 삼지 마시오. 당신들이 수치와 모욕으로 생각하는 그것이 나에겐 영원한 영광이 될 것이니."

참다못한 군사들이 정약종의 말을 중단시켰다. 그 즉시 나무토막 위에 머리를 대라고 하니, 그는 하늘을 볼 수 있도록 머리를 누이면서 마지막 말을 뱉었다.

"땅을 내려다보면서 죽는 것보다는 하늘을 쳐다보면서 죽는 것이 더 낫다."

정약종은 하늘을 향해 반듯하게 바로 누웠다.

아무도 생각지 못한 일이었다. 망나니가 감히 칼을 겨누지 못하고 떨고만 있자, 집행을 지휘하는 판관이 냅다 호령했다.

"이놈아! 정신 바로 차려라. 똑바로 시행치 못하겠느냐?"

그러나 망나니는 여전히 자신 없는 듯 첫 칼질을 가했다. 그러나 정약종의 목은 절반밖에 끊어지지 않았다. 정약종이 벌떡 일어나 보란 듯이 크게 십자성호를 그었다. 그런 뒤에 조용히 처음 자세로 돌아가서 바로 눕자 드디어 치명적인 일격이 가해졌다. 죽은 정약종은 나라에 대한 반역죄가 추가되어 모든 재산이 몰수됐다. 온 식구들이 알거지가 된 것이었다. 그렇게 이 세상을 떠나간 그의 나이는 한창인 마흔둘에 불과했다.

천주교의 가장 핵심이라고 할 수 있는 여섯 인물이 처형됐다. 노론 무리는 춤이라도 추고 싶을 만큼 후련했다. 권철신과 이가환 두 늙은이와 다른 주요 인물들까지 처리했으니 이제 그들이 두려워할 것은 아무것도 없었다.

권철신과 이가환은 매를 이기지 못하고 죽었다. 워낙 그들의 명성이 자자하고 백성들이 극진히 공경하여 대외적으로 내놓고 사람들 앞에서 그들을 공개 처형하기가 곤란했다. 권철신은 고문이 시작된 지 며칠 만에 매질 몇 대에 힘없이 죽었고, 이가환은 이레 동안 매질과 굶주림으로 고통을 겪다가 죽었다.

군중을 모아놓고 고귀한 피로 치른 잔치 마당은 이제 끝났다. 사람들은 사방으로 흩어졌다. 구경 나왔던 사람들이나 사형 집행자들이나 뒷맛이 씁쓸하여 얼굴 표정들이 매우 침울했다.

"그렇듯 당당하게 죽는 얼굴들을 봤는가?"

"그런 모습은 난생 처음 보네."

"사람이 죽으면 어디로 갈까? 천주학쟁이들이 믿는 천당으로 가는 것이 사실일까?"

"에잇, 골치 아픈 소리는 그만 하게."

그렇게 사람들이 말하는 소리를 듣던 추 봉교는 심각하게 고민하지 않을 수 없었다. 문영인! 그녀가 아니었으면 이렇듯 절박하게 생각할 필요도 없었으리라. 그것이 모두 문영인을 인연으로 천주교를 알게 된 까닭이었다.

그나저나 포도청에 들어앉은 여자를 어떻게 빼내 온다? 추 봉교는 오직 그 생각에만 골몰하느라 만사를 제쳐놓고 문안으로 정신없이 걸어왔다. 그는 돌아오는 도중에 아는 사람들을 숱하게 만났으나 모두 건성으로 대꾸했을 뿐이다. 평소와 다른 그의 모습에 사람들은 의아해했다.

어느새 추 봉교는 숭례문(남대문)으로 들어섰다. 문안에 들어오기는 했지만 그는 막상 갈 곳이 없었다. 그날 저녁때 단골 술집에서 여러 친구들과 어울려 대화하던 중, 그는 좌포도청에서 가장 세력 있는 포교가 누구냐고 물었다. 여러 친구들이 이구동성으로 감 포교를 말하는 것이었다.

"감 포교라……."

마지막 수단이었다. 추 봉교는 친구들에게 감 포교의 이야기를 들으면서 수단껏 그자를 삶아놓는 방법밖에 없다고 생각했다.

이튿날 해가 질 무렵, 다방골 어느 기방에서 추 봉교와 감 포교는 교자상을 가운데 두고 마주 앉았다.

"인사를 올리겠습니다. 예문관에 근무하는 봉교 추삼길입니다."

"좌포청에 있는 포도군관 감내성이오."

"일언이폐지一言以蔽之로 감 포교에게 부탁드릴 것이 있어서 이리 모시게 됐습니다."

"무슨 일인지는 모르겠으나 그 내용을 먼저 말씀하시오."

"다름이 아니라 천주교를 믿는 사람이라……."

"천주교를……?"

예상했던 대로 감 포교의 두 눈이 커다래졌다.

"여자입니다."

"여자라……."

"내가 꿈에도 못 잊는 사람인데 곧 내자로 삼을 작정이었습니다."

"그럼 소실로 삼을 작정이오?"

"아니요. 나는 홀아비올시다. 몇 해 전에 상처했습니다."

"흐음!"

"돈은 얼마라도 쓰겠습니다. 그 여자를 빼내 올 방법이 없겠습니까? 천주교를 믿게 된 경위를 설명하자면……."

추 봉교는 거짓말을 보태어 자신이 천주교를 믿기까지의 경위를 설명하고, 문영인이 포도청으로 잡혀간 사정을 이야기했다. 물론 거짓 천주교 신자 노릇을 하자니까 고충이 이만저만이 아니라는 불평도 했다. 거짓 신자 행세를 했다는 말에 감 포교도 추 봉교를 믿는 눈치였다.

아닌 게 아니라 추 봉교는 내심 갈팡질팡하고 있었다. 형장에서 목이 잘리는 광경을 직접 보고 나니 정나미가 뚝 떨어졌다. 하느님이 무슨 소용 있으며 천당이 어디 있단 말인가. 목이 떨어지면 모든 것은 끝장이다. 그렇게 생각했다가도 그의 마음 한편에서는 누구나 한 번은 죽는 것이라는 생각이 떠나지 않았다. 목숨이 끝나면 그 다음 영혼은 어디로 가는 것일까. 구천을 헤매고 다닐까, 아니면 천주교인들이 말하는 천국으로 올라갈까. 잘못을 저지르면 지옥으로 간다지 않는가. 아무리 그 문제를 놓고 머리를 굴려봐도 시원한 대답이 있을 수 없었다. 그는 사랑하는 여인의 말을 믿을 수밖에 없다고 생각했다. 천주교에서 비롯된 말들이 진실이 아니라면, 어찌하여 외국의 신부까지 건너와서 이 나라의 백성들에게 목숨을 걸고 전교하려 했을까.

추 봉교는 이야기가 자못 심각한 쪽으로 흐르는 듯싶자 큰소리로 술상을 들여오라고 소리쳤다.

"손님을 앞에 앉혀놓고 내가 쓸데없는 말만 한 것 같소. 형장에서 죽는 사람들을 보니까 너무 허무하다는 생각이 드는구려."

감 포교도 심각한 표정으로 말했다.

"그런 사람들의 신념을 보고 있노라면 나도 믿음이라는 것에 대해 골똘히 생각하게 됩디다."

그때 방문이 활짝 열리면서 산해진미로 가득 찬 술상을 두 여자가 양쪽에서 마주 들고 왔다. 이어서 잠자리처럼 날렵한 옷으로 성장盛裝한 기생 둘이 들어오더니 추 봉교와 감 포교 곁에 살포시 앉았다.

"우리 그따위 일은 다 잊어버리고 코가 삐뚤어지게 실컷 마셔봅시다. 누구나 한 번은 죽는 것 아닙니까. 안 그렇소, 감 포교!"

감 포교는 지금까지 더러 술대접을 받아보기도 했다. 하지만 오늘 같은 날은 처음이었다. 그는 처음 맛보는 안주들로 가득한 술상을 내려다보면서 마음속으로 감탄해 마지않았다. 술잔이 오가자 두 사내의 죽이 맞아 들어갔다. 술판이 제대로 어우러지고 있었다. 결국 그날 밤늦도록 술자리가 이어졌고, 두 사람은 곯아떨어지고 말았다.

여섯 명이 참터에서 목이 잘리던 그날, 또 한 명의 천주교인이 충청도 공주로 끌려가고 있었다. 그는 충청도 내포 지방에 천주교 씨앗을 뿌리고 많은 사람들에게 전교해 온 이존창 루도비코였다.

이존창은 한때 배교했던 경력을 지니고 있었다. 진산사건珍山事件이 일어난 1791년에 잡혔다가 가혹한 고문에 못 이겨 항복하고 말았던 것이다. 그러나 그는 크게 뉘우치고 다시 교회 본분을 열심히 지켰다. 그는 벌로 매질당하는 대신 다른 죄수를 매질하는 일을 강제로 떠맡았다. 그것은 배운 사람에겐 커다란 모욕이었다. 그를 완전히 석방한 것도 아니고, 그렇다고 징역살이를 시킨 것도 아니었다. 그는 근처 민가에 머물도록 허락받았을 뿐이다. 이른바 동네에서 멀리 나가지 못하게 하는 가석방으로, 그에겐 매달 초하루와 보름날에만 심문을 받으라는 명령이 떨어졌다.

그런 가운데서도 이존창은 아이들에게 글을 가르쳤다. 처음에는 따분함을 달래기 위해 심심풀이로 그 일을 했다. 그러나 그의 가르침을 받는 사람들의 입장은 달랐다. 포졸들은 자기 자식들에게 글공부를 시켜주는 그를 무척 고맙게 여기고 온갖 편의를 봐주었다. 나중에는 수령 역시 그에게 호감을 가지고 비공식적으로 고향에 다녀오라는 호의를 베풀었다.

고향 여사울 사람들이 그런 이존창을 뜨겁게 환영한 것은 물론이다. 거의 대부분이 교우들이었다. 이존창이 그들에게 말했다.

"모두들 자기 집에 있는 교리 책을 갖고 나오시오."

그러자 누구 한 사람도 움직이지 않았다. 그들은 서로의 얼굴만 쳐다봤다. 한 사람이 겨우 말했다.

"지난번에 관가에서 나와 엄포를 놓는 바람에 모두들 교리 책을 찢어버리거나 불에 태워버렸어유. 미안하게 됐구먼유."

이존창은 절망했다. 다행히 한 교우가 깊이 감춰두었던 교리 책을 두 권 찾아왔다. 그는 기운이 나서 힘차게 말했다.

"여러분, 아무리 배가 고파도 씻나락은 남겨놓지 않습니까? 그래야만 이듬해 봄에 벼 파종을 하지요!"

그 말에 여사울 교우들은 모두 민망하게 여겼다.

이존창은 여러 해 동안 징역살이 아닌 징역살이를 계속하다가 고향을 떠난다는 조건으로 석방됐다. 그는 육십여 리 떨어진 홍산으로 이사했으나 그곳에서도 전도하는 생활을 계속했다.

그러다가 정조가 승하하는 바람에, 이존창은 다시 체포되어 이번에는 한양까지 올라갔다 왔다. 그가 공주에서 사형될 때 마지막으로 남긴 말은 이런 것이었다.

"충청도 내포 지방이 내 활동 무대였소. 천여 명을 하느님 앞으로 불렀으나 그중에서도 청양의 이도기, 덕산의 이보현, 홍주의 박취득 같은 이들은 우리가 자랑할 만한 순교자들이오. 그들이 죽음을 무릅쓰고 항거한 것은 하느님의 진리를 수호하기 위함이었소. 그런 이들이 계셨기에 앞으로도 우리 천주교는 계속하여 이어질 것이오. 그들에 비하면 나는 부끄럽기 짝이 없으나 이제라도 그 곁으로 가게 됐으니 참으로 한량없이 기쁘오. 자, 이제 내 목을 치시오!"

이존창은 자신의 마지막을 장엄하고 당당하게 장식했다.

# 8

배론에는 평온한 나날들이 이어졌다. 어느 날 갑녕이 황사영을 찾아와서 말했다.

"진사님, 한양에 한번 다녀올까 합니다."

"한양에?"

"한양을 떠난 지가 보름이 훨씬 지났습니다. 의금부로 끌려가신 정 회장님이 어떻게 되셨는지도 궁금하고……."

"그래, 다녀오너라. 나 역시 소식이 궁금하긴 마찬가지다. 한양 교우들의 소식도 두루 알아보거라."

"그럼 오늘 당장 떠나겠습니다."

"내일 아침에 일찍 떠나는 것은 어떻겠느냐?"

"상관없습니다. 도중에 주막에서 쉬지요."

해가 한 발이나 오른 뒤에 갑녕은 떠날 채비를 했다.

"여러분에게 진사님을 부탁하고 다녀오겠습니다."

"여기는 염려 말고 조심히 다녀오게."

"제가 며칠 늦더라도 기다리지는 마십시오."

"자네가 하는 일에는 곡절이 있을 것이니 나는 아무 걱정 않겠네. 무조건 자네를 믿는 게야."

황사영에게 칭찬의 말을 들으니 갑녕은 기분이 좋아졌다. 그는 경쾌한 걸음걸이로 배론을 떠났다. 황사영이 은신할 땅굴까지 완성한 뒤라 길을 나서는 마음이 한결 가벼웠다.

한양까지는 사흘 길이었다. 갑녕은 이틀을 부지런히 걸었지만 미처 한양에 닿지는 못했다. 한양을 삼십 리 앞둔 채 주막에 들 수밖에 없었다. 그는 노곤하여 저녁을 먹자마자 잠에 떨어지고 말았다.

다음 날 일찍 일어난 갑녕은 목적지가 코앞이라 느긋한 마음으로 이것저것 생각하면서 천천히 걸었다. 이번에는 거칠 것이 없어 그는 뻐기듯이 어깨를 휘저으며 홍인문을 통과했다. 같은 성문으로 나갈 때와 들어올 때가 이렇듯 차이 날 줄이야! 황사영과 함께 이 성문을 빠져나갈 때를 생각하기만 해도 그는 가슴이 조마조마해지면서 진땀이 날 지경이었다.

갑녕은 종로 길을 단숨에 통과하여 훈동에 닿았다. 집 앞에 이르러서야 그는 깜짝 놀라고 말았다. 한 떼의 포졸들이 그곳에서 몰려나오는 것이 아닌가. 가슴이 덜컥 내려앉은 갑녕은 얼른 자리를 피했다.

대모 강완숙을 비롯하여 한집에 살던 동정녀들이 모조리 포도청으로 끌려간 것은 그 후 이경도의 집에 가서 알게 됐다. 그 순간의 절망감을 어찌 말로 표현할 수 있으랴. 하지만 불행한 소식은 그것만이 아니었다. 갑녕은 이경도의 어머니에게서 더 기막힌 소식을 전해 들었다. 정약종을 비롯하여 여섯 분이 참수됐다는 사실을!

노론 세력은 어찌 이다지도 잔인무도할 수 있단 말인가. 참수당한 여섯 사람들은 천주교의 핵심 인물이었다. 게다가 이가환과 권철신은 참수된 것이 아니라 의금부에서 맞아 죽었다고 한다. 그들이 지닌 학식과 경륜을 어디에 비할 수 있을 것인가. 그런 나라의 보배 같은 이들을 당파가 다르다는 이유로 무참히 때려죽이다니!

갑녕은 정신을 잃을 지경이었다. 특히 정약종은 그의 죽은 목숨을 구해 준 소중한 분이었건만, 갑녕은 정약종이 죽는 순간 그의 옆자리도 지키지 못했던 것이다. 갑녕은 울음을 깨물면서 중얼거렸다.

"회장님이 이렇게 빨리 돌아가실 줄 짐작도 하지 못했습니다. 노론 놈들, 해도 해도 너무합니다. 교회에서 글줄이나 아는 사람은 다 잡아다 죽이니……. 회장님이 절 구하신 이유를 잘 압니다. 이 나라의 천주교를 위해 최선을 다하렵니다. 그것만이 회장님의 은공을 갚는 길이겠지요. 부디 편안히 가십시오."

이경도의 어머니는 갑녕의 어깨를 다독거렸다. 그녀의 눈에도 눈물이 맺혀 있었다.

다음 날 아침, 갑녕은 다시 배론을 향해 길을 떠났다. 이런 일련의 사태를 어서 황사영에게 알려야 했다. 하지만 아무리 바쁜 걸음이라 해도 마재에 들러 가는 것이 도리였다. 정약종이 참혹하게 세상을 떠났을망정 그의 가족들이 어떻게 지내는지 들여다보는 것이 예의였다.

배알미리를 지날 때부터 갑녕은 눈자위가 붉어오는 것 같았다. 작은 고개 하나를 더 넘으니 마재 마을이 눈앞에 펼쳐졌다. 겨우 나흘밖에 머무르지 않았을지언정 그에겐 결코 잊을 수 없는 곳이었다. 고향이나 다름없는 가재울에서 쫓겨나서 야거리를 타고 김한빈에게 이끌려 온 곳이 여기가 아니던가.

마을에 당도한 갑녕은 곧장 정약종의 집으로 향했다. 그런데 이것이 어찌 된 일인가. 그 집은 예전 모습이 아니었다. 대문이 굳게 닫혀 있는 데다가 굵은 널판자 두 개를 엇갈리게 가위표로 놓고 못질까지 했던 것이다.

갑녕은 넋을 잃고 한동안 멍하니 대문만 쳐다봤다. 마침 동네 사람 하나가 지나갔다.

"아저씨, 여기가 왜 이렇게 됐습니까?"

"아, 보면 모르겠소. 역적의 집이라고 나라에서 폐가시켰다오."

"예? ……그리됐군요!"

저만큼 멀어져 가는 그 사람에게 다시 물었다.

"그럼 이 집에 살던 가족들은 어디로 갔습니까? 저 윗말 큰댁으로 갔습니까?"

"저기 아래뜸으로 가보시오. 그곳에 가서 차 서방네 집을 찾으면 알게 될 거요."

그렇게 말하고 그 사람은 횡허케 가버렸다. 갑녕은 아랫말로 가서 그가 일러준 집을 찾았다.

그 집은 평범한 농가였다. 밖에서 어린 동생과 함께 놀고 있던 하상이 갑녕을 발견하자마자 반색하며 쫓아왔다.

"그동안 잘 있었니?"

"응, 형은 어디 갔다가 지금에야 오는 거야?"

"그렇게 됐어. 어머니는?"

"방에 계실 거야."

하상은 뛰어가면서 어머니를 불렀다. 그 소리에 하상의 어머니 유씨 부인이 곧 방에서 나왔다.

"마님, 이것이 어찌 된 일입니까?"

갑녕을 보자 유씨 부인은 왈칵 눈물부터 쏟았다. 갑녕은 할 말이 많았으나 비통한 얼굴로 그녀의 울음이 멎기를 기다릴 뿐이었다.

정약종이 참수를 당하고 그의 가족들은 서둘러서 시신을 고향으로 모셔 왔다. 하지만 선산으로 장지(葬地)를 정하지 못하고 정약종의 시신을 아무 데나 묻고 말았다. 큰형인 정약현이 역적질한 놈을 어디에다가 묻느냐고 노발대발했기 때문이다. 어쩔 수 없이 정약종을 다른 곳에 묻을 수밖에 없었는데, 그 일 처리는 김한빈이 맡아 했다고 한다.

"회장님의 장사를 지내고 나서 그이는 어디로 갔습니까?"

"한빈이 말인가?"

"예."

"마음이 심란하다면서 아내는 친정에 보내고 온 사방으로 돌아다니는 모양일세."

갑녕은 배론의 위치를 설명해 주고 김한빈이 오거든 그곳으로 보내라고 당부했다. 유씨 부인은 귓속말하듯 작은 목소리로 물었다.

"지금 황 진사가 그곳에 있다는 말인가?"

"예, 산골이지만 우리 교우들이 돌봐주어 진사님은 안전하게 지내십니다."

"몇 해 동안은 그곳에서 꼭꼭 숨어 있으라고 전하게. 세상이 평온해질 때까지는 절대로 황 진사가 밖으로 나오면 안 되네. 내 말을 명심하게."

유씨 부인은 거듭 당부했다. 남편이 참형된 후 천주교에서 쓸 만한 인물은 황사영밖에 없다는 생각이 그녀의 머릿속에 떠올랐던 것이다.

"그런데 마님, 큰댁 근처에 계시지 않고 왜 아랫말 끝머리까지 오셔서 따로 사십니까?"

갑녕의 말에 유씨 부인은 또 한 번 눈물을 흘렸다. 여섯 사람이 사학죄인으로 참형을 당했으나 정약종에겐 다른 죄가 추가됐다. 불경죄와 반역죄를 적용시켜서 대역부도라는 죄목으로 정약종을 처형했기 때문에 국법에 따라 그 가족까지 적몰될 운명이었다. 사내들은 죽이고 여인들은 노비로 삼는 것이 국법이 아니던가.

그러나 순수한 종교 활동을 했던 정약종에게 억지로 역적이라는 죄명을 씌워서 처형한 당사자들도 일말의 양심은 남았던지, 큰아들

철상만 남기고 나머지 가족들은 전부 석방했다. 하상은 당시 일곱 살의 어린아이였기에 살아남았던 것이다.

정철상 또한 곧 참형될 수밖에 없으나 아직은 살아 있다고 했다. 그러나 그 후에 그는 최필제, 정인혁 등 다섯 명과 함께 서소문 밖 형장에서 참수형으로 순교했다.

하상의 가족은 감옥에서 풀려나왔으나 마땅히 갈 곳이 없었다. 한양에 친척들이 있었지만 어느 집에서도 그들을 받아주지 않았다. 천주교 믿다가 역적 집안이란 팻말까지 붙었으니 자기들에게도 불똥이 튀어 올까 봐 손사래 치며 내몰았다. 하상의 어머니 유씨 부인은 눈앞이 캄캄했다. 어린것들을 데리고 장차 어찌 살아가야 할까를 생각하니 너무 막막하여 거듭 한숨만 내쉬었다.

결국 유씨 부인은 아이들을 데리고 고향 마재로 내려올 수밖에 없었다. 마재에는 큰시숙 정약현이 본가를 지키고 있었는데, 그는 한꺼번에 세 아우를 잃고 크게 상심한 나머지 일절 외부와의 접촉을 끊은 채 두문불출로 지냈다. 셋째 아우 정약종은 참수형을 당하고 둘째 정약전과 넷째 정약용은 귀양을 갔으니, 전고에 드문 한 가문의 몰락이었다.

가장이 귀양 간 두 집의 식구들도 전부 마재로 내려와서 함께 지내고 있었다. 그러나 고향 집마저 몰수된 하상의 가족이 큰집으로 찾아갔을 때는 온 집안사람들이 문전에서 박대하며 내쳤다. 아이들까지 세례를 받고 식구 전체가 천주교 신자인 것은 셋째 집뿐이므로, 천주교로 망한 집안에 천주교 믿는 사람을 한 발도 들여놓게 할 수 없다는 것이었다. 더구나 남편을 귀양지로 보낸 두 동서는 유씨 부인을 중오했다.

"천주학을 믿으면 남편 따라 천당에나 갈 것이지 왜 못 가고서 떼거지가 되어 돌아왔담? 개똥밭에 굴러도 저승보다 이승이 더 좋다는 겐가."

"새끼들을 목매기처럼 끌고 와서 왜 여기로 기어들려는 게야? 서방을 원악도로 귀양 보내고 가슴에 불이 나 있는 여편네들 지레 죽는 꼴 보러 왔나."

"남의 가문에 후처살이로 들어왔으면 고분고분 집안 법도나 익힐 일이지, 중뿔나게 남정네들 하는 일에 맞장구 치고 나서기를 왜 나서?"

"여보게들! 그만 떠들고 들어오게나."

맏동서의 호통 소리에 악담은 뚝 끊겼다. 사랑채에서 못마땅해하는 커다란 기침 소리가 몇 번 나더니 온 집안이 조용해졌다.

어린 아기를 업은 유씨 부인과 철상의 아내는 마냥 눈물을 흘리며 서 있고, 어린 남매는 어른들의 눈치를 보면서 몸을 옹송그린 채 불안에 떨고 있었다.

어느덧 해가 기울어 땅거미가 내리기 시작했다. 그때까지도 하상의 가족은 대문 밖에서 허기진 거지 떼처럼 웅크리고 앉아 울었다. 그런 정경을 근처에서 지켜보던 차 서방이라는 농부가 옆으로 다가왔다.

"마님, 소인의 집으로 가시지요. 건넛방이 비어 있으니, 누추한

대로 거처하실 만은 할 것이구먼요."

차 서방의 친절에 유씨 부인은 또 한 번 눈물을 쏟았다. 날이 어두웠으니 그녀는 어쩔 수 없이 식구들을 이끌고 차 서방을 따라갔다. 차 서방 내외는 진심으로 하상의 가족을 따뜻이 대해 주었다.

"돌아가신 셋째 나리가 소인 같은 상것에게 베풀어주신 은혜를 생각하면 머리카락을 잘라 미투리를 엮어 올려도 모자라는구먼요. 부지런만 하면 함께 먹고살 만한 땅뙈기는 있으니, 마님은 아무 걱정 마시고 저희 집에서 눌러 지내시지요. 도련님이 자라면 고생이야 시키겠습니까."

그런 말을 들으면서 하상은 어린 마음에도 차 서방이 더없이 고마웠다.

차 서방이 이렇게 친절을 베푼 데는 사연이 있었다. 여러 해 전에 있었던 일이다. 노름꾼들의 꼬임에 빠져 차 서방은 겨우내 노름판을 드나들더니 급기야 땅문서까지 빼앗기고 말았다. 눈이 뒤집힌 차 서방은 잃은 땅을 찾기 위해 닥치는 대로 노름빚을 얻으려 했다. 그런 상황을 알고 사람들이 그를 기피하자 날마다 모주母酒를 퍼마시면서 아무나 붙잡고 행패를 부렸다. 엄전한 사람이 노름 때문에 완전히 타락했던 것이다.

그런 사실을 알게 된 정약종이 차 서방의 땅문서를 갖고 있는 노름꾼을 직접 찾아갔다. 정약종은 사람 하나 구해 달라며 그를 설득했다. 덕망이 높은 정약종 앞에서 그 노름꾼은 백배사죄하며 노름으로 빼앗은 땅문서를 고스란히 내놓았다. 그 후부터 차 서방은 마음을 바로잡고 오로지 농사에만 열중하는 사람이 됐다.

"그런 연유로 마님 댁 식구들을 따뜻이 살펴주니 참으로 고마운 분이구먼요."

갑녕은 농부가 은혜를 베푸는 것이 달리 보였다. 그는 새삼 정약종의 인품이 그리워지면서 그의 은공을 못 갚은 것이 못내 마음에 걸렸다. 아들 대에라도 꼭 갚아야지, 갑녕은 그렇게 마음속 깊이 스스로 다짐했다.

그날 밤에 갑녕은 두물머리 주막거리로 가서 잠을 잤다. 유씨 부인이 그 집에서 자고 가라는 것을 마다하고 그는 그곳에서 십 리도 안 되는 주막거리에 사처를 정했다. 남의 집에 얹혀사는 유씨 부인의 처지를 알고도 그곳에 자기까지 의탁할 수는 없었던 것이다.

주막집 잠자리에 누운 갑녕은 정약종의 가족을 생각하니 기가 막혔다. 감옥에 갇힌 정철상의 아내까지 한집에 같이 있으니 장차 그들은 어쩔 것인지 막막할 따름이었다. 그녀의 친정아버지 홍교만이 이번에 함께 처형됐으니, 그녀가 친정집으로 돌아갈 형편이 못 되는 것을 갑녕은 너무도 잘 알았다. 하지만 고민은 많아도 그가 해결할 수 있는 일은 없었다. 그저 하루라도 빨리 배론으로 돌아가서 황사영에게 이런 사실들을 알리는 길뿐이었다.

다시 길을 떠난 갑녕은 이틀이 채 안 걸려서 배론에 도달했다. 배론 골짜기로 들어오자 그의 마음은 무거워졌다. 도대체 천주교인들이 떼죽음당한 사실을 황사영에게 어떻게 알려야 한단 말인가.

갑녕은 냉정하게 마음을 먹기로 결심했다. 황사영에겐 오직 진실만을 전해야 했다. 옹기 만드는 일을 구경하던 황사영은 그곳으로 돌아온 갑녕을 보자 그의 눈치부터 살폈다. 곧 황사영은 공장 뒤쪽으로 갑녕을 데려가더니 조심스레 물었다.

"일이 어떻게 됐는가?"

"모든 것이 끝났습니다."

"끝났다니?"

갑녕은 선뜻 입을 열지 못했다. 한참을 머뭇거린 후에야 그는 자신이 들은 대로 정약종을 비롯한 여섯 사람이 참터에서 처형됐고, 이가환과 권철신이 감옥 안에서 장살됐다는 사실을 보고했다.

황사영은 입술을 꽉 깨물었다. 그는 터져 나오려는 울분을 참고 갑녕의 이야기를 끝까지 듣고 있었다.

갑녕이 말하기를 멈추자 황사영은 한쪽으로 가서 주저앉아 소리 없이 울었다. 노론 패거리가 그다지도 악랄하단 말인가. 천주교의 핵심 인물들을 몰살하다니!

저녁도 굶은 채 토굴 속으로 들어간 황사영은 꼼짝하지 않았다. 그는 불도 켜지 않은 채 한 마리의 짐승처럼 처박혀서 소리 죽이고 흐느꼈다.

"진사님, 그래도 저녁은 잡수셔야지유."

김귀동이 한두 번 권해 보다가 더는 아무 말도 걸지 않았다. 황사영에게 위로가 소용없다는 것을 알았기 때문이다. 그 뒤로 토굴 근처에는 누구도 얼씬하지 않았다.

하룻밤 하루 낮을 토굴 속에서 보낸 황사영은 이틀이 지난 저녁 무렵이 되어서야 바깥으로 나왔다. 그 표정은 담담했으나 비장한 결심을 한 듯 그의 행동이 달리 보였다. 왜 그렇지 않겠는가. 모조리 전멸당한 이 마당에 천주교를 이끌어 나가야 할 사람은 자기뿐임을 황사영도 스스로 깨닫고 있었다. 그는 의분을 참으며 냉정해지려고 무진 애썼다.

그 후로도 황사영은 토굴 속에서 대부분의 시간을 보내며 며칠을 지냈다. 그는 긴긴 시간 하느님과 대화했다. 특히 그가 한양을 빠져나온 후에 참형된 이들을 생각하며 그들의 면면을 그려봤다.

처음 떠오른 사람은 정약종이었다. 정약종은 황사영의 스승인 동시에 처삼촌이었다. 그는 하느님의 존재를 황사영에게 제일 먼저 가르쳐주었다. 황사영은 그의 나이 열일곱에 장원급제하고 어전으로 불려가 '네 나이 스무 살이 되면 내 앞에서 일하게 하리라'는 임금의 특명을 받았다. 황사영은 그 일을 기뻐했지만 정약종은 달갑게 여기지 않았다. 정약종은 황사영이 벼슬길로 들어서는 것을 만류했다. 아니 '만류했다'는 표현보다 황사영을 천주교의 세계로 인도했다는 것이 옳은 표현이리라.

임금의 지엄한 약속으로 장래를 보장받은 황사영은 푸르른 창공이 넓게 펼쳐진 미래를 꿈꾸었다. 임금이 그의 출세를 약속한 것이나 마찬가지였다. 그러나 벼슬아치들의 세계로 들어서는 것은 밤낮 싸움질만 하는 이전투구泥田鬪狗의 진창으로 빠지는 것과 다름없었다. 어찌 정약종이 때 묻지 않은 황사영의 순결한 영혼을 그런 세계로 들여보낼 수 있으랴.

나이 스무 살 때 황사영은 출셋길을 단호히 배격하고 신앙의 세계로 뛰어들었다. 황사영은 주문모 신부의 곁을 지키고, 정약종은 교리 책을 집필하기 위해 마재와 한양을 번갈아 오르내리며 심혈을 기울였다. 여주의 김건순과 더불어 『성교전서』를 집필하던 중 정약종은 절반쯤 완성하고 이번 교난에 희생됐다. 참으로 안타까운 노릇이었다.

"오, 스승님! 정말로 하늘나라로 가셨습니까? 군중에게 신앙의 세계를 몸소 보여주신 참다운 성자여, 처숙님이여!"

황사영의 눈에서는 굵은 한 줄기 눈물이 흘러내렸다.

두 번째로 떠오른 사람은 단연 최창현이었다. 그는 관천冠泉이라는 호로 더욱 널리 알려져 있었다. 관천이라면 신언서판身言書判으로 유명하여 최창현을 모르는 사람들도 그 소문만으로 그를 존경했다.

최창현은 일찍이 이벽에게 천주교에 관한 설명을 듣고 그 교리에 흠뻑 빠졌다. 그는 조선에 천주교가 처음 들어왔을 때부터 이십여 년을 한결같이 믿어왔기에 교리뿐만 아니라 교회 전체에 관해 모든 것을 통달하고 있었다. 그러니 조선에 들어온 주교가 총회장을 뽑으려 할 때 모든 천주교인들이 이구동성으로 최창현을 추천하지 않을 수 없었다. 그 후로 그는 줄곧 총회장 노릇을 해왔다. 그가 양반이 아닌 중인 계급에 속했지만 그것을 따지는 사람은 없었다. 모든 사람이 그를 존경했던 것이다.

최창현은 남녀노소를 불문하고 모든 사람에게 부드럽고 친절하게 대했으므로 그 인품은 더욱 빛났다. 천주교인이 아닌 사람들도 관천이라면 무조건 믿었다. 인물 잘났고, 말솜씨 뛰어나고, 글쓰기 특출하고, 교리 설명 명쾌하니, 그를 가리켜 '신언서판'이라고 한 것은 백 번 옳은 말이었다.

최창현은 『주일분 첨례의瞻禮儀 성경해설』이라는 한문 책을 한글로 번역하여 신도들에게 보급함으로써 서민 교인들의 교리 지식을 넓히기도 했다. 그가 서민에게 정성을 바친 것은, 사람은 한몫의 인격체로서 하느님 앞에 누구나 공평하다는 것을 행동으로 보여주기 위함이었다. 그의 노력 덕분에 가난한 계층에서도 예수를 믿는 사람들이 자꾸 늘어났던 것이다.

그런 최창현이 같은 천주교 신자였던 김여삼의 올가미에 걸려들었다. 포졸들의 습격을 받자 그는 담담한 어조로 '마침내 때가 이르렀다'고 말하면서 포도청으로 끌려갔다.

만인에게 사랑과 존경을 받은 최창현은 무지막지한 형리들에게 모진 고문을 당하고 기절하기를 몇 번이나 거듭했다. 그는 주문모 신부가 피한 곳을 정말로 몰랐지만 아무도 그의 말을 믿어주지 않았다. 아마 그가 주문모 신부의 행방을 알았어도 결코 사실대로 밝히진 않았을 것이다.

세 번째로 생각난 사람은 홍낙민이었다. 그는 한때 배교했던 사람이다. 그러나 배교 경험은 그의 믿음을 더욱 굳건하게 하는 밑거름이 됐다. 그는 평생 동안 묵주를 손에서 놓지 않았다.

네 번째로 떠오른 사람은 홍교만이었다. 그는 경기도 포천 출신으로 권일신에게 교리를 배웠다. 그의 딸을 정약종의 큰아들에게 출가시킬 만큼 두 집안이 가깝게 지냈으나, 정철상이 아버지의 역적 죄에 연좌되어 죽는 바람에 딸은 시집에도, 친정에도 갈 수 없는 딱한 처지가 됐다. 홍교만은 아들 홍인과 함께 한양에서 피신하고 있다가 포천으로 돌아오는 길에 포졸들에게 체포됐다.

다섯 번째로 생각난 사람은 최필공이었다. 그는 거리에서 예수를 선전하고 다니는 전도사로 더욱 유명했다. 그가 정조 앞으로 불려 간 것은 사실 정조 또한 천주교 교리에 대해 궁금한 점이 많았기 때문이다. 장가도 못 간 가난뱅이가 감히 임금과 토론을 벌이는 것은 조선 역사상 전례를 찾아보기 힘든 일이었다. 그 자리가 힘에 겨웠던 그는 결국 임금 앞에서 배교를 선언하고 말았다. 정조는 그런 그를 가상히 여기고 일자리를 마련해 주었으며 장가도 들게 해주었다.

그러나 그 일은 끝내 최필공의 양심을 괴롭혔다. 대중 앞에 예수의 존재를 알리고 다닐 때가 행복했다는 것을 깨달은 그는 다시 신앙을 회복했다. 임금과 약속한 일이 있으므로 예전처럼 겉으로 드러내놓고 전교하지는 못했으나, 그는 개별적으로 교리를 설명해 주는 데 심혈을 기울였다. 당국에서는 그런 그를 시범적으로 제일 먼저 체포해서 감옥에 가두었다. 늙은 아버지와 형제들이 배교하라고 애걸했으나 단연코 배격했던 그였다.

마지막으로 떠오른 사람은 이승훈이었다. 황사영은 그를 생각하면 화가 끓어올라 도저히 참을 수 없는 심정이 되곤 했다. 그가 누구인가?

베드로는 예수의 수제자이다. 그래서 그가 죽고 나자 그 무덤 위에 성전을 세웠다고 한다. 예수가 그토록 아꼈던 제자의 이름을 따서, 그라몽 신부는 조선이라는 나라에 굳건한 토석이 되라는 뜻으로 이승훈에게 '베드로'라는 교명을 지어주었을 것이다. 그렇듯 빛나는 이름 위에 후손들이 베드로 성전을 세울 수 있도록 이승훈 자신이 명예로운 죽음을 택했더라면 얼마나 행복한 마지막이 됐을까? 거듭 생각할수록 분통이 터지고 안타까운 노릇이었다.

아무리 이승훈이 선왕 정조의 두호를 받아 출셋길로 나아갔더라도 그의 원죄는 벗을 수 없는 것이다. 정조가 돌아가시자 당장 이승훈이라는 이름 석 자가 노론의 입에 오르내리지 않던가? 그 자신이 아무리 발버둥 쳐도 이 나라에 천주교를 끌어들인 장본인임은 변명할 여지가 없는 것이다.

여러 해 전에 별세한 이벽과 더불어 초창기에 천주교를 보급하기 위해 열성적으로 신력을 다했건만, 오늘날 이승훈은 한낱 배교자로 낙인찍히고 말았다. 그가 평택 현감으로 재직했다지만, 벼슬이란 감투가 벗겨지는 순간 끝장나는 것이다. 평택 현감으로 있으면서도 그는 온갖 중상모략으로 얼마나 시달렸던가. 파직됐다가 다시 복직하는 일을 수없이 반복하지 않았던가. 그래도 그는 그 벼슬자리를 애면글면 손에서 놓지 않았다. 그러나 그러면 무엇하랴, 정조가 갑자기 승하하자 그의 벼슬도 당장에 달아나고 만 것을.

명예로운 현세의 벼슬과 내세로 가는 아름다운 죽음은 동반하기가 어려운 것인가? 이승훈이 걸어온 길을 더듬어보면 거듭 그런 생각이 떠오르며 안타깝기 짝이 없었다. 어쨌거나 그도 형장의 이슬로 사라졌다니 황사영은 만감이 교차할 뿐이었다. 황사영은 이렇게 믿고 싶었다. 형장에서 망나니들의 마지막 칼날이 자기 목을 겨눌 때, 이승훈도 조선의 베드로답게 하느님을 찾으면서 '이 목을 당신께 바칩니다' 라고 조용히 고했으리라. 그동안 자신이 저지른 죄가 부끄러워서 큰소리로 외치지는 못했을망정 최후의 순간에는 그도 분명히 하느님 앞에 회개했으리라.

이 여섯 사람들이 형장의 이슬로 사라지기 전에 의금부에서 장살된 두 사람이 더 있었다. 이가환과 권철신이 바로 그들이었다.

권철신은 '녹암' 이라는 호로 더 많이 불렸다. 그는 학문이 높고 깊어서 경향 각지에 많은 제자들을 두었다. 특히 예학과 경학은 조선 제일이라 젊은 선비들이 그를 흠모했다. 그러나 그가 남인인 것이 흠이었다. 노론은 항상 그를 헐뜯었다. 그의 세례명은 암브로시오였다. 셋째 아우 권일신은 천주교를 믿게 되자 한양에서 신자들을 모으는 일에 직접 뛰어들었으나, 권철신은 고향 양근을 떠나지 않으면서 소극적 행동을 취했다. 진산사건 때 권일신이 죽자 권철신은 더욱 두문불출하고 집 밖으로 나오지 않았다. 신유박해가 일어나자 의금부로 잡혀 온 그는 얼토당토않은 음해로 무수한 매질을 당하다가 급기야 죽고 말았다.

이가환을 생각하면 황사영은 그의 넓은 식견에 먼저 고개가 숙여졌다. 이가환은 세상 이치에 대해 모르는 것이 없을 정도로 박학다식했다. 그가 이십 년 전 수표교에서 이벽과 천주교를 쟁점으로 논쟁했던 일은 선비들 사이에 널리 알려져 있었다. 사흘 동안 이어진 그 논쟁에서 이가환은 결국 이벽에게 항복하고 말았다. 그 후로 그는 여러모로 천주교에 협력했으나, 자신은 끝내 입교하지 않았다. 정조가 장차 재상 자리에 그를 등용할 것이니 조심하라고 당부했을 가능성이 높았다.

그 당시에 백성들까지 채제공 다음 영의정은 이가환이 맡을 것이라고 공공연히 믿을 정도였다. 그러나 노론 무리가 잠자코 그것을 받아들일 리가 없었다. 그들은 필사적으로 이가환을 깎아내리려고 애썼다. 그러던 중 이가환을 적극 추천하던 채제공이 지난해 별세하고, 이어서 정조마저 돌아가시니 만사휴의였다.

이가환은 의금부에 끌려가서 무수히 매를 맞았다. 충청도 보령 땅에 사는 방백동이라는 신자가 소지하던 명단 맨 첫머리에 그의 이름이 적혀 있었다. 그것을 빌미로 사학꾼들 첫머리에 이름이 적힌 이유를 대라고 그에게 매질한 것이었다. 그런 사람을 본 일도 없고 그런 적도 없다고 이가환은 주장했으나 이미 그를 제거하고자 굳게 마음먹은 노론 무리에겐 변명에 지나지 않았다. 그럴수록 그에겐 무지막지한 고문이 가해질 뿐이었다. 조선에서 백 년에 한 번 날까 말까 한 천재는 그렇게 숨을 거두고 말았다. 오호라! 그는 이 나라의 고질인 당쟁으로 희생됐던 것이다.

황사영은 너무 분하여 맹수가 울부짖듯 혼자 흥분하면서 캄캄한 벽을 향해 종주먹을 들이대고 몸부림치며 울었다. 이젠 누구와 함께 교회의 중요한 문제를 상의한단 말인가? 그는 눈앞이 캄캄했다.

그 여덟 사람을 처치해 버리니 조선 천주교는 마치 노른자위를 빼버린 달걀과 같았다. 아무리 눈 씻고 찾아봐도 황사영이 마음껏 상의할 만한 사람이 없는 것이다. 그토록 허전한 그의 마음을 어디에 비할 수 있을까? 황사영은 자기만 세상에서 철저하게 버림받은 듯 외로웠다. 배론에서 혼자 살아남는 것이 무슨 의미가 있을지 알 수가 없었다.

황사영이 토굴에서 나오지 않으니, 어쩔 수 없이 갑녕이 끼니때마다 밥을 가져갔다. 황사영은 끼니를 일절 거절했다. 그래도 갑녕이 자꾸 먹을거리를 들고 오니 나중에는 아예 출입을 금한다고 엄포까지 놓았다.

그렇게 토굴 속에서 혼자 고민하던 황사영이 홀연히 밖으로 나왔다. 그는 비장한 결심을 하고 있었으나 겉으로는 담담해 보였다. 황사영은 갑녕에게 조용한 목소리로 이렇게 묻는 것이었다.

"김한빈은 어찌하여 찾아오지 않는가?"

"글쎄요, 그이가 올 때가 지났는데……. 마님은 자기 집에 불원간 찾아올 것이라고 말씀하셨습니다만……."

"알겠네. 자네는 다시 한양에 가서 정세가 어찌 돌아가는지 세심히 살펴보게."

그날로 갑녕은 다시 배론을 떠났다.

# 9

갑녕은 양근 근처 노상에서 우연히 김한빈과 마주쳤다. 두 사람은 얼싸안으며 기뻐했다.

"어떻게 된 일인가?"

"황 진사님과 있다가 여기로 오는 길입니다."

"황 진사님은 그 산골에 잘 계신가? 마님에게 그 이야기를 듣긴 했네만……."

"예, 배론이 워낙 궁벽한 곳이기도 하고 진사님이 더욱 안전하게 은신하실 토굴도 만들었습니다."

김한빈은 그제야 안심한 듯 크게 마음을 놓았다.

"김귀동이라는 교우를 우연히 만난 것도 하느님의 도우심일세."

"앞으로가 큰 걱정입니다. 누구를 붙잡고 교회 문제를 상의하느냐고, 진사님은 걱정이 태산 같으십니다. 신부님 소식은 아직도 모릅니까?"

"신부님이 의금부에 자수하셨다는 소문이 있네."

"예?"

"소문이라 확실하지가 않아."

"신부님마저 그리되셨으면 진사님 심정이⋯⋯."

그들은 길거리에서 그런 대화를 나누다가 곧 헤어졌다. 김한빈은 배론으로, 갑녕은 한양으로 떠났다.

한양에 다시 간 갑녕은 북촌 이경도의 집으로 찾아갔다. 그런데 이경도의 어머니가 초췌한 얼굴로 안절부절못했다. 그가 한양에 들를 적마다 신세를 지고 있는 이경도의 어머니는 양근 권철신과 권일신의 누이였다.

"무슨 일이 있으십니까?"

갑녕이 걱정스럽게 물었다.

"전주로 시집보낸 딸아이 안부가 염려스러워 잠을 못 이루겠네. 해마다 초봄이면 사돈 양반이 꼭 찾아오셨는데 올해는 여태 발걸음을 안 하시니 무슨 변고가 생긴 것이 틀림없다는 예감이 드는구면."

'사돈'은 전주의 유항검을 지칭하는 말이었다. 이경도의 누이 이순이와 유항검의 큰아들 유중철이 혼인한 지 벌써 사 년이 됐다. 이순이가 전라도의 만석꾼 집안으로 출가했을 때, 한양 왕손 집안의 여식을 며느리로 데려왔다고 인근이 떠들썩했다.

"제가 전주에 다녀오겠습니다."

"자네가?"

"예, 이참에 전주 형편도 알아 올 겸 한번 내려가 보지요, 뭐."

"이렇게 고마울 데가 있나. 하지만 황 진사도 보필해야 하는 자네가 그렇게 해도 괜찮겠는가?"

"아무 염려 마십시오. 왕복 열흘이면 넉넉할 텐데요."

갑녕은 이튿날 당장 전주로 길을 잡았다. 그리고 나흘 만에 전주 초남이 마을에 도착했다. 그런데 이게 웬일인가. 유항검의 집은 초상집처럼 침울하고 괴괴했다. 유항검을 비롯하여 아우 유관검, 큰아들 유중철, 그리고 그 집을 드나들던 윤지헌, 이우집, 한정흠, 최여겸, 김유산, 김천애 등이 전주 관아로 잡혀갔으며 그들 대부분은 한양 의금부로 이송됐던 것이다.

세례명이 루갈다인 이순이는 참으로 정숙한 여인이었다. 깨끗한 외모에서 묻어나는 품위 있는 행실은 어느 부모라도 첫눈에 탐낼 만했다. 한양 친정어머니가 보냈다는 말에 어찌나 공손하고 극진하게 대하는지 갑녕이 몸 둘 바를 모를 지경이었다.

그런 이순이도 끝내 목이 잘려 순교하고 말았다. 그간의 참혹한 일들을 간략히 이야기하겠다.

한양으로 이송됐던 유항검 일행은 모두 다시 전주로 내려왔다. 그리고 추석 전날, 유항검과 유관검, 윤지헌은 사지를 황소에 묶인 채 능지처참되고 이우집과 김유산은 참형됐다. 역적 집안으로 몰린 터라 남은 식구들도 모조리 전주 관아로 붙잡혀 갔다. 유중철과 그의 아우 유문철은 교살되고, 어린 아들 셋은 각각 다른 섬으로 귀양 갔다. 유항검의 부인 신희, 유관검의 부인 이육희, 유관검의 아들 유중성, 그리고 이순이 네 사람은 어서 죽여달라고 애원했다. 그해가 저무는 섣달, 군사들의 연마장인 숲정이에서 그들은 모두 목이 잘리고 말았다. 무엇보다 루갈다 이순이와 요한 유중철은 부부로 한방을 썼지만, 하느님 앞에 동정서원하고 마지막까지 순결한 몸을 지켰다.

잠시 전주에 내려갔다 온 갑녕은 그 후로 이경도의 집을 자기 본거지로 삼고 포도청으로 문영인을 면회하러 다녔다. 그곳에서 갑녕은 주문모 신부가 자수했다는 소식도 확인할 수 있었다. 그 길로 곧장 배론으로 달려가서 황사영에게 그 소식을 전한 것은 물론이다.

다시 한양으로 바삐 올라온 갑녕은 남은 교우들을 만나고 다녔다. 교우들은 한결같이 벌벌 떨고 있었다. 갑녕이 배론에 다녀오는 사이 한양의 상황은 더욱 악화되어 있었던 것이다. 주문모 신부도 처형됐고 김건순 요사밧마저 사형에 처해지고 말았다. 같은 노론인 김건순까지 처형한 것을 보면 집권자들의 의지가 단호함을 짐작하기가 어렵지 않았다.

한양에 있는 동안 갑녕은 문영인을 지극히 사랑하는 추 봉교를 만나서 여러 가지 이야기를 들었다. 추 봉교는 어떻게 해서라도 문영인을 빼내 보려고 요로要路에 갖은 방법으로 손을 썼다. 하지만 가장 커다란 문제가 있었다. 당사자가 출옥하기를 거부하니 아무 소용 없는 짓이었던 것이다. 감옥에 함께 갇힌 동료들과 한꺼번에 풀려나기 전에는 절대로 나가지 않겠다고 고집을 부리니 추 봉교의 수고로움도 모두 헛일이 되고 말았다.

그렇더라도 한 여인을 구하려는 그 집념에는 갑녕도 혀를 내두르면서 감탄해 마지않았다. 여인을 살리는 목숨 값을 치르기 위해 자기 재산 한 귀퉁이를 선뜻 처분하고 그토록 열성을 다 바쳐 동분서주하다니! 그러던 어느 날이었다. 바깥에서 교우들의 근황을 파악하고 돌아온 갑녕을 보자마자 이경도가 귀띔했다.

"포도청의 움직임이 이상하다네."

"왜요?"

"강 골롬바와 동정녀들이 형조로 옮겨 갈 조짐이 있다는 게야."

"형조로 가면 어떻게 됩니까?"

"석방을 하든, 사형 판결을 내리든 하겠지."

"석방될 가능성도 있다는 말이지요?"

"그렇게 되기는 어려울 게야. 그들이 배교를 선언했다면 모를까, 여전히 옥중에서 큰소리로 노래 부르며 예수님을 찬미한다니……."

"그렇다면 다 틀린 일이지요."

갑녕은 마음이 무거워졌다. 한 가닥 희망이라도 잡을 수 있을까 하고 내심 기대했는데 결국 절망했다.

이경도의 말은 사실임이 확인됐다. 곧 강완숙과 동정녀들의 사형 집행이 시행된다는 소문도 파다하게 퍼졌다.

갑녕이 서둘러 감옥으로 면회를 갔다. 그는 잠깐 기다려야 했다. 다른 사람이 아닌 추 봉교가 먼저 와서 문영인을 면회하는 중이라는 것이었다.

"그분에게 갑녕이가 왔다고 전해 주시오. 틀림없이 지금 들어오라고 할 것이오."

옥졸이 고개를 갸웃거리며 들어가더니 추 봉교가 쫓아 나왔다. 그는 흥분된 얼굴로 갑녕에게 매달리다시피 하며 말했다.

"마침 잘 왔네. 영인이가 마음을 돌리도록 잘 말해 주게. 응, 제발……."

"나리 부탁을 거절했다면 내 말이라고 듣겠소?"

"하여간 들어가서 같이 말해 보세."

두 사람은 특별 면회실로 들어갔다. 문영인은 갑녕을 친동생처럼 반갑게 맞았다.

"잘 왔구나. 너를 못 만나고 떠나면 섭섭할까 걱정했지."

갑녕은 목이 메어 한마디도 꺼낼 수 없었다. 여러 달 동안 제대로 씻지 못한 탓에 문영인은 불결하긴 했지만 아름다움만큼은 여전했다. 그 곁에서 추 봉교가 애타게 말했다.

"기회는 오늘밖에 없어. 한 번만 허위로 배교하겠다는 말을 해줘. 내 목숨을 걸고 말하건대, 그러면 그 사람들이 다 알아서 처리해 주겠다고 약속했다네. 우선 살아야 예수님을 믿지 않겠어? 살아 있어야만 다른 사람들에게 전교도 할 수 있을 것이 아니야? 다 죽어버리고 나면 전교는 누구더러 하란 말인가."

문영인은 한숨을 푹 내쉬었다.

"거듭 말하지만 맹세코 하느님을 위해 내 목숨을 바치기로 했어요."

"살아 있어야만 하느님을 위해 전교하지, 살아 있어야만!"

"이미 천국으로 함께 가자고 옥방 교우들과 약속했어요. 나 혼자만 그 대열에서 빠질 수는 없습니다. 오라버니가 별소리를 다 하더라도 그 귀한 약속을 어기지 않을 것입니다."

문영인이 차갑게 한마디를 던지고는 입을 꼭 다물었다. 그것은 어떤 말을 해도 소용없다는 뜻이었다. 갑녕은 더 이상 참을 수가 없었다.

"누님, 한 번만 마음을 고쳐먹어요. 죽는 일은 언제라도 할 수 있지 않습니까? 이번만 겉으로나마 배교하는 척하면 될 일인데 뭐가 어려운가요? 옆에 있는 추 봉교 나리의 성의에 대한 보답으로 한 번은 그렇게 하는 것이 도리일 것 같습니다."

"철석같이 한 맹세를 한순간에 허물라는 것이냐? 갑녕아, 실망했다. 너도 마귀에 지나지 않아. 저리 가!"

갑녕은 마귀라는 소리에 충격을 받았다. 그는 오갈이 든 듯 더는 아무 소리를 못 했다.

"오라버니, 이젠 마음을 접으세요. 훗날 천국에서 만납시다. 그때는 서로 즐거운 마음으로 지낼 수 있겠지요."

추 봉교는 얼굴이 창백해지면서 더 이상 대꾸할 말도 없는 듯 고개만 떨구었다.

"그럼 안녕히 가세요. 이승에서는 이것이 마지막 만남이로군요."

추 봉교가 화난 얼굴로 잠깐 나간 사이에 문영인이 갑녕에게 조그마한 소리로 말했다.

"황 진사님은 안녕하시니? 그분을 잘 보호해야 한다. 이제 남은 희망은 그분밖에 없어."

"그 점은 염려하지 마시오."

"갑녕아, 잘 있거라. 이젠 너와도 끝이로구나!"
"누님……."
기어코 갑녕의 두 눈에서 뜨거운 눈물이 흘러나오고 말았다. 두 사람이 함께 알고 지낸 것은 고작 일 년에 지나지 않았다. 비록 짧은 기간이었지만 그동안 갑녕은 문영인에게 깊은 정이 들었다. 그것은 문영인 역시 마찬가지였던 모양이다. 그녀는 아쉬움이 담긴 얼굴로 갑녕을 쳐다봤다.

마침내 7월 3일이 됐다. 초여름 날씨는 한껏 청량하고 하늘은 더없이 푸르렀다. 본격적인 무더위가 오려는 모양이었다. 사람들은 극성스레 손부채를 부치면서 더위 타령을 하고 다녔다.
포도청 앞마당, 그곳에 아침나절부터 안절부절못하여 정문을 지켜보는 젊은이가 있었다. 다름 아닌 김갑녕이었다. 그는 지난 이틀 동안 거의 굶다시피 지냈다. 갑녕이 북촌 이경도의 어머니가 싸준 다식을 소쿠리째 가져갔을 때 문영인이 그를 만나자마자 '나는 천국 간다'고 웃으면서 말했던 것이다.
그 후로 갑녕은 영 밥맛을 잃어버렸다. 오늘 아침까지 끼니를 걸렀으니 도대체 몇 끼를 굶었는지도 모를 지경이다. 문영인의 그 말이 갑녕에게 그토록 큰 충격을 주었던 것이다.
긴 여름 해가 기울어 오후 네 시쯤 됐을 무렵이었다. 황소가 끄는 수레 두 대가 포도청 앞마당에 대기했다.
잠시 후 감옥 안에서 죄수들이 나오기 시작했다. 남자들이 먼저 나왔다. 전부 네 명이었다. 곧이어 포승줄에 묶인 몸으로 여자들이 나오는데, 그 모습을 지켜보던 갑녕은 숨이 콱 막히는 듯싶었다. 밖으로 나오는 순서대로 수레에 올라타는데 문영인은 세 번째였다. 물론 제일 먼저 수레에 오른 사람은 강완숙이었다.

그들과 함께 갇혔던 여자들 중 두 명은 각자 고향으로 보내어 처형키로 결정하고 조치하여 지금 이 자리에는 없었다. 그들이 헤어지는 장면은 차마 눈뜨고는 못 보겠더라고, 포졸들끼리 지껄이는 소리가 들렸다.

북소리가 크게 들리고 그 뒤를 수레 두 대가 따랐다. 그 행렬이 큰길로 나서자 순식간에 사람들이 모여들어 거대한 군중을 이루었다. 이번에는 군중의 관심이 유난히 높았다. 여자들을 사형하기 때문이었다.

사람들의 시선은 그중에서도 유독 한 여인에게만 쏠렸다. 바로 문영인이었다. 누군가 그녀를 두고 알은체를 했다.

"저 여자가 궁녀였다는 그이가 틀림없어. 저 인물 좀 보라고."

"나도 그런 소문은 들었네."

"역시 절색이구먼."

"징역살이를 했어도 원래 인물이 어디 가는가. 행색이 더러워도 그 인물은 감출 수가 없지."

"젠장맞을! 저런 여자랑 사흘만 살아봤으면 원이 없겠다."

"에끼, 이 자식은 이런 데서도 계집 데리고 살 궁리만 한다니까."

"계집 밝히는 놈은 때와 장소도 모르는 법이야."

"그래도 그렇지, 지금 사형장으로 가는 여자에게 욕정을 품다니."
"색골이라 그렇구먼. 시도 때도 없이 항상 불끈불끈 솟으니까 참을 수가 있어야지."

군중 사이에 한바탕 웃음이 터졌다. 갑녕의 속이 끓었다.

"잘들 논다. 너희 맘대로 지껄여봐라."

벙거지 쓴 포졸들이 몰려드는 군중을 쫓느라고 아무한테나 방망이를 휘둘렀다. 군중에 휩쓸려 가면서도 갑녕은 양어머니 강완숙과 누님 문영인이 꼭 천국에 가기를 빌고 또 빌었다.

구경꾼들의 태도는 가지각색이었다. 수레에 실려 가는 사형수들에게 욕하는 사람, 칭찬하는 사람, 불쌍히 여기는 사람 등 저마다의 사연에 따라서 평가하는 것이 제각각 달랐다.

"저 사람들이 무슨 죄를 졌기에 참터로 데려가서 몰살한다던가?"
"천주학쟁이들이라네."
"천주학쟁이?"
"아직 천주학쟁이를 몰라? 제 어미 아비도 몰라볼뿐더러 제사도 안 지낸다는구먼."
"소문과는 달라. 부모를 극진히 모신다던데."
"그럼 조상 제사는 어쩌고?"
"그것까지는 나도 자세히 모르겠네."
"그것 봐. 조상 제사도 안 지내는 것들이 사람이야?"
"그렇다고 참터에서 죽이는 것은 너무하지 않은가."
"나라에서 크게 잘못하는 짓이야."

"그렇고말고. 백성 알기를 개돼지만도 못하게 알기 때문이야."

그때 한 중년 사내가 여럿의 대화에 끼어들었다.

"그것이 전부 조정의 당파 싸움 탓이오. 천주교 믿는 사람들을 큰 죄인 다루듯 처단하는 것도 노론이 남인을 몰아내는 짓이란 말이오."

"그럼 천주학쟁이들이 전부 남인이라는 것이오?"

여러 사람들 간에 천주교인이 전부 남인인가 아닌가를 두고 입씨름이 벌어졌다. 사람의 목숨이 달아나는 마당에 어울리지 않는 말씨름이라니, 갑녕은 차라리 귀를 막고 싶었.

그러는 사이 사형 행렬은 어느새 참터에 이르렀다. 수레 두 대에서 죄수들이 차례로 내렸다. 구경꾼들이 다가들자 포졸들은 질서를 잡으려고 소리소리 질러대며 밀쳐냈다. 사람들은 유독 문영인에게만 몰려들었다. 그녀가 죽기 전에 한 번이라도 더 보려는 것이었다. 구경꾼들이 자꾸만 다가서자 포졸들이 방망이를 휘둘러 위협하며 연신 호통을 쳐댔다. 그때 군중을 둘러보던 문영인이 입을 열었다.

"사람들을 그냥 두세요. 짐승을 죽일 때도 구경하는데 우리가 죽는 것을 왜 못 보게 합니까?"

그 말에 포졸들은 할 말을 잃었다. 앞에서는 강완숙 골롬바가 단두대 앞에 꿇어앉아 있었다. 그녀는 아까부터 열심히 기도하는 중이었다. 마지막으로 십자성호를 크게 긋고 나서는 머리를 숙여 망나니의 칼을 받았다. 단번에 목이 끊어졌다. 이때 강완숙의 나이 마흔하나였다. 갑녕은 질끈 눈을 감고 말았다.

강완숙은 여성으로 한 시대를 풍미했던 여걸이었다. 남존여비로 남성이 절대 우위에 있던 남성 중심 세계에서, 그녀는 시어머니와 전실 아들을 데리고 충청도에서 상경한 후에 주문모 신부를 맞이하여 온갖 고난을 겪고 남성 회장들을 보좌하면서 당당하게 조선 천주교를 이끌었던 것이다.

다음에는 김연이 율리안나, 한신애 아가타가 차례로 참수됐다. 그 다음 차례는 문영인 비비안나였다. 그녀가 단두대에 목을 디밀고 칼이 떨어지길 기다릴 때 갑녕은 눈을 꼭 감은 채 무의식적으로 하느님에게 기도를 했다. 주위에서 사람들의 낮은 탄성이 들려왔을 때야 갑녕이 눈떠 보니 땅에 떨어진 문영인의 목에서는 이미 붉은 피가 콸콸 흘러내리고 있었다.

맨 나중으로 궁녀 출신인 강경복 수산나가 처형됐다.

처형이 전부 끝나자 그 현장을 구경하던 군중도 모두 뿔뿔이 흩어졌다. 시체 아홉 구만 여기저기 널려 있을 뿐이었다. 포졸들도, 칼질한 망나니들도 그 꼴을 더는 보기 싫다는 듯 썰물처럼 그 장소를 빠져나갔다. 시체를 지키는 포졸들 몇 명만 자기 자리를 고수했다. 갑녕은 문영인의 시신 앞으로 다가가서 털썩 무릎을 꿇고 앉았다. 그리고 그녀의 잘린 머리를 조심스럽게 끌어안았다.

"누님, 편히 천당으로 가시오!"

갑녕은 아직도 핏방울이 뚝뚝 떨어지는 문영인의 머리채를 끌어안은 채 그 얼굴을 내려다보면서 그렇게 중얼거렸다. 그때 시체를 지키고 있던 포졸이 멀리서 그 광경을 보고 이쪽으로 쫓아오며 소리쳤다.

"이놈아, 게서 무엇 하고 있느냐?"

포졸을 힐끗 쳐다본 갑녕은 안고 있던 문영인의 머리채를 신체의 아랫부분과 맞추어 가지런히 내려놓았다.

"이놈아, 왜 네 마음대로 시체를 만지느냐?"

"내 누님이라 그러오."

"뭐야?"

포졸은 문영인의 머리채와 갑녕의 얼굴을 번갈아 쳐다보더니 입맛을 쩍 다시며 그를 쫓았다.

"오늘내일은 시체를 못 가져간다. 어서 이곳을 떠나거라."

포졸이 주먹을 치켜드는 순간 어느새 추 봉교가 나타나서 얼른 그 주먹을 막았다.

"그만 해둬!"

추 봉교를 본 순간 포졸은 마지못해 욕을 하면서 물러났다.

"어디서 굴러먹던 개뼈다귀 같은 자식이 개판 치는 거야."

추 봉교는 가슴팍에 피 칠갑을 한 갑녕을 데리고 그곳을 빠져나갔다. 한 교우가 그들의 뒤를 쫓아왔다.

"이런 상태로 그 사람을 어디로 데려가려고 그러오?"

갑녕은 정신 나간 사람처럼 아무 대꾸도 없이 추 봉교가 가자는 대로 그냥 따라 걷는 참이었다. 그 교우는 자기 웃옷을 벗어주면서 말했다.

"그 옷을 벗고 이것을 입게."

갑녕 대신 추 봉교가 점잖게 그 교우의 호의를 사양했다.
"내가 새 옷으로 갈아입힐 것이니 염려 마시오."
추 봉교는 갑녕의 피 묻은 옷을 벗기고는 저만치 서 있는 하인 막천에게 건네받은 여름용 베옷으로 갈아입혔다.
"고맙습니다."
갑녕은 추 봉교의 배려에 감사의 표시로 고개를 꾸벅 숙이고는, 자신이 벗은 옷을 둘둘 말아서 옆구리에 끼었다.
"고맙기는. 그런데 자네, 그 피투성이 옷을 어쩌려고?"
"내가 보관할 것입니다."
그런 갑녕을 보고 추 봉교는 새삼 감탄하고 말았다.
"나보다 자네가 영인이 생각을 더 했네그려!"
그리고 추 봉교는 갑녕을 위로했다.
"내가 포졸들에게 부탁해 두었으니 우리는 내일쯤 시신을 치우세."
두 사람은 그곳에서 곧 헤어졌다. 갑녕이 북촌으로 들어서자 이경도 모자가 시름에 빠져 있다가 말없이 그를 맞았다. 갑녕은 마루에 털썩 주저앉아 말했다.
"모두들 천국으로 가셨습니다."
"시신들은 어떻게 하려는가?"
"하루 이틀은 포졸들이 참터를 지킬 것이오."
"하느님, 그들의 영혼을 받아주십시오. 깨끗한 영혼들입니다."
이경도의 어머니는 합장하듯 하늘을 향해 몇 번이고 절했다.

때는 7월이라 시체들은 금세 썩은 내를 풍기기 시작했다. 참터를 지키던 포졸들도 하룻밤만 보낸 후 이틀째는 아무도 나타나지 않았다. 기회를 엿보던 식구들은 각 가정마다 자기 집안의 시체를 찾아가기에 바빴다.

강완숙의 시신도 며느리가 주관하여 남자들 서너 명이 어디론가 옮겨 갔다. 문영인의 집안은 아들이 없는 터라 둘째 언니만 앞장설 뿐이었다. 추 봉교는 끝내 나타나지 않았다. 그는 사형장에서 돌아간 다음부터 줄곧 고주망태가 되도록 술을 퍼마셨다. 갑녕이 문영인의 시신을 적당한 장소에 옮긴 뒤 염습을 도맡았다. 그런 다음 그 시신을 지게에 지고서 애오개를 지나 신촌 근처 산중에 내려놓았다. 갑녕은 혼자서 땅을 파고 문영인의 시신을 정성껏 안치했다. 그러고 나서 문영인에게 마지막 하직 인사를 했다.

"누님의 영혼은 하늘나라로 올라갔을 테니 몸뚱이만 이곳에 묻어두고 갑니다. 누님! 부디 평안하시오."

애고애고 곡하는 둘째 언니 옆에 서서 갑녕도 다시금 뜨거운 눈물을 흘렸다.

# 10

 문영인이 죽었다. 강완숙도 죽었다. 더 이상 한양에서 지체할 이유가 없었다. 갑녕은 곧장 배론을 향해 길을 떠났다. 그는 도중에 마재에 들러서 하상의 집을 찾아갔다. 남의 집 건넛방을 얻어 쓰는 처지였으나 그들은 그럭저럭 잘 지내고 있어 다행스러웠다. 하상이 갑녕을 반갑게 맞아주었다.
 "형, 이제 우리 집에서 같이 살자."
 "미안하구나. 나중에 또 오마."
 유씨 부인이 하상에게 자리를 비켜달라고 일렀다.
 "하상아, 잠깐 밖에 나가서 놀거라. 갑녕이 형과 이야기할 것이 있단다. 그래, 무슨 소식인가?"
 "강 골롬바를 비롯하여 다섯 동정녀들과 남교우 네 명이 치명했습니다."

"언제?"

"어제요. 저는 영인 누님의 친자매 한 분과 함께 시신을 산에다 묻고 오는 길입니다."

"아홉 명이나 처형했다고? 이러다가는 믿는 사람들이 한 명도 안 남겠구먼."

유씨 부인은 낯빛이 하얗게 질렸다. 남편 정약종이 죽은 지도 얼마 되지 않았는데 또 이런 변이 일어나니 참담한 심정이 들 뿐이었다. 갑녕은 아무 말 없이 있다가 조용히 집을 빠져나왔다.

갑녕은 이틀이 걸려 배론에 닿았다. 김한빈도 그곳에 있었다. 갑녕은 훈동 집에 있던 강 골롬바를 비롯한 동정녀들과 남교우 네 명이 참형된 사실을 이야기했다. 황사영과 김한빈은 말문이 막혔는지 한동안 멍하니 앉아 있었다. 마재 마님이 말씀하신 것처럼 천주교 믿는 사람들은 모조리 씨를 말릴 작정을 한 모양인가? 그런 표정이었다.

황사영이 말을 잃은 사람처럼 참담한 얼굴로 묵묵히 앉아만 있는 바람에 김한빈과 갑녕은 그 자리를 피하듯 밖으로 나왔다.

그들은 아홉 교우가 처형당한 이야기를 한동안 나누다가, 강완숙이 없어진 지금부터 누가 여교우들을 이끌어갈 것인가 하는 문제까지 이르게 됐다. 갑녕이 절망적으로 말했다.

"아무리 생각해 봐도 강 골롬바 어머님 같은 여인이 또 나올 것 같지가 않아요. 그 그릇이 얼마나 컸는지 지금에야 새삼 깨닫게 됩니다."

"조선에서는 드물게 보는 여장부였다는 생각이 드네. 나는 그이와 별로 만난 적이 없었지만 말일세. 충청도 출신이라지?"

"예, 충청도 덕산이 시댁이라 들었구먼요. 그 근처에 수덕사가 있다고 여러 번 자랑하셨습니다."

"남편과 헤어질 때 전실 아들과 시어머니까지 데려왔다는 말을 듣고 아주 감탄했지."

"그 이야기를 들으면 누구나 감탄하지요."

그때 황사영이 그들을 불렀다. 두 사람은 토굴 속으로 들어갔다.

토굴 안은 겨우 얼굴을 알아볼 수 있을 정도였다.

"우선 황심을 찾아야겠소."

"그렇군요."

"김 서방은 황심이 숨어 있는 곳을 알 수가 있겠소?"

"글쎄요, 한번 찾아봐야 할 것 같습니다."

"한시가 급한데 이를 어쩐다?"

"황심을 찾으심은 연경 주교님에게 보내실 생각이 있으시기 때문입니까?"

"그렇다오. 아무리 생각해도 그 방법밖에는 다른 수가 나오지 않소. 조선 안에서는 옴치고 뛸 수도 없으니……. 조선이 작고 좁은 나라라는 것을 새삼 절감하게 되오. 우리 교인을 보호해 줄 방법은 하나뿐이오. 주교님밖에는 기댈 사람이 없소. 결과가 어떻게 되든 연경에 연락하는 수밖에 도리가 없으니 황심 그 사람이 절실히 필요하오. 또 한 사람, 옥천희가 있긴 한데 그 사람의 소식은 황심을 통해서만 알게 되어 있소."

"그렇다면 어떻게든지 그분을 찾아야지요."

갑녕이 먼저 서두르고 나섰다.

"김 서방은 한양에서 황심의 단서를 찾아보시오. 갑녕이는 그 사람의 고향에 한번 찾아가 보고. 그곳에서 그이의 친척이나 옛 친구들을 만나서 알아보거라."

"그럼 내일 아침에 떠나도록 하세. 자네는 낯선 지방을 찾아가야 하니 어려운 점이 많을 게야."

"황심이 엊그제 죽은 강 골롬바와 고향이 같다니까 어렵지 않게 찾을 수 있을 것이오."

"조선 천주교의 운명이 그 사람을 찾고 못 찾는 데 달렸다는 것을 명심하고 열심히 찾아다니게."

"염려 마십시오. 무슨 수를 쓰든 찾아올 테니까요."

갑녕은 자신 있는 태도로 나왔으나 김한빈은 비관적으로 말했다.

"너무 막연합니다. 어디로 가서 누구를 붙잡고 물어야 할는지?"

"힘이 많이 들겠지요. 그래도 그 방법밖에는 다른 수가 없다오."

황사영이 그렇게 말할 때 토굴 밖에서 김귀동이 소리쳤다.

"저녁들 잡수셔유."

그렇다. 아무리 힘들더라도 우선은 먹고살아야 했다. 그들은 꾸역꾸역 토굴 속에서 기어 나왔다.

김귀동은 속이 깊은 사람이었다. 갑녕이 여러 날 만에 왔다는 평계를 대고 커다란 닭 한 마리를 잡았다. 그리고 딸 분이를 시켜 술방구리에 막걸리도 받아 왔는데, 그녀는 거의 십 리 길을 걸어 심부름을 다녀온 것이다. 이것이 전부 황사영과 갑녕을 위로하기 위한 김귀동의 마음이었다.

"이 술을 마시자고 분이만 고생시켰구먼."
"그까짓 것을 두고 무슨 심부름이라고……."
"거리는 둘째치고 술병이 무겁지 않소?"
"술병을 머리에 이고 다니니까 이웃집 다녀온 셈이어유."
"하긴 여자들의 머리가 사내들의 지게만큼이나 힘이 좋던데."

김한빈이 슬쩍 던지는 말에 모두들 소리를 내어 웃었다. 이어서 꺼꾸리 어머니에게 물었다.

"꺼꾸리 엄니, 내가 궁금한 것이 하나 있는데……."
"무엇이 말이유?"
"꺼꾸리 나을 때 거꾸로 낳았소?"
"엄마, 그것을 어떻게 안댜? 저놈이 뱃속에서 머리 대신 다리가 먼저 나오는 바람에 내가 죽다가 살아났구먼유."
"하고많은 이름을 두고 '꺼꾸리'라고 부르기에 그리 짐작했소."
"거꾸로 낳았다고 남들이 저놈을 그렇게 부르기 시작했어유. 그것이 아예 이름이 되어버린 거유."
"이름 한번 좋소."

또 한바탕 웃음판이 됐다. 교난으로 무겁던 분위기가 조금은 가벼워졌다.

다음 날 아침, 김한빈과 갑녕은 배론을 떠났다. 둘은 일단 한양까지 동행했다. 한양의 동정을 먼저 살필 요량이었다. 한양에서 갑녕은 충청도로 길을 잡았다. 첫날에는 단숨에 평택까지 내달렸다. 덕산에는 다음 날 해가 저물어서 닿았다. 믿을 수 없이 빠른 발걸음이었다. 갑녕은 주막에 누워 천장을 바라보면서 미친놈처럼 달려왔다는 생각을 했다.

덕산은 강완숙의 고향이었다. 먼저 그녀가 살던 집부터 찾을 생각으로 수소문하니 시장 바닥과 가까운 곳에 있었다. 갑녕은 쉰 살이 됨직한 노인에게 물어봤다.

"혹시 홍필주라는 사람을 아십니까?"

"문갑이를 말하는가, 홍문갑?"

"예, 아명兒名이 문갑이라고 들었습니다. 그 사람 어머니가 강완숙이라고……."

"천주학 믿다가 얼마 전에 형장에서 목을 잘렸다는 여자 말이지?"

"이곳에서도 그 일을 모두 아는구먼요."

"알다마다. 한동안 덕산 바닥에 큰 화젯거리였다네."

"그분이 여기서 살았다더니……."

"원래가 대처로 나갈 여자였지. 이런 곳에서 시집살이나 하면서 살 여자는 아니었어. 오죽했으면 시어머니와 본처의 아들을 데리고 한양으로 갔겠나? 비록 그 여자가 사형을 당하기는 했지만 그릇이 큰 여자였네."

"여기서도 다들 그렇게 생각하십니까?"

"아무럼, 그렇고말고. 남편이라는 것이 머저리 천치 같은 위인이라 제 어머니마저 빼앗기고 만 게지. 아들도 감옥에 있다지, 아마."

"그렇답니다."

"자네는 그런 소식을 이미 아는 게로구먼."

"소문으로 알 정도지요."

"이곳에서는 그 일로 시끌시끌 요란했다네. 천주학이 아까운 인물을 죽였다고."

"왜 천주학이 죽입니까? 노론 패거리가 남인을 죽이려다가 애매한 천주학쟁이들까지 잡았지요."

"자네도 천주학을 믿는가?"

노인이 의심스러운 표정을 짓자 갑녕은 속으로 뜨끔했다.

"제가 딱히 천주학을 믿는다기보다, 여자들까지 죽이는 것을 보고 여기저기서 노론 욕을 많이 하는구먼요."

"하기야 그놈들이 죽일 놈들이지, 천주학 믿는다고 여자들까지 죽이다가는 나중에 씨를 뿌릴 터도 모조리 없어지게 생겼으니, 쯧쯧."

"그런데 용머리라는 동네가 어디쯤 있습니까?"

"여기서 한 십여 리는 걸어가야 할걸. 저쪽 야산을 끼고 돌아가면 거기가 용머리야."

"여러 가지로 고맙습니다. 안녕히 계십시오."

"용머리에 누구 아는 사람이 있는가?"

"아니요. 어떤 이의 소식을 알려고 가는구먼요."

용머리는 지극히 평범한 농촌이었다. 주변은 전부 밭이었고 논조차 보이지 않았다. 야산으로 둘러쳐진 동네였지만 옹기종기 모여 있는 집은 많은 편이었다. 주위를 둘러보니, 논은 오 리 밖 낮은 골짜기에 조금 있었다. 한 농부에게 물었다.

"말씀 좀 묻겠습니다. 전에 황심이라는 사람이 이 동네에 살았습니까?"

"그런디유. 그 사람은 고향을 떠난 지가 오래됐어유."

"그이와 가까운 친척은 없나요?"

"사촌이 살지유. 바로 저 집이유."

갑녕이 그 집에 가서 기웃거리자 한 아낙이 밖으로 나왔다.

"황심이라는 사람을 아십니까?"

"야, 우리 남편 사촌 아우인데, 어디서 왔어유?"

"한양에서 자별하게 지낸 사이입니다. 그 양반이 근래 통 소식이 없어, 이렇게 찾으려고 다닙니다."

"혹시 댁이 포도청 앞잡이로 나선 사람은 아니유? 그렇다면 헛걸음했구먼유. 몇 해 만에 고향을 다니러 왔다가 밤사이에 떠났어유. 비밀스럽게 떠나서 우리도 어디로 갔는지 모르는구먼유."

"나는 포도청과 관련 있는 사람은 아니니 오해하지 마시오. 단지 장사 일로 그이를 찾는 것뿐입니다. 그이를 꼭 만나야 할 일이 있는데……."

"그렇다면……, 그 시동생은 천주학 때문에 쫓겨 다니는 것 같았어유. 이웃집에도 알리지 않고 떠난 것으로 봐서는 그런 짐작이 가는구먼유."

"어디로 간다고 말하지 않던가요? 반드시 만나야 합니다."

아낙은 갑녕을 아래위로 다시 살펴보더니 확신이 선 듯 입을 열었다.

"댁이 믿을 만한 사람 같아서 말씀드리네유. 충주 근처에 달래 강이 있다고 하대유. 그 강에서 고기잡이하는 친구가 있다는 소리를 들었어유."

"그 말이 확실합니까?"

"더 자세히 알려면 우리 남편에게 알아봐유."

"지금 어디에 계시오?"

"밭에서 일하고 있을 거유."

"죄송하지만 그곳으로 데려다 주십시오."

멀지 않은 곳에 아낙의 남편이 일한다는 밭이 있었는데, 그의 말에도 특별한 내용은 없었다. 다만 황심은 이번에 잡혔다가는 목숨을 잃으리라는 것을 알고 있는 듯 이렇게 말했다고 한다.

"이번 교난에 잡히면 그들이 날 영락없이 죽일 것이구먼."

그러면서 황심은 자기 손으로 목을 치는 시늉을 해 보였다는 것이다.

갑녕은 그 집에서 하룻밤을 쉬고 다음 날 충주 쪽으로 길을 떠났다. 그는 이삼십 리쯤 왔을 때 다리품을 쉬려고 노인들이 모인 나무 그늘 아래로 다가가서는 붙임성 좋게 인사했다.

"안녕들 하십니까?"

"어디에서 오는 젊은이인가?"

"덕산 용머리로 사람을 찾으러 갔다가 헛걸음을 하고 돌아가는 길입니다."

"거참, 안됐구먼."

갑녕이 멀리 보이는 거대한 산줄기를 가리키며 물었다.

"저 산 이름이 무엇입니까?"

"개산(가야산)이라네."

"엄청나게 길게 뻗은 산이군요."

"남쪽으로는 홍주 고을, 서쪽으로는 서산 고을에 닿는다네. 우리 예산은 가운데 토막인 셈이지."

"남녘에서 서산까지 삼사십 리는 족히 되겠는걸요?"

"저 산줄기가 턱 버티고 바다를 막아섰으니 이쪽은 서북풍이 약해져서 항상 바람이 적지. 사람 살기가 좋은 곳이야."

"정말 길지라는 곳은 이런 데를 가리키는 것 같습니다."

"아암, 그렇고말고."

노인들은 만족스러운 듯 환하게 웃음을 지었다.

"여기 동네 이름은 무엇입니까?"

"삽다리라네. 개산 이편은 전부 평야 지대지. 산지라야 비산비야非山非野니까. 내포 지방이라지만 알짜 내포는 이곳을 가리키는 말이야. 저 앞쪽으로 전부 들판이 아닌가? 저곳을 서들광문(예당평야)이라고 말하지."

갑녕의 응대에 기분이 좋아진 노인들은 해가 중천에 오르려면 멀었는데도 점심을 대접하겠다고 서로 자기 집으로 가자고 다투었다. 앞으로 갈 길이 바쁜 갑녕은 그들의 호의를 거절하느라 애를 먹어야 했다.

# 11

토굴에 혼자 남게 된 황사영은 갖가지 사념으로 머릿속이 복잡하게 얽혀 있었다. 무엇보다 그를 괴롭히는 것은 어머니에 대한 생각이었다. 황사영은 아버지를 생각하면 통절한 마음만이 가슴에 가득할 따름이었다.

유복자! 세상에 태어나서부터 아비 없는 자식이 또 어디에 있단 말인가. 황사영의 아버지는 황석범으로 과거에 급제했으나 그가 태어나기도 전에 스물여덟의 나이로 요절하고 말았다.

유복자를 낳은 이씨 부인의 고달픈 인생살이가 그때부터 시작됐다. 그녀는 남편도 없이 아이를 낳아놓고 홀로 얼마나 울었는지 모른다. 남편 없는 설움이 그때서야 처음으로 실감이 났다. 하지만 그럴 때가 아니었다. 그녀는 핏덩이를 앞에 놓고 마음을 단단히 가졌다.

'오냐, 내 너를 어엿하게 키우리라. 세상의 어느 아들보다도 자랑스러운 아들로 만들리라.'

이씨 부인은 지하에 있는 남편에게 떳떳한 아들로 키우겠다고 굳게 약속했던 것이다.

입술을 앙다문 이씨 부인의 결심은 단호했다. 그녀는 겨우 세 살이 넘은 아들에게 글을 가르치기 시작했다. 아들은 똑똑했다. 네 살이 되기도 전에 천자문을 완벽하게 뗐다. 훈장은 혀를 내두르며 감탄했다.

"내가 훈장질 이십 년에 이런 아이는 처음 봤소. 글을 배우고 반 년도 되기 전에 천자문을 다 읽었으니, 내게서 더는 배울 것이 없소이다."

어미로서 그보다 더 신통한 일이 또 어디 있겠는가. 그래도 이씨 부인은 미심쩍은 마음에 아들을 앉혀놓고 직접 한 자 한 자 짚어가면서 시험했다. 한 글자도 틀림이 없었다. 게다가 뜻의 주석註釋까지 환하게 꿰뚫고 있었다.

그때부터 어린 황사영은 다른 스승의 집으로 찾아가기 시작했다. 바로 이웃 동네였다. 그 일대에서는 고명한 학자로 널리 알려진 사람으로, 그는 아이를 시험해 보더니 쾌히 승낙했다.

어린 황사영의 뒤에는 하인 육손이 반드시 따라갔다. 황사영이 글 읽는 것을 방해하지 않기 위해 점심밥은 집에서 날라 왔다. 그의 어머니가 더운밥을 새로 지어 하인 편에 보냈던 것이다. 그렇게 삼 년쯤 지나자, 그 스승도 자기는 더 가르칠 것이 없으니 다른 이를 구해 보라면서 뒤로 물러났다. 아이가 벌써 문리文理가 트였다고 말하는 것이었다. 그때 황사영의 나이가 열 살이 채 되지 않았다.

그 스승 밑에서 신동이 났다는 소문이 인근 마을까지 퍼졌다. 날이 갈수록 신동을 구경하려고 각처에서 모여드는 사람들이 늘어갔다. 강화도 근처에서는 그를 모르는 사람이 없을 정도로 유명한 소년이 됐다.

그러다 보니 소년 황시복(황사영의 아명)을 가르칠 사람이 별로 없었다. 이씨 부인은 아들을 가르칠 만한 스승을 찾아다니는 것이 막중한 일과가 됐다. 시복은 이 스승 밑에서 몇 달, 저 스승 밑에서 몇 달씩 공부를 전전했으니, 일 년도 못 채우고 그만두는 일이 비일비재했다. 나날이 세월은 가고 시복이 학문을 닦자면 앞길이 창창한데 그를 가르칠 스승을 찾을 수 없으니 큰 낭패였다.

시복이 열다섯 살이 되던 해, 선비 사회에서 고명하다는 스승을 만나러 길을 떠났다. 그 스승이 있는 곳은 삼십 리 정도 떨어진, 도자기 마을로 유명한 분원 근처라고 했다. 거기서 우천은 지척이었다. 사람들은 보통 우천牛川을 소내라고 불렀다. 그곳에서 건너다보이는 마을이 퍽 인상적이었다. 그 마을은 한강으로 툭 튀어나와 자리 잡은 터라 강물이 그곳에서 한 번 휘돌아 서쪽으로 내리꽂으며 내달린다. 게다가 보통 다른 마을보다 달라 보이는 것은 유난히 고래등 같은 기와집이 많았기 때문이다. 한마디로 양반의 고장인 것이다. 강변 이쪽은 옹기장이나 장사꾼들이 모여 살아 항상 시끄러운 반면 강변 저쪽은 조용하기 그지없었다.

분원은 관요官窯가 있는 곳으로 널리 알려졌다. 궁중에 납품하는 그릇들은 전부 이곳에서 제작하여 들여보냈고, 그 외에 고관들이 특별히 주문하는 도자기도 많이 만들었다. 대궐이나 고관들에게 상납하는 도자기보다 도부꾼들에게 팔려 나가는 도자기가 더 많았는데, 그 바람에 전국에서 그릇을 사려고 분원으로 모여드는 장사꾼들이 끊일 새가 없었다. 십여 개가 넘는 가마에서 밤낮없이 불을 지피고 때니 그야말로 항상 흥청거리는 고장이었다. 숱한 사람들이 모여드니 음식점인들 얼마나 많을까.

분원에서 소내까지는 활 두어 바탕 거리에 인가와 사람들로 항상 들썩거려서 커다란 도회지를 방불케 했다. 시복도 길 양쪽으로 즐비하게 앉아서 호객하는 뜨내기장수들에게 곁눈을 주며 소내로 내려갔다. 그러나 신중한 몸가짐은 잊지 않았다. 언제나 양반의 자식다운 행실로 처신해야 했다.

강변에 즐비하게 매여 있는 배들도 각양각색이었다. 그중에 마재로 건너가는 거룻배가 있었다. 마을 사람들이 수시로 이용하는 배였다.

배에서 정약종이 사는 집을 물으니 본 마을인 윗말에서 뚝 떨어져 중간말에 있었다.

"안에 누구 계시오?"

조금은 긴장한 시복이 문간에서 큰소리로 물었다. 안에서 새파랗게 젊은 여인이 나왔다.

"정약종 어르신, 댁에 계십니까?"

"예, 어디에서 온 도령이신지?"

"저는 광주에서 정약종 어르신을 뵈려고 찾아왔습니다."

"잠깐 기다리세요."

잠시 후 시복은 바깥사랑으로 안내를 받았다. 동시에 점잖은 선비가 밖으로 나오자 시복은 코가 땅에 닿도록 절을 했다.

"소생은 광주에서 올라온 황시복입니다. 존함이 정 자, 약 자, 종 자 되십니까?"

"그렇소. 안으로 들어가십시다."

정약종이 먼저 안으로 들어갔다. 양반의 절차대로 인사치레를 한 후 그는 시복이 찾아온 연유를 물었다.

"마땅한 스승님을 찾지 못하고 헤매다가 이곳까지 찾아왔습니다. 미거하기 짝이 없이 부족하오나 절 제자로 받아주십시오."

"그렇다면 잘못 찾아왔네. 잠시 열었던 서당도 걷어치운 지 오래됐네. 아니지, 사실은 내 학문이 짧아서 그만두었어. 그러니 자네가 헛걸음을 한 것이야."

"아닙니다. 스승님에게 가르침을 얻고자 찾아온 소생을 박대하지 마시고 제자로 거둬주십시오. 이렇게 소원하겠습니다."

시복은 일어나서 거듭 큰절을 했다. 한동안 두 사람 사이에 제자로 받아달라거니, 그리는 못 하겠다거니, 논쟁이 계속되다가 결국 정약종이 양보하고 말았다.

"알겠네. 내 식견은 짧지만 서로 토론하면서 공부하도록 해보세."

사실 소년 시복의 사람됨이 마음에 들었던 정약종은 기꺼이 그의 스승이 되어주겠다고 승낙했던 것이다.

그 한마디를 듣고 다시 광주로 한걸음에 내려간 시복은 어머니에게 당장 마재로 이사를 가자고 재촉했다. 아들이 더없이 만족해하는 태도를 보고 이씨 부인도 마음이 들떠서 이사를 서둘렀다.

"네가 원한다면 내가 어딘들 못 가겠느냐?"

대충 가산을 정리한 그들은 곧 마재로 이주했다. 마침 마재에는 정약종의 막내아우 정약용의 집이 비어 있었다. 정약용이 과거에 급제하고 벼슬길에 올라 한양으로 이사했던 것이다. 그래서 시복의 가족이 그 아래채를 빌려 쓰기로 했다.

마재로 이사 와서 지내는 동안 시복의 학문은 나날이 늘어갔다. 한마디로 말해서 일취월장을 이루었다고 함이 옳을 것이다. 시복은 사서삼경 중 사서, 즉 『논어』, 『맹자』, 『중용』, 『대학』 네 과목을 훤히 꿰뚫고 있었다. 그동안 여러 스승을 거치는 사이 사서를 충실히 공부한 셈이었다. 정약종은 삼경을 집중적으로 가르쳤다. 『시경』, 『서경』, 『주역』 세 과목이었다.

정약종의 해설이 어찌나 명쾌한지 시복은 시종 감탄했다. 같은 문장을 놓고도 다른 스승과는 근본적으로 해석이 달랐다. 그런 탁월한 스승에게서 천재 소년이 배우니 사제의 죽이 잘 맞는다고 할까. 시복의 실력은 하루가 다르게 성장했다.

"오는 가을에 과거 시험이 있다니 한번 응시해 보게."

정약종이 별안간 말했다. 느닷없이 그런 제안을 받은 시복은 놀라지 않을 수 없었다.

"아직 제 나이도 어린데 벌써 과거를 보라니요?"

"과거에 무슨 나이 제한이 있다던가. 자네 실력이면 충분할 것이네."

"하지만……."

"염려하지 말고 응시하라니까. 이번에 낙방해도 경험을 얻는 셈 치면 되지 않겠는가."

"그렇다면 한번 도전해 보겠습니다."

"한 달 남짓 남았으니까 지금부터 총 정리를 해야겠지."

그리하여 시복은 본격적으로 과거 시험공부에 돌입했다. 그는 주야로 공부에 매진했다. 옆에서 지켜보기에도 건강이 걱정될 정도였다.

"이 사람아, 밤낮없이 책만 파고든다고 능률이 나겠는가. 일부러라도 틈을 내어 밖에 나가서 운동을 하고 들어오게. 몸이 건강해야 올바른 생각이 떠오르는 법이야."

"그 말씀을 명심하겠습니다."

한 달은 눈 깜짝할 새에 지났다. 시복이 단번에 과거에 붙으리라고 생각하는 사람은 없었다. 그래서 시복은 혼자 한양으로 올라가 과거장에 들어섰다.

장소는 명륜당(明倫堂)이었다.

그곳에는 과거를 보러 온 유생 수백 명이 들끓었다. 시복은 얼른 과거를 치르고 여인숙에서 쉬었다. 스무 살부터 마흔 살 안팎의 수험생들 사이에 시복의 존재는 돋보였다. 사람들의 시선을 느끼니 자연히 시복은 많이 긴장됐다.

이튿날 오전, 명륜당 앞에 방榜이 났다. 수많은 인파 중에는 별의별 사람들이 다 있었으며, 그 가족까지 모여들어 희비쌍곡선을 이루었다. 시복은 뜻밖이었다. 자신이 입격될 줄은 짐작했지만 초시初試 합격자들의 제일 첫머리에 '황시복'이라는 자기 이름이 붙어 있으리라고는 예상하지 못했다. 그는 자기 이름만 확인하고는 슬그머니 그 장소를 떠났다.

내년 2월 보름께에 전시殿試가 있다는 소문이 났다. 그 과거가 최종 시험인 것이다. 전시는 복시覆試까지 거친 사람들이 재시험을 치르는 과거여서 저마다 긴장할 수밖에 없었다. 시복은 정신을 집중하여 그동안 배운 것을 다시 반복하여 복습하면서 긴 겨울을 보냈다.

그 사이 시복에게 한 가지 중대한 일이 생겼다. 바로 정씨 문중의 딸과 혼인을 한 것이다.

맏형인 정약현에게 전실의 몸에서 태어난 딸이 있었는데, 재색을 겸비한 방년 열일곱의 맏딸 난주(정명련의 아명)였다. 신랑 시복도 초시에 장원한 몸이니 나무랄 데가 없는 청년이었다. 비록 시복의 나이가 열여섯에 불과했지만 그는 조숙하여 능히 한 가정을 이끌어갈 만한 재목이었다. 굳이 가정적인 하자를 찾는다면 그가 태어나기도 전에 아버지가 별세하여 유복자라는 점이었다. 그러나 그 때문에 홀어머니가 양반 자식으로서 조금도 그릇됨이 없도록 온갖 정성을 다해 가르쳤으므로 조금도 흠되지 않았다. 이씨 부인은 예의범절뿐만 아니라 학문 연마에도 엄격하여 시복이 청상과수의 자식이라는 소리를 듣는 일이 없도록 심혈을 기울였다. 급기야는 시복이 장원급제를 하는 쾌거를 이루는 밑거름이 되어주었던 것이다.

시복과 난주의 혼담은 일사천리로 진행됐다. 유교의 가례家禮에 따라 관례冠禮를 행했다. 관례에서는 지금까지 땋은 머리를 풀어 상투를 틀고 망건에다가 초립을 쓰고 바깥출입할 때는 두루마기를 입게 된다. 그리고 관명冠名과 자字도 얻는다. 시복의 집에서는 간단한 주효酒肴를 준비하여 정약종 내외와 마을 유지 몇 사람을 초빙해 관례를 올렸다. 정약종은 친히 시복의 관명을 사영嗣永, 자를 덕소德紹로 지어주었다.

해가 바뀌어 어느덧 2월 보름이 됐다. 복시 과거 날짜는 2월 20일로 잡혔다. 이름을 사영으로 바꾼 그는 초시 때와 달리 마음이 설레어왔다. 이번에도 장원급제를 하게 될까? 그는 자신감이 있었으나 자만심은 금물이라고 스스로 경계했다.

보름날 아침, 황사영이 한양으로 떠나려는데 스승의 집 청지기 김한빈이 그를 찾아왔다.

"김 서방이 웬일이오?"

김한빈은 빙글빙글 웃으면서 물건을 뒤로 감추고 놀리듯 말했다.

"두 손으로 깍듯이 예의를 갖추어 이 물건을 받아야 합니다."

"글쎄, 무슨 물건이기에 그러오?"

"두 손으로 받아야 한대도요."

"자, 두 손을 내밀었소."

그제야 김한빈은 작은 보자기를 내밀었다. 그것은 도포 위에 매는 옥색 띠였다.

"도련님, 이 띠는 아씨 되실 분이 이번에 등과하시라고 축수하는 정성의 선물이구먼요."

아내 될 여인에게 선물을 처음 받은 황사영은 빙그레 웃었다. 그녀의 따뜻한 마음이 고스란히 전해졌기 때문이다.

일행은 한양을 향해 길을 떠났다. 정약종과 황사영은 말 위에 앉았고, 황사영의 어머니와 난주 모녀는 가마를 탔다. 마을 사람들은 모여 서서 그 일행을 전송했다. 아낙네들은 황사영의 맵시를 보고 모두 부러워했다. 키는 그리 크지 않았지만, 인물이 백옥같이 훤하고 나이보다 성숙해 보이는 기품하며 눈빛 같은 세목 도포에 둘러맨 옥색 명주 띠가 더욱 멋스러웠다.

"잘도 생겼지. 저런 아들을 둔 부인이나 저런 도령에게 딸을 주는 집은 얼마나 좋을까? 저 도령이 이번 과거에 급제만 하면 금상첨화가 따로 없겠네!"

"그 어머니가 아들을 저렇게 키우려고 그동안 얼마나 고생했겠어?"

모두들 입에 침이 마르도록 칭찬하고 한결같이 잘난 아들 둔 것을 부러워했다. 사람들의 칭찬을 뒤로하고 일행은 한강 나루터를 지나서 말미골로 사라졌다.

한양에 도착한 일행은 두 패로 갈라졌다. 정약종과 난주 모녀는 함께 회현방에 있는 아우 정약용의 집으로 갔다. 황사영 모자는 남촌에 있는 창성위昌城尉 황인점을 찾아갔다.

황인점은 영조가 낳은 딸 화유옹주의 부마였는데, 몇 차례나 사절단을 이끌고 연경에 다녀온 적이 있었다. 1783년에도 동지사 겸 사은사$_{謝恩使}$로 연경에 갔는데, 그때 서장관$_{書狀官}$이 이동욱이었다. 이승훈이 아버지를 따라 연경의 천주당을 찾아가서 조선인으로선 최초로 세례를 받게 된 때가 그해였던 것이다.

황인점은 황사영 집안의 종증조뻘이 된다. 그런 그가 임금의 고모부가 됐으니 누구도 괄시하기 어려웠다. 황사영의 아버지가 살아 있을 때는 종종 찾아뵀지만, 황사영이 장성한 다음에는 처음으로 인사를 하는 것이었다.

"참으로 대견한 일을 했구먼. 유복자를 이토록 훌륭하게 키웠으니……."

"앞으로 등과하게 되거든 여러 가지로 뒤를 봐주십시오."

아들의 출세를 위해서는 정계 요로에 이렇다 할 집안 어른이 있다는 것을 알려줄 필요가 있었다. 그래서 황사영의 어머니는 인사도 할 겸 아들을 데리고 찾아왔던 것이다.

복시장$_{覆試場}$도 초시 때와 같이 명륜당이었다. 시관들이 더 많아졌고 서기관인 승지들도 여럿이었다. 한양에서 합격한 육십 명을 비롯해 전국에서 모여든 수험생들이 수백 명에 이르렀다. 대부분이 가족들과 하인들까지 함께 따라와서 천여 명이 들끓는 바람에 가히 난장판을 이루었다. 그중에는 황사영의 어머니와 난주 모녀도 끼여 있었다.

복시가 끝난 후 승지 한 사람이 나서서 큰소리로 알렸다.

"내일 진시$_{辰時}$에 창경궁 춘당대에서 전시$_{殿試}$가 있음을 알리는 바이오!"

사람들이 웅성거리기 시작했다.

전시란 임금이 임석하여 문제를 한 가지 내는 것으로 끝내는 마지막 시험이다. 그러나 그 시험은 형식적인 절차일 뿐이다. 복시에 합격한 자는 이미 입격자로 간주하며, 임금이 친히 그들의 재주와 도량을 알아볼 요량으로 문제를 제시했다. 전시에는 방을 내걸지 않는다. 시관들이 복시 성적에 전시 성적을 가산하여 장원壯元, 차원次元, 탐화探花 3등급을 발표했다. 그러면 임금이 친히 그들 세 사람에게 백패白牌와 백포白袍를 차례로 하사했다.

전시가 시작됐다. 춘당대 앞뜰에는 선비들이 가득 모여들었다. 시관들과 문무백관이 좌우에 들어서서 임금의 임석을 기다리고 있었다. 얼마 후에 북이 은은히 울리더니 금빛 찬란한 일산日傘 밑에 보련寶輦을 탄 정조가 곤룡포에 익선관을 쓰고, 상궁들 호위 속에 거동하여 춘당대 위에 놓인 용상에 좌정했다. 그때 모든 문무백관들은 극공한 자세로 허리를 굽히고, 수백 명의 수험생들도 일제히 꿇어앉아 절했다.

정조가 참석한 시험은 얼마 후에 끝났다. 시관들만 분주하고 수험생들은 그 자리에 조용히 앉아 있어 사위가 쥐 죽은 듯 고요했다.

얼마 후 도승지가 어전 좌편에 서서 과거 성적을 발표하기 시작했다.

"진사시進士試의 장원 황시복, 관명 사영!"

도승지의 발표가 나자 낮은 소리로 찬탄의 술렁거림이 있었다.

이어서 2등인 차원, 3등인 탐화 순서대로 발표됐다.

이때 어전 바로 뒤에서 궁중 아악雅樂 소리가 장엄하게 들려왔다. 정조가 진사, 차원, 탐화 세 사람에게 백패와 백포를 하사하는 수여식이 엄숙하게 거행됐다. 이 순간은 남아 일생에 최고로 영광스러운 자리였다. 이리하여 황사영은 만인의 선망 속에 열일곱 살의 소년 장원 진사가 됐다.

임금의 장엄한 거동이 끝났다. 춘당대 안팎은 환호성과 찬탄과 비애가 뒤섞인 분위기로 매우 소란했다. 멀리서 눈과 귀를 곤두세워 가면서 지켜보던 황사영의 어머니와 정약종, 그리고 난주 모녀는 이것이 꿈인지 현실인지 믿기지 않는 듯 황사영의 일거일동만 주시할 뿐이었다.

이때 황사영은 도승지의 안내를 받아 내전으로 들어가서 정조 앞에 부복했다. 어전 주위에는 좌의정 채제공과 황사영의 종증조 되는 창성위 황인점이 대령해 있었.

정조는 인자한 용안에 미소를 지으면서 황사영을 가까이 오라고 분부하고는 이렇게 하문했다.

"그대의 성명은?"

"황사영이옵니다."

"그러면 창원 황씨 집안인가?"

"그러하옵니다."

"음, 창원 황씨는 고려 때부터 조선 왕조에 이르기까지 문무고관으로 나라에 공훈이 많았지."

"황송하고도 망극하옵니다."

"금년에 몇 살인고?"

"을미생乙未生 열일곱이옵니다."

"열일곱 살이라? 매우 어리구나."

정조는 약간 놀란 듯했다. 하지만 곧 정조는 황사영에게 고개를 들라고 이른 뒤에 그의 오른 손목을 잡았다.

"그대의 나이 스물만 되면 과인의 탑전榻前에 두리라."

정조는 그렇게 약속하면서 황사영의 손목을 한참 동안 어루만졌다. 그러고는 곁에 배웅해 섰는 좌상 채제공에게 하명했다.

"경은 황 진사에게 장학금을 특별히 하사토록 명심해 두오."

"전하의 특혜를 명심하와 거행하오리다."

이어서 정조는 창성위 황인점을 돌아보며 치하했다.

"황씨 가문에 또다시 경사가 났구려."

장원, 차석, 탐화는 절차에 따라 임금이 하사한 백포를 입고 사모관대 차림으로 말을 타고 장안 일대를 돌게 된다. 아악 소리가 은은하게 퍼지는 중에 새로운 진사들과 생원들이 차례로 마상에 앉았다. 그들은 백성들의 환호성 속에 광화문에서 숭례문까지 호화롭게 행진했다.

수많은 환영 인파 속에는 황사영의 어머니도 끼여 있었다. 그녀의 기쁨은 특히 컸다. 열일곱 해 동안 청상과부로 혼자 일편단심 아들의 출세를 바랐다가 지금 같은 영광을 보게 되니, 감개무량한 심사를 걷잡지 못하고 눈물을 흘리면서 말 위에 높이 앉은 아들의 늠

름한 모습을 지켜봤다. 남편 없이 홀로 아들 하나를 애지중지 키워서 오늘 같은 날을 맞았으니 그 기쁨을 어디에 비할 수 있으랴. 그녀는 그저 아들이 고맙고 대견할 따름이었다.

말을 탄 주인공들은 시관들의 집을 일일이 방문하여 고맙다는 뜻의 인사를 했다. 모두 흩어질 무렵 황사영은 정승 채제공의 집을 방문했다. 채제공은 자파自派의 내일이 믿음직스러워 기꺼워했다. 황사영의 처삼촌으로 정약전과 정약용이 있고, 처고모부는 이승훈이고, 특히 자기 후계자로 뒤이을 이가환이 있는 데다가, 만인의 환호 속에 소년 진사가 탄생했으니, 채제공은 남인의 장래가 더욱 밝게만 느껴졌다. 그들 모두가 임금의 두터운 신임을 받고 있지 않은가.

장원급제를 하고 축하 행사를 모두 마친 황사영은 다음 날 마재로 돌아왔다. 어제 일들이 꿈결같이 느껴졌다. 정약종은 황사영에게 성균관으로 들어갈 것을 권유했다.

"싫습니다. 이곳에서 계속 스승님에게 배우겠습니다."

"나는 더 가르칠 자격이 없는 사람이야. 앞으로 대과를 보려면 성균관에서 공부해야 여러모로 유리할 것일세."

"성균관에서 학문을 닦아본들 항상 틀에 박힌 것을 가르칠 것이 뻔하지요. 차라리 스승님의 가르침이 신선합니다."

"내 가르침을 그렇게 여겼는가?"

"말씀 한마디라도 스승님의 가르침은 새롭게 들렸습니다. 학문도 새로운 것으로 진전해 가야 발전성이 있다고 생각합니다. 같은 문장도 해석이 달라져야 하지 않겠습니까."

황사영이 하는 말에 정약종은 내심 놀라워했다. 그렇다, 전진하고 연구하는 학문이라야 장래성이 있는 것이다.

사실 그 무렵 정약종은 황사영의 앞날을 고민하고 있었다. 소과에 장원급제를 했다고는 하지만, 황사영은 아직 열일곱 살에 지나지 않는 소년이었다. 앞길에 창창한 대로가 무한대로 뻗어 있는 셈인 소년의 깨끗한 머릿속에 무엇을 넣어줄 것인가?

밤낮없이 으르렁대는 싸움판에 떠밀어 넣기에는 황사영이 너무나 순진무구했다. 대과에 급제하여 벼슬길에 나가는 것은 사실 진구렁에 스스로 빠지는 것과 다를 바가 조금도 없었다. 상대편에게 자그마한 약점만 발견해도 벌 떼같이 들고 일어나서 큰일이나 일어난 것처럼 중상하고 모략하는 곳이 조정 아니던가. 임금에게 올리는 상소가 대부분 그런 것들이었다.

그 시대는 정조가 남인을 많이 등용했다. 정조가 우선 채제공을 영의정에 앉히고 오랫동안 그와 더불어 국정을 논의했다. 채제공이 독상獨相으로 정조와 마주 앉아서 나랏일과 더불어 크고 작은 일까지도 서로 상의한 일이 어디 한두 번이던가. 다음 영의정 후계자로 이가환을 점찍어 둔 것도 둘만의 이야기였다. 노론은 이미 그런 기미를 눈치 채고 이가환을 미워하고 있었다. 정조도 노론의 눈치를 볼 수밖에 없었다. 그래서 그 흔한 판서 자리도 마음대로 이가환에게 주지 못하고 겨우 공조판서를 한 번 해보게 했을 뿐이다. 노론은 이가환이 요직에 앉는 것을 그토록 두려워했던 것이다.

그 시대는 노론이 월등한 숫자로 정국을 좌지우지할 때였다. 정조도 자기 마음대로 못 했다. 전제군주 시대에 임금이 자기 마음대로 정사를 펼치지 못한 까닭은 사실 모든 일을 정당하게 하려는 뜻이 굳건했기 때문이다. 말 많은 백관들을 앞에 두고 일일이 시시비비를 가리는 일은 성가셨지만, 정조는 그 일을 마다하지 않았다. 그래서 나라 정치가 바로 되어갔던 것이다.

항상 살얼음판 같은 정치판에 누가, 또, 무슨 일로 큰일을 치르게 될지 모를 일이었다. 사소한 일만 일어나도 사방에서 땅벌처럼 몰려들어 아우성치는 판국이 아닌가. 그런 소굴로 황사영같이 순결무구한 젊은이를 어찌 들여보낼 수 있을까. 정약종은 아무리 생각해도 그 일만은 막고 싶었다. 벼슬하는 사람들은 부귀영화를 바라는 것이 인지상정이다. 설령 처음에는 나라와 백성을 위해 멸사봉공滅私奉公을 외치지만 그것을 얼마나 초지일관할 수 있으랴. 주위의 풍토가 그렇게 하지 못하도록 만든다. 근묵자흑近墨者黑이라고 했으니, 더러운 시궁창에 들어가면 어차피 옷을 더럽히게 마련이다.

정약종은 천주교로 황사영을 인도하자고 결심했다.

하루는 정약종이 자기가 읽던 책을 슬쩍 흘려두었다. 자신이 깜박 잊고 그 책을 잘 간수하지 못한 것처럼 행동했던 것이다. 황사영이 우연히 그 책을 들추어 보다가 정약종이 들어오자 얼른 제자리로 가서 앉았다. 황사영은 궁금함을 참지 못하고 정약종에게 물어봤다. 정약종의 계략이 맞아떨어진 것이었다.

"스승님, 저 책은 어떤 책입니까?"

"자네에겐 별로 필요 없는 책일세."

"처음 보는 책 같은데 무슨 내용을 담고 있는지 궁금합니다."

"정 궁금하면 한번 읽어보게. 이왕이면 그 책보다 다른 책을 빌려주지."

그러면서 정약종은 다락방에서 다른 책을 한 권 꺼내다 주었다.

본래 책을 좋아하는 황사영이 그 책을 밤새우다시피 읽은 것은 물론이다. 정약종이 권한 책은 다름 아닌 『천주실의』였다. 상하 두 권으로 된 책인데, 모두 8장 174항목으로 된 천주교 교리서이다. 연경에 와 있던 포르투갈인 예수회 신부 마테오 리치가 1603년에 초판을 낸 순한문 서적이다. 이 책은 중국은 물론 동양의 여러 나라, 특히 조선 선비들이 읽어보고 평하는 이가 많았을 뿐만 아니라 책 내용대로 몸소 실천하는 사람들도 많았다.

우리나라에 『천주실의』가 들어온 것은 17세기 초엽부터였다. 중국에 드나들던 사신들 편에 들어와 조선 학자들에게 전해졌다. 그 책은 그때까지 유학 외에 정학이 없다고 믿었던 학자들 사이에 충격으로 다가왔다. 『천주실의』는 처음에 많은 의문과 물의를 일으켰다. 그러다가 나중에는 학문의 연구 대상이 되어 학구적 자료로 삼다가 차츰 신앙 실천 운동에까지 이르게 된 것이다.

1783년 이승훈이 연경에 가서 그 이듬해 세례를 받았다. 그는 다른 많은 교리서들과 성물들, 서양 과학의 결실인 기계 등속을 가져와서 이벽에게 전했다. 그리고 이벽은 곧 권철신, 권일신 형제와 정약전, 정약용 형제에게 천주교를 알렸다. 그해 가을, 조선 천주교를 설립한 것이 알려졌을 때 선비 사회에 커다란 파문이 일어났다.

여러 해 동안 천주교 박해가 일어나자 양반층의 대부분은 뒤로 물러나고 중인들을 중심으로 교회가 활발하게 전개됐다. 그 무렵 정약종은 사술(四術, 시詩, 서書, 예禮, 악樂)과 관련된 책들을 연구하는 데 열중하고 있었다. 그러다가 뒤늦게 천주교에 관한 책들을 사 년 동안 연구하여 저절로 교리를 깨우치고 신앙 운동에 뛰어들었다. 그 당시는 이미 양반층 자제들 대부분이 교회를 떠난 뒤였다. 정약종이 황사영과 교리를 토론하게 된 것은 그즈음이었다. 그는 황사영에게 『천주실의』를 읽어본 소감을 물어봤다.

"그래, 자네가 적어 온 의문점은 무엇 무엇인가?"

"이 책을 보면, 천주는 삼위일체라 했습니다. 삼위는 곧 성부, 성자, 성령 세 분이 분명한데 하나이신 천주라고 했으니, 어떻게 셋이 하나가 될 수 있고 하나가 셋이 될 수 있는지요?"

정약종이 만족스러운 웃음을 지었다. 황사영이 가장 핵심적인 사항을 질문했던 것이다.

"이 책에서도 말했지만, 성교 도리 중에 세 가지 오묘한 도리는 우리 인간의 지능으로 잘 해석할 수 없는 것이라고 했네. 전지전능하신 천주께서 분명히 계시하신 것이라, 우리는 그대로 믿어야 한다고 하지 않던가? 한번 생각해 보게. 밤하늘에 넓게 퍼져 있는 별들을 살펴본 적이 있는가? 아무리 별들을 바라봐도 그 신비를 헤아릴 수가 없네. 도대체 별이 얼마나 큰지, 얼마나 먼 곳에 있는지, 몇 개나 되는지 인간들은 아무것도 모르네. 그래도 별들은 우리의 머리 위에 여전히 빛나고 있지 않은가. 그 별들의 존재를 이치로만 따지지 말게. 그냥 천주의 조화로 믿는 거야. 조그마한 병에 바닷물을 다 담을 수 없고, 작은 그릇에 커다란 물건을 온전히 넣을 수 없는 것과 같이 천주의 삼위일체 도리는 계시적 도리라, 우리의 한정된 지능으로는 완전히 알아들을 수 없다네."

그는 추가로 삼각형의 원리를 설명했다. 즉 원 바탕인 체體가 있고 세 가지 위位가 각각 다르면서 조화를 이루듯이 삼위일체를 다시 이야기했다. 또한 손가락 다섯 개가 합하여 손이 되듯이 성부, 성자, 성령 삼위가 한 천주 체 안에 포함되어 있다고, 그 뜻을 풀이해 주자 머리 좋은 황사영은 비로소 어느 정도 납득하는 눈치였다.

"또 한 가지 의문점이 있습니다. 어떻게 지존 무대하시고 무한 절대하신 천주성자 예수가 불완전하고 비천한 인간성, 즉 인성을 지닌 피조물이 될 수 있겠습니까? 더구나 처녀 마리아가 어떻게 남자의 작용 없이 아들을 잉태할 수 있단 말입니까?"

황사영은 샛별 같은 두 눈을 또렷하게 뜨고 스승의 다음 말을 기다렸다.

"천주의 전능, 즉 무한한 조화력造化力과 그 자유를 믿는다면 어려울 것이 없다고 생각하네. 없는 데서 있는 것으로, 다시 말하면 우주 만물이 무無에서 창조된 것같이 전능하신 천주의 조화력으로 천주성과 인간성이 결합할 수 있지 않겠는가? 동정녀 마리아가 천주성과 인간성이 결합된 예수를 남자의 작용 없이 잉태하고 낳은 것은 역시 전능하신 천주의 조화력으로 이루어진 일로 봐야 하네. 이런 이치를 초성超性, 즉 자연법칙을 초월한 것이라고 하지. 한마디로 말하면, 유한 불완전한 우리 인간의 자연 이치와 무한 절대 전능하신 천주의 능력은 비교할 수 없다는 것이야. 우주 만물이 무無에서 유有로 생겨났음과 같이 말일세."

내친김에 정약종은 하늘의 천天과 상제上帝가 학구적으로 천주를 가리킨다고 풀이해서 말했다.

"자네도 사서삼경을 읽었으니 잘 알 것일세.『주역周易』에 '제출우진帝出于震'이라는 말이 있지? 주자朱子가 해석하기를, 제帝는 '천지주재'라 했네.『예기禮記』에 '천자이원일기곡우상제天子以元日祈穀于上帝'라는 말은 천자, 즉 황제가 정월 초하룻날에 상제께 기도한다, 다시 말해 사람은 누구나 상제께 기도해야 한다는 말이렷다.『시전詩傳』에 '탕탕상제하민지벽蕩蕩上帝下民之僻'이라 말한 것은 상제가 우주의 임금이라는 뜻이리라. 또『서전書傳』에 '유황상제불감불경惟皇上帝不敢不敬'이라는 말은 상제를 마땅히 공경해야 한다는 뜻이리라. 또『중용中庸』에 '교사지례소이사상제郊社之禮所以事上帝'라는 말은 제사 지내는 예법으로써 상제를 섬겨야 한다는 뜻이리라.『맹자孟子』에 '제계목욕가이사상제齊戒沐浴可以事上帝'라는 말은 목욕하고 제계를 지켜 상제를 반듯이 섬겨야 한다는 뜻이리라. 또다시『시전』에 '소사상제昭事上帝',『서전』에 '사류우상제肆類于上帝'라고 한 것은 마땅히 상제를 섬기고 제사를 드려야 한다는 뜻이 아니겠는가?"

위에서 인용했듯이 정약종은 '상제'라는 말을 한 번도 빠뜨리지 않았다. 그것은 무엇을 의미하는가? 하늘 위에 계신다는 천주를 가리킨 것이다. 천주, 곧 우리가 받드는 하느님을 가리킨 뜻이리라.

"유학에서 말하는 '천'과 '상제'는 이들 책에도 자세히 설명되어 있듯이 '천주'라는 뜻이지 않은가? 우리 동양의 성현들도 천주뿐만 아니라 천주에게 인간이 다해야 할 일까지 잘 알고 있었다네. 그러면서도 이를 똑똑히 해명하지 않았기 때문에 저렇게 선비라는 것들이 청맹과니나 다름없네. 도리어 유학에서 말하는 상제를 천주로 바르게 믿는 것을 두고, 사학이니 사도니 배척하고 핍박하지 않는가? 적반하장도 분수가 있어야지."

논리 정연한 언변에 황사영은 대답할 말을 잃었다. 그는 머리를 숙여서 이렇게 말했을 뿐이다.

"잘 알아들었습니다. 아직도 그에 관해 많이 읽고 연구해 봐야겠습니다."

정약종은 다락방에서 또 한 권의 책을 꺼내어 주며 말했다.

"이번에는 이 책을 한번 읽어보게. 더 이상 설명이 필요 없고 의문스러운 것도 없을 게야. 우리가 천주를 알았으면 그분을 섬기는 법도도 알아야지. 우리가 어떤 마음 자세를 가져야 할지, 이 책이 그 실천의 원리 원칙을 말해 줄 것일세."

황사영은 『칠극七克』이라는 책을 받아 가지고 집으로 돌아와서 끼니도 잊은 채 주야로 숙독했다. 그리하여 그 책이 인간이 범하기 쉬운 일곱 가지 죄악을 고치기 위한 수덕지침修德指針이라기보다는 인간 개조의 비법이라는 사실을 깨달았다.

황사영은 너무나 감격한 나머지, 어찌하여 이날까지 이렇듯 올바른 도리를 자신에게 말해 주지 않았는지 스승 정약종을 원망했다.

"왜 진작 저에게 이런 도리를 가르쳐주시지 않았습니까?"

"이 사람아, 자네가 처음 내게 왔을 때 내가 느낀 바를 이야기하겠네. 그 무렵 나는 자네가 읽은 그 책들을 한창 연구하던 중이었네. 자네의 형편이나 자네 모친의 처지를 살피니, 꼭 과거에 급제를 시켜서 벼슬길에 나가도록 해야겠다는 생각이 들었다네. 하지만 자네의 총명과 자질을 보건대, 앞으로 잘 지도하면 천주님 나라의 유망한 일꾼으로 쓸 수 있겠다는 예감도 동시에 들었지. 그래서 자네가 초시에 입격한 후 복시 공부에 열중할 때 앞으로 소과뿐만 아니라 대과 급제도 틀림없으리라고 예측했네. 그러나 자네를 출세라는 허망한 꿈속으로 들여보내는 것이 내 마음에는 꼭 무슨 잘못을 저지르는 것 같았네. 자네가 시파의 인물이라는 것을 잘 알면서도 어떻게 위지危地로 들여보내겠는가? 한 번 벼슬이라는 세계에 발을 들이면 진구렁 속으로 불가피하게 빠져들기 마련이라는 것을 번연히 알면서도……

그런데 자네가 내 말을 즉시 알아듣고 마음이 흔들린다는 것을 눈치 챘지. 자네가 그 책들을 정독했다면 스스로 무엇을 택해야 할지 알리라고 나는 믿고 있었어. 그것은 자네의 총명보다 천주님이 부르시는 성총의 혜택이었겠지. 자네가 오른 손목에 붉은 공단을 감은 것은 전날 임금이 베푸신 총애를 못 잊어하는 표증인 것 같은데, 머잖아 중국에서 신부님이 오시면 성세성사로 소과小科에 합격하고 견진성사로 대과大科에 급제하여, 복음 선전의 문관이 되고 성교회를 위해 투쟁하는 무관을 겸하도록 하게. 앞으로 우리는 무서운

박해에 부딪칠 게야. 주님과 그리스도 왕국의 진리를 위해서라면 백절불굴百折不屈의 정신으로 때론 목숨을 바치는 순교도 각오해야 할 때가 올지도 모르는 일이네. 자네에게 그런 각오가 없다면 애당초 그만두는 것이 옳아. 며칠 동안 깊이 생각해 보고 그때 가서 또 이야기하세."

황사영의 각오는 확고했다. 그는 며칠 후 말했다.

"제가 교회의 신도가 되려면 어떤 절차를 밟아야 합니까?"

"절차야 무엇이 있겠나? 먼저 교리 공부를 더욱 열심히 하게. 우리의 믿음이란 먼저 천주를 아는 지식에서 출발하네. 그 지식에서 신념이라는 것이 생기게 되지. 그 신념이 돈독하고 항구하면 우리 영혼에 천주님의 성총이 내릴 것일세. 그때부터 마음속에만 그 믿음을 감춰둘 것이 아니라 실천으로 생활해야 하네. 내 말을 알아듣겠는가?"

"예, 명심하겠습니다."

얼마 후 황사영과 정명련의 결혼식이 거행됐다. 황사영은 꿈같은 신혼의 나날을 보냈다.

긴 겨울이 지나고 새봄을 맞은 어느 날, 한양에서 왔다는 손님이 황사영을 찾아왔다. 그는 영의정 채제공의 청지기였다. 그는 품속에서 서찰 한 장을 꺼내어 전했다. 그것은 바로 지난해 정조의 하명을 시행하겠다는 문건이었다. 즉 임금이 황사영에게 내리는 장학금을 가져가라는 것이었다.

황사영은 그 다음 날 곧바로 채제공을 찾아갔다. 언제나 온화한 할아버지 같은 채제공이 반갑게 맞아주었다.

"자네가 그동안 정씨 문중으로 장가를 들었다지?"

"그러하옵니다. 소생과 같은 비천한 자가 그런 명문의 여식과 결혼하는 것은 스스로도 과분하다고 여겼는데, 스승님이신 정약종 어르신의 두터운 주선으로 그렇게 됐습니다. 정씨 가문에 큰 욕을 끼치는 것 같아서 황송할 뿐입니다."

"우선 축하하네. 그리고 너무 겸사하지는 말게. 혼인이란 하늘이 맺어주는 연분으로 이루어지는 것일세. 그래, 자네 스승님은 지금 무슨 일로 소일하시는가?"

"스승님은 학동을 훈도하시던 것도 그만두고, 지금은 천주교를 열심히 연구하시면서 독실한 신자가 되셨습니다."

"그래? 그분은 천주교를 안 믿으신다더니?"

"처음에 처숙 두 분이 성교를 믿으실 때는 스승님도 그럴 생각이 없으시다가 사오 년 지나서야 믿기 시작하셨다는데, 지금은 여간 천주교에 통달하신 것이 아니더이다."

"우리 시파의 중진들은 웬일인지 모두 천주교를 믿으니 이상한 일이야. 그래, 자네는 어떤가?"

"대감, 저도 스승님의 감화를 받아 지금 천주교를 연구해 보는 중입니다. 그런데 『천주실의』는 참으로 잘된 책인 것 같습니다."

채제공은 한참 동안 허공을 묵묵히 응시하다가 말을 이었다.

"그 문제에 대해서는 그만 말하세. 대신 자네에게 부탁을 하나 하겠네. 자네는 천주교를 그만 연구하는 것이 어떻겠나?"

그렇지 않아도 황사영이 말문을 꺼내지 못하고 머뭇거리던 차에, 마침 채제공이 먼저 말을 시작했다. 황사영이 대답했다.

"대감, 전하의 하늘같이 높으신 은덕에는 감읍해 마지않습니다. 그러나 소생에겐 투철한 신념이 있어 장학금을 받을 수 없으니 대감이 널리 헤아려주십시오."

"자네, 그것이 무슨 말인가? 전하의 특혜를 마다하면 앞으로 과거 급제나 벼슬도 싫다는 말인가?"

"예, 그러하옵니다. 황공무지하오나 소생은 모든 것이 싫어졌습니다. 소생도 스승님같이 초야에 묻혀 학문을 닦으면서 한세상을 지낼까 합니다."

"왜 갑자기 그런 염세적인 생각이 들었는가? 나라의 동량지재棟梁之材요, 앞길이 창창한 자네가 그런 당찮은 생각을 어찌 품는단 말인가?"

"대감, 여러 말씀을 드리지 않겠습니다."

"하! 자네가 이러면 안 되네. 전하가 이 소식을 들으시면 섭섭해 하실 뿐만 아니라 진노하실 것일세. 쓸데없는 잡념은 버리게나. 그리고 다음 식년式年 문과시文科試에 합격이나 하게. 나도 자네를 도울 터이니!"

"소생은 감당할 길이 없으니 모든 것을 포기하렵니다."

채제공은 실망의 기색을 감추지 않았다. 전도유망한 젊은이가 가슴에 안겨주는 공명을 마다하고 입신양명도 싫다고 하니 그 곡절을 알 수 없는 일이었다. 그래도 채제공은 끝까지 황사영을 설득하기를 포기하지 않았다.

"내일 내가 입궐해서 전하에게 자네의 뜻을 사뢰어보겠네만, 성노聖怒가 대단하시어 도리어 나를 꾸짖으실 것이네. 전하가 친히 자네를 부르실지 모르니 내일 한 번 더 내게 와주게."

이튿날 조회가 끝난 후, 채제공은 정조와 독대하여 황사영의 뜻을 상세히 보고했다. 정조는 화난 얼굴로 아무 말 없이 채제공을 바라봤다. 정조가 용상에 오른 십육 년에 이르도록 그를 모셔왔지만, 국사도 아닌 나어린 일개 서생을 두고 저렇게 진념하는 모습을 채제공은 일찍이 본 일이 없었다.

"그가 무슨 연유로 그리 말하는지 아오? 경은 어떻게 생각하오?"

"노신도 처음에는 너무 이상하여 그 이유를 캐물어 봤사옵니다. 황사영이 정약종 문하에서 공부를 해오는 중인데, 정약종의 감화를 받아 천주교를 믿게 된 뒤부터 대과도, 출세도 일체 단념한 모양이옵니다."

"천주교? 그 아이가 천주교를 믿는단 말이오? 천주교를 믿어도 과거는 봐야 선비로서 할 일을 다하는 것이 아니겠소? 정약용이나 이승훈도 천주교를 꽤 가까이 접했지만 지금 과인을 보필하고 있지 않소?"

"그러하오나 천주교의 도리는 유학 사상과 배치되는 것이 많사와, 벼슬하면서는 천주교를 믿기가 어려운 줄 아옵니다. 그들 두 사람도 겉으로는 천주교를 믿는 내색을 하지 못하옵니다."

정조는 더 이상 다른 말 없이 묵묵히 생각에 잠겼다. 그들이 벽파의 중상모략으로 곤욕을 얼마나 많이 치러왔는지를 잘 아는 터라, 벼슬을 마다하는 황사영의 뜻을 그의 스승 정약종의 행동으로 미루어 대강 짐작하게 됐다. 그러나 정조는 황사영에 대한 미련을 쉽게 버리지 못하는 것 같았다.

"경은 과인의 뜻을 그 아이에게 전해 주오. 한 번 더 잘 생각해 보라고, 마음을 돌리면 언제든지 대과를 거쳐서 과인의 곁으로 부르겠노라고……."

채제공은 어물어물 그 자리에서 물러 나왔다. 그는 정조의 미련을 이해하기 힘들었다. 속담에 '평양 감사도 저 하기 싫으면 그만' 이라는 말도 있지 않은가. 그러나 정조는 황사영을 놓치기가 무척 안타까운 모양이었다.

황사영은 정약종을 따라 한양으로 올라왔다. 그곳에는 중인들이 자기들 중심으로 신부를 모시려고 여념이 없었다. 양반 중의 양반이라고 할 수 있는 두 사람이 합세하자 모든 교우들이 춤을 출 듯이 기뻐했다.

임금이 약조한 출셋길을 과감히 버린 황사영의 이야기를 정약종이 상세히 들려주자 모두들 말문이 막혔다. 부귀공명을 눈앞에 두고 임금의 안타까운 만류에도 벼슬길을 뿌리친 채, 황사영이 천주교 사회로 들어온 것은 무엇을 의미할까? 교우들은 감격하여 잘생긴 황사영의 얼굴만 멀거니 바라볼 뿐이었다.

그 후 주문모 신부가 조선으로 들어왔다. 황사영은 측근에서 그를 모시면서 본격적으로 봉사하게 됐다. 주문모 신부는 입국한 후에 온갖 고난과 우여곡절도 많이 겪었지만, 강완숙이라는 여걸의 세심한 배려와 따뜻한 보살핌으로 비교적 순탄하게 지내온 편이었다. 그런데 1799년에 남인의 우두머리인 채제공이 죽고, 이듬해인 1800년 삼복더위에 별안간 정조가 승하하자, 남인은 하루아침에 서리 맞은 호박밭 꼴이 되어버렸다.

노론 벽파가 집권한 뒤 여섯 달 동안은 겉으로나마 잠잠했다. 그러나 정조의 장례식이 끝나자마자 새로 정권을 잡은 노론은 본격적으로 칼을 빼 들었다. 그리하여 중요한 천주교 인물들을 거의 대부분 제거했다. 천주교를 빙자하여 그들이 미워하던 거물 남인들을 없앤 것이다. '천天' 자에 조금만 관련 있어도 천주학쟁이로 몰고 죽여버렸다. 심지어 여자들도 이십여 명을 처형했다. 주문모 신부는 자수했음에도 군문효수軍門梟首로 처형했다.

이제 오직 한 사람만 잡으면 그들의 목적이 달성되는 것이다. 그 사람은 바로 황사영 자신이었다. 그를 잡으려고 한양 주변에는 포졸들이 쫙 깔렸다고 한다.

황사영은 배론의 컴컴한 토굴 속에 누워서 밤낮없이 오만 가지 생각에 잠긴 채 시간을 죽이고 있었다.

어머니! 어머니! 어머니! 아무리 소리 높여 외쳐본들 어머니가 들을 리 없음에도 왜 이다지 가슴속이 답답할까. 황사영은 어머니가 환하게 웃던 모습을 떠올렸다. 장원급제한 그가 백포를 입고 말 위에 덩실 올라탄 채 백패를 들고 장안을 행진할 때, 수많은 군중이 환호하던 모습이 엊그제 있었던 일만 같다. 황사영은 그 많은 사람들 사이에서도 어머니와 아내 정명련을 단박에 찾을 수 있었다. 아, 그때의 감격을 어찌 말로 다 표현할 수 있으랴! 아들과 눈길이 마주친 그 순간, 황사영의 어머니는 얼굴 가득히 웃음꽃을 만발하게 피웠다. 그날 어머니의 모습은 군중 속으로 금세 파묻혔지만, 그 환한 어머니의 웃음만은 황사영의 뇌리에서 영영 사라지지 않을 것이다.

그렇지만 그런 영광은 뜬구름과 같은 것, 임금에게 손목을 잡혔다 해도 그런 영광은 순식간에 사라지고 마는 것이다. 당장 임금이 비명횡사한 사실 앞에서 모든 것은 끝장나 버리지 않았던가.

'어머니! 그러니 행여 제가 벼슬하지 않은 것을 조금도 비관하지 마세요. 조선의 풍토에서는 어차피 벼슬을 해도 다치게 되어 있습니다. 이 파가 아니면 저 파가 정권을 독차지할 테니까요. 그리고 다른 파를 남김없이 처치하려 들 테니까요. 탕평책으로 고심하시던 정조 대왕도 끝내 그 문제를 시원히 해결하시지 못한 채 돌아가시지 않았습니까. 보십시오. 지금 노론 벽파가 하는 짓들을. 그들이 미워하던 정적들을 다 죽이고도, 덤으로 천주교인들을 모조리 잡아 죽이지 않습니까. 어머니! 그러니 오늘날 제가 산골짜기의 토굴 속에 엎드려 있더라도 너무 슬퍼하지 마세요.'

황사영은 눈가에 흥건하게 고인 눈물을 닦아냈다. 그는 자리에서 벌떡 일어앉아 정신을 가다듬었다.

'그렇다, 내가 정신을 차려야 한다. 누가 있어 한꺼번에 무너져 내린 조선 천주교를 다시 일으켜 세울 것인가? 아무리 둘러봐도 나

이외에는 없다.'

　황사영은 이를 악물고 반드시 자기가 일어나야 한다고 결심했다. 그는 갑녕과 김한빈이 황심을 찾아서 함께 돌아오기를 눈이 빠지게 기다렸다.

# 12

 그 무렵, 갑녕은 충주로 접어들고 있었다. 개산 아래 덕산 고을 용머리라는 동네에서 그곳 출신이 충주 달래 강 근처에 산다는 막연한 소식만 가지고 찾아가는 길이었다. 갑녕은 대엿새 걸려서 겨우 달래 강변에 이르렀다. 그러나 달래 강이 몇 십 리에 걸쳐 뻗어 있는데 도대체 어디를 먼저 찾아야 할지 너무도 막막했다. '남대문입납南大門入納'이라는 말이 있다. 무턱대고 남대문에 가서 김 서방 찾기와 같은 꼴인 것이다.
 주막에서 하룻밤을 푹 쉰 갑녕은 이튿날부터 달래 강 상류부터 동네란 동네를 모조리 뒤지기 시작했다.
 "이 동네에 새로 이사 온 사람 없습니까? 소씨 성을 가진 사람인데……."

그렇게 찾아다니기를 사흘째 되는 날이었다. 그날에야 비로소 소득이 있었다.

"소씨라고 했소?"

"예, 그렇습니다."

"어디서 떠돌다가 들어온 사람인지는 모르나 작년부터 소씨 성을 쓰는 사람이 이웃 마을에 살고 있긴 하오. 그 사람 고향이 어디인지는 모르겠네."

갑녕은 귀가 번쩍 뜨여서 다급하게 물었다.

"그 사람이 틀림없을 겁니다. 어디에 삽니까?"

소씨는 드문 성이었다. 갑녕은 그가 자신이 찾는 사람이 맞을 것이라고 확신했다. 갑녕이 찾아가자 그는 약간 어리둥절한 표정을 지었다.

"혹시 개산이 있는 내포 지방이 고향입니까?"

"그것을 어떻게 아는감?"

그는 쫓겨 다닌 경험이 많은 모양이었다. 그의 목소리에는 경계하는 빛이 역력했다.

"말소리를 듣고 단번에 알았구먼요. 그 지방에서는 '유' 소리를 길게 빼잖아요."

"그란디 무슨 일로 나를 찾아온 것이여?"

"황심이라는 분을 찾으려고요."

"황심이?"

"아저씨를 만나면 그분이 있는 곳을 분명히 알 수 있을 것 같았습니다. 나를 의심하지는 마세요. 절대로 그분을 해칠 사람이 아니니까."

그는 갑녕을 위아래로 훑어봤다. 갑녕은 똑바른 사람으로 보이려고 몸을 쭉 폈다.

"우선은 집으로 들어가세. 나도 자네가 그럴 사람이 아니라는 것을 첫눈에 알아봤구먼. 자, 먼 길 오느라 고단할 텐데 어서 들어가자고."

그는 어려서부터 황심과 한동네에 살았던 죽마고우였다. 그리고 그 동네에서는 유일하게 예수를 믿는 사람이었다. 황심은 일찌감치 고향을 떠났으나, 그는 불안한 상태로 차일피일 미루다가 지난해에야 용단을 내리고 이곳 달래 강 근처로 이사를 오게 됐다. 그는 영리한 사람이었다. 지난해 정조가 갑자기 승하하자, 그는 앞으로 커다란 교난이 일어나리라고 예측하고는 고향을 떠나자고 용단했던 것이다.

갑녕이 황사영의 심부름꾼이라는 것을 알고 그는 갑녕을 신뢰하게 됐다. 황사영에 관해서는 전부터 황심에게 많은 이야기를 들었던 터라 잘 알고 있었다. 그는 황심이 숨어 있는 곳을 갑녕에게 가르쳐주기로 결심했다. 그곳은 바로 백운산 기슭에 있는 절간, 백운사였다. 경기도에서 강원도로 넘어가는 큰 고갯길이 있는데, 지금도 광덕 고개라고 불린다. 백운산은 그 근처에 있었다.

사람들에게 길을 물어물어 갑녕은 드디어 백운사에 닿았다. 황심은 그곳에서 불목하니 노릇을 하고 있었다. 갑녕이 나타나자 황심은 기겁을 하듯 놀라면서 입이 굳었는지 말을 못 했다.

"아저씨, 벙어리가 됐소? 왜 말을 못 하오?"

한참 후에야 황심은 입을 열었다. 그의 목소리가 떨렸다.
"이 사람아."
"난 벙어리가 된 줄 알았소."
"여기는 어떻게 알았는가?"
"그게 문제가 아니오. 당장 이곳에서 떠나요. 황 진사님이 눈 빠지게 기다리십니다."
"황 진사님이?"
"아저씨를 찾으려고 내가 길 떠난 것이 근 한 달이 다 되어가니, 아마 진사님은 기다리기에 지치셔서 지금쯤은 복장이 터졌을 것이오."
황심은 그제야 일이 돌아가는 상황을 알았다는 듯 고개를 끄덕였다. 두 사람은 그날 절 방에서 자고 이튿날 아침 그곳을 떠났다.

사흘째 되는 밤에 두 사람은 길을 돌고 돌아서 산골길을 걸어 겨우 배론에 이르렀다. 사람 눈을 피하여 밤길을 갈 수밖에 없는 처지였기 때문이다. 달빛이 어두운 것은 아니었으나 갑녕에게도 밤길은 힘들었다. 그는 돌멩이를 걷어차기 일쑤였다. 하물며 초행길인 황심의 어려움은 더 말할 필요가 없을 것이다. 너무 신경을 쓴 탓에 그의 온몸은 땀으로 흥건했다. 십 리도 안 되는 길을 가려 해도 몇 시간은 족히 걸렸다. 그런 끝에 그들은 배론에 도달했다.
꺼꾸리 어머니와 김귀동 내외가 두런두런 이야기하는 중에 갑자기 개가 짖어댔다. 모두들 하던 말을 중단했다. 어둠 속에서 두 사람이 나타나자 김귀동의 긴장한 목소리가 들렸다.

"거 누구유?"

"갑녕이가 돌아왔습니다."

"늦었네그려."

김귀동이 벌떡 일어나서 반갑게 맞이했다.

"진사님이 찾으시던 사람도 같이 왔습니다."

"용케도 찾았구먼그려."

김귀동은 민망하리만큼 황심의 얼굴을 찬찬히 바라봤다.

"진사님은 어디 계십니까?"

"여기에서 이야기를 나누시다가 방금 들어가셨구먼."

"그럼……."

갑녕과 황심은 토굴로 향했다. 토굴 안에는 등잔불이 환히 밝혀져 있었다.

황심을 만난 황사영은 덥석 그를 끌어안았다. 그들은 서로를 부둥켜안고 한동안 울었다. 어찌 울지 않을 수 있으랴. 몇 달 사이에 수많은 천주교인들이 죽임을 당했다. 더구나 천주교 지도자들이 모두 목숨을 잃은 터라 교우들을 이끌 사람은 눈 씻고도 찾기 어려운 형편이었다.

"진사님 한 분만이라도 남으셨으니 그나마 다행이구먼요."

황심은 황사영이 살아남은 것을 진심으로 다행스럽게 여겼다.

"한빈 아저씨는 소식 없습니까?"

갑녕이 김한빈의 소식을 물었다.

"헛걸음만 하고 돌아왔지. 그런데 제천에 나갔다가 포졸들에게 잡혀서 큰일을 당할 뻔했지 뭔가. 한양으로 끌려가다가 중도에 용케 도망쳐서 이틀 후에 이곳으로 돌아왔다네."

"하마터면 정말 큰일 날 뻔했구먼요."

사건은 이랬다. 김한빈이 제천 장바닥을 돌아다니는데, 그곳 포졸들이 그를 수상히 여기고는 취재했다. 처음 보는 낯선 사람이라고 무조건 범인 취급하는 것이 아니꼬워서 김한빈이 떨떠름하게 대답했더니 포졸들이 당장 성을 내는 것이었다.

"네놈 집이 어디라고?"

"한양이라고 했소."

"한양 어디?"

"적선방이오."

"무슨 이유로 이런 시골에 왔느냐?"

"여기서 누구와 만나기로 했소."

서로 언쟁을 계속하다가 우두머리로 보이는 포졸 한 명이 김한빈을 의심적게 여기고 관아로 압송하자고 제안했다. 그때는 그곳까지도 황사영 체포 문제로 비상 명령이 발포된지라 포졸들도 예민한 상태였다.

김한빈은 포승줄에 묶인 채 관아로 압송되면서 그들을 살펴보니 아무래도 포졸 나부랭이에 지나지 않는 것 같았다. 자기 능력이면 그들을 속여 넘길 수 있을 것 같다는 판단이 섰다. 그는 자신을 끌고 가는 포졸들에게 말했다.

"목도 컬컬하니 막걸리나 한잔하고 갑시다."

한마디 던졌더니 포졸들이 서로 눈치를 보다가 우두머리 포졸의 옆구리를 쿡쿡 찔렀다. 그러자 그 포졸도 목이 말랐던지 선선히 허락하는 눈빛을 보냈다.

"잡혀가는 신세에 막걸리를 산다니 우리가 염치없소. 그래도 이왕 산다니까 한잔 마시고 갈까."

그들은 주막집으로 우르르 몰려 들어갔다. 그사이에 김한빈의 포승줄도 느슨하게 해주었다. 수적으로 그들이 훨씬 많으니까 김한빈이 도망갈 염려는 조금도 하지 않는다는 태도였다.

한 잔이 두 잔이 되고, 두 잔이 석 잔이 됐다. 술이 취하자 그들도 흐늘흐늘해져서 큰소리만 땅땅 쳤다. 김한빈은 요령껏 술을 마시면서 도망칠 기회만 노렸다.

포졸 하나가 나부라졌다. 이때다 싶은 김한빈은 안간힘을 써서 포승줄을 풀고 도망갔다. 술이 덜 취한 포졸이 큰소리를 치면서 쫓아왔다. 김한빈은 그 녀석을 냅다 발로 걷어차고 그 길로 줄행랑을 쳐서 숲속으로 숨었다

날이 저물 무렵에야 포졸들이 터덜터덜 제천으로 돌아가는 것이 보였다. 아직도 술이 얼근한 얼굴들로 허탕 치고 되돌아가는 모습이 꽤나 처량했다. 거기서 김한빈은 완전히 날이 어둡기를 기다렸다가 배론 황사영에게로 돌아갔던 것이다.

"전 진사님이 찾으시는 줄도 모르고 백운사라는 절간에서 여러 해 동안 푹 파묻혀 지낼 생각만 했지요. 시국이 조용해질 때까지……."

"우리에게 숨어 있을 여유가 있습니까? 교회가 풍비박산된 마당에 우리라도 다시 일으켜 세울 대책을 강구해야지요. 이러다가는 조선에서 천주교가 뿌리째 없어질 것이오."

"너무도 엄청난 일을 당해 놔서……. 저는 도통 엄두도 못 내겠습니다."

황사영과 황심이 밤새도록 이야기하는 통에 갑녕은 일찌감치 꺼꾸리가 거처하는 방으로 자러 갔다. 토굴 속은 비좁아서 갑녕까지 끼여 잘 정도가 되지 못했다. 두 사람도 토굴 안이 답답했는지 밖으로 나와서 조심스레 이야기했다. 황사영이 하는 이야기의 요지는 연경의 주교에게 조선 천주교의 형편을 빨리 알리자는 것이었다.

"아무리 생각해도 조선 내에서는 구원책을 찾을 수가 없소. 주교님이 무슨 대책을 세워주시기 전에는 어떤 희망도 안 보이는구려. 아아, 어쩌다가 우리 교회가 이런 지경에 이르렀을까……."

황사영의 비통한 얼굴이 달빛 속에 비쳤다. 그 표정을 어찌 말로 형용할 수 있을까. 황심은 결심했다.

"진사님, 제가 연경에 다녀오겠습니다."

"그렇게 해주겠소? 경험 있는 사람은 토마스밖에 없으니 다행스러운 일이오. 우리 교회의 운명이 달린 문제이니만큼 토마스의 사명이 막중하오."

교명이 토마스인 황심은 의분을 참을 수 없었다. 그는 조선의 비참한 실정을 주교에게 낱낱이 알려주어야겠다는 사명감을 절실히 느꼈다. 그는 자기 친구 옥천희를 추천했다. 옥천희는 연경을 이웃

집 다녀오듯 하는 터라 그 방면에는 노련한 경험자였다. 평안도 선천 출생인데 황심과는 장사 일로 만난 이십 년 지기知己였다.

"옥천희와 동행하게 되면 우리 일은 성공한 것이나 다름없습니다."

"그렇다면 함께 가도록 그를 설득해 보시오."

"지난해 옥천희는 동지사 편에 연경으로 갔는데 조선에 돌아왔는지 모르겠소. 우선 그의 집부터 찾아가 봐야겠습니다."

황심은 배론에서 하룻밤을 쉬고 곧장 선천으로 떠났다. 갑녕도 한양까지만 동행하기로 하고 그와 함께 배론을 떠났다. 우선 김한빈에게 황심을 찾았다는 사실을 빨리 알려주어야만 했다.

그들이 한양으로 떠나자 황사영은 다시 홀로 남게 됐다. 그의 머릿속이 다시금 복잡해졌다. 그는 수많은 생각들을 거듭하고 있었다. 이미 그때 그의 머릿속에는 백서帛書를 써야겠다는 생각이 처음으로 자리를 잡고 있었다.

삼복더위를 토굴 속에서 다 넘겼다. 한낮에는 토굴 안이 오히려 시원했다. 황사영은 저녁때 집 근처 산으로 산책을 나가곤 했는데, 그럴 때면 개도 따라나섰다. 그 삽살개는 영리하여 저보다 작은 동물들을 곧잘 사냥했다. 한 번 사귀니까 어찌나 충실하게 따르는지 황사영의 근처를 맴돌다가도 가끔 두 귀를 쫑긋 세우고 주위를 경계하는 것이었다. 그때마다 황사영은 쓴웃음을 지었다. 배신행위를 밥 먹듯 하는 인간에 비해 개는 얼마나 믿음직스러운 존재인가!

어느덧 무더위가 한풀 꺾였다. 세 사람이 다시 배론으로 모였다. 김한빈과 황심, 그리고 갑녕까지 마치 약속이나 한 것처럼 같은 날에 모여든 것이다.

"옥천희는 먼저 중국에 갔다가 못 건너온 모양이오. 그의 집에서도 그렇게들 믿고 있었소."

옥천희의 행방을 궁금해하는 황사영의 눈빛에, 황심이 자리에 앉자마자 말했다. 황사영이 그제야 입을 열었다.

"그렇다면 여기 있는 우리끼리 일을 추진할 수는 없겠소? 결국은 황 토마스가 혼자서 다녀올 수밖에 없을 듯한데……."

"그럼 김한빈이 나와 동행하는 것이 어떨지……."

"나 말이오? 나는 중국에 가본 적이 한 번도 없는데."

"이번 소임이 막중하니 그러는 것이 좋겠소. 도중에 무슨 사고가 날지도 모르니까 두 사람이 가야 안심이 되오."

여러 이야기가 오간 끝에 결국은 두 사람이 연경 여행길을 동행하기로 결정했다. 그런데 여행 자금이 문제였다. 그 먼 곳까지 왕복하려면 적잖은 돈이 필요했다.

우선 사행길 상단에 끼여 여행해야 할 터인데, 그 여행단에 끼려면 상단에 참가할 자리뿐만 아니라 사지마私持馬 또한 사야 했다. 어디 그뿐인가. 말은 한 마리만 마련하더라도 장사를 하기 위한 물건을 사야 했다. 시시한 물건이 아니라 몇 곱절의 이문을 남길 수 있는 물건이어야 하는데, 대개는 인삼으로 정해져 있었다. 그만큼 사행길의 상단에 끼기는 어려웠다. 지금 그 요령은 훤히 아는데 그것을 실행할 만한 자금이 없으니 안타까운 노릇이었다.

황사영은 한숨만 내쉬었다. 자금을 보탤 만한 교우들이 전부 죽었으니 어디에다 하소연할 곳도 마땅치 않았다. 모두들 한숨만 푹푹 내쉬고 있을 때 갑녕이 슬그머니 밖으로 나가더니 웬 비단 주머니를 하나 가지고 들어왔다.

"이것은 제가 진사님을 도피시키려고 훈동 집을 떠날 때 영인 누님이 맡긴 것입니다. 옛날에 누님이 궁녀 생활을 끝내고 대궐을 떠나올 때 대비마마가 하사하신 패물들이라고 했습니다. 대비마마가 누님이 궁을 떠나는 것을 섭섭해하시면서 그 정표로 손수 쓰시던 몇 가지 패물들을 내리셨답니다. 도피 중에는 돈이 급히 필요할 때가 꼭 생길 테니 그때 진사님에게 내어드리라고, 그동안 고이 싸두기만 했던 것을 저에게 건넨 것입니다."

갑녕이 비단 주머니 끈을 풀었다. 곁에서 지켜보던 일행의 눈들이 휘둥그레졌다. 바닥에 펼쳐놓은 패물들은 금가락지, 옥지환玉指環을 비롯해 가락지만 서너 가지에 비녀도 여러 종류였다. 대비 홍씨, 즉 헌경왕후는 노골적으로 문영인을 임금의 후비로 삼고자 했다. 아마도 문영인이 이름 모를 병으로 퇴궐할 때는 굉장히 섭섭했을 것이다. 그래서 그 정표로 귀한 패물들을 그녀에게 하사했던 것이리라.

"이 패물들을 팔아서 진사님의 도피 자금으로 사용하라고 말했단 말이지?"

"예, 지금 와서 생각해 보면 영인 누님은 진사님을 마음 깊이 사모했던 것 같습니다. 하지만 한집에 지내면서 그럴 형편이 아님을 누구보다 잘 알기에 마음속으로만 눌러 참았던 것이겠지요."

황사영은 두 눈을 감고 침묵을 지켰다. 열 계집을 마다하지 않는 것이 사내 마음이라지만, 주문모 신부를 모시는 처지였던 그는 꿈에도 불순한 마음을 품어본 일이 없었다. 문영인 또한 마찬가지였다. 남의 시앗으로 갈 생각은 애당초 없었다. 그저 사모하는 마음만을 품었을 뿐이다. 한집에 오랜 시간 생활하면서 서로 부딪치는 일이 어디 한두 번뿐이겠는가. 황사영이나 문영인이나 서로 마주쳐도 겉으로는 담담한 표정으로 인사를 나눌 뿐이었다. 간혹 황사영은 자기를 훔쳐보는 문영인의 눈빛을 우연히 발견하기도 했다. 그럴 때마다 당황하는 그녀의 모습이라니! 그런 문영인을 바라보면서 황사영은 가슴속에 흐르는 따뜻한 정감을 느꼈다.

"형장에서 영인 누님의 목이 잘릴 때 거기 모여든 구경꾼들이 모두 애석하게 여겼지요. 아까운 처녀까지 죽인다고 노론 놈들을 많이 욕하더구먼요."

"형장에서 그렇게 많은 사람들을 죽이고서도 걸신들린 야차처럼 더 잡아먹지 못해 안달이니······."

김한빈이 탄식하자 황심이 조심스레 말했다.

"이럴수록 우리가 몸조심을 해야 하네. 진사님을 잘 보호해야만 우리가 훗날을 기약할 수 있구먼. 그렇지 못하면 우리 모두가 전멸을 못 면할 게야."

"자, 힘을 냅시다. 하느님은 결코 조선 천주교를 버리지 않을 것이오."

황사영도 새삼 분개하여 힘차게 말했다. 새벽 무렵에야 그들의 이야기는 끝났다.

이튿날 김한빈과 황심, 갑녕 세 사람은 한양으로 길을 떠났다. 우선 갑녕이 간직해 온 패물들을 어떻게 팔지가 문제였다. 한양에서 유명한 황아 집을 찾아서 패물의 시세부터 알아보고, 그 물건들을 조금씩 넘기는 것을 원칙으로 삼아야 했다. 섣불리 아무 점포에나 내보일 수 없는 일이었다. 문영인의 패물들은 장사 경험이 있는 황심이 중국에서 들여온 밀수품으로 가장했다. 그가 중국에서 직접 밀수한 척 행동하는 것이 가장 수월한 방법이었다.

처음부터 패물들을 다 가져가는 것은 위험했다. 그래서 우선 옥가락지 한 쌍을 견본 삼아 선보였다. 의외로 홍정이 수월하게 이루어지는 듯싶었다. 주인도 그 옥가락지를 욕심냈다. 그러나 가격이 문제였다. 그는 터무니없이 값을 후려 깎았다. 그것을 잘 아는 황심은 여유롭게 행동하면서 값을 높여 불렀다. 주인도 장사꾼이라 물건을 놓치지 않으려 하면서도 값은 깎으려 애썼다.

계속 홍정을 하다가 주인은 근처 음식점으로 그들을 데려가서 후하게 대접했다. 그야말로 고관대작들이 받는 밥상보다 더 호화판이었다. 눈이 휘둥그레질 정도로 호사스러운 대접을 받으니 그들은 우쭐하는 기분이 들었다.

"그 물건이 어느 대갓집에서 나온 것인지 알 수 있겠소?"

주인은 넌지시 황심을 떠봤다.

"밀수품이라고 말하지 않았소. 더 이상은 묻지 마시오."

"하기야 장사꾼이 물건의 출처를 알 필요는 없지. 물건의 진위만 확실히 하면 그뿐이야."

그들은 흥정을 끝내고 헤어졌다. 가만 계산해 보니 옥가락지 한 쌍 값을 꽤 두둑하게 받았다. 나머지 패물들을 전부 팔면 큰돈이 모일 듯싶었다.

"나머지 물건을 전부 처분하면 두 사람이 연경에 갈 여비는 충분하겠는걸. 천국에 간 비비안나가 한없이 고맙구먼."

"영인 누님도 만족스러워할 것이구먼요. 자기 물건이 이렇게 쓰이는 것을 안다면 말이오."

갑녕은 새삼 속 깊은 문영인이 그리워졌다. 그 아리따운 모습이 무지막지한 망나니의 칼 아래 쓰러지는 정경을, 그는 자신의 두 눈으로 똑똑히 지켜봤다. 군중이 썰물처럼 빠져나간 후 엉겁결에 달려들어 피가 철철 흐르는 문영인의 머리를 품속에 그러안았던 일이 떠올랐다. 그때 추 봉교가 그를 추슬러주지 않았다면 무슨 봉변을 당했을지도 모른다. 갑녕은 그날 일을 생각하기만 하면 속이 쓰리고 아파서 눈물이 났다.

황심은 다시 한 번 옥천희의 집에 가볼 요량으로 평안도를 향했다. 김한빈은 현계흠을 비롯한 몇몇 교우들을 찾아보려고 한양에 계속 머물렀고, 갑녕은 배론으로 돌아가기로 했다. 황심과 김한빈은 서소문 밖에 있는 김계원의 양태전에서 열흘 후에 만나기로 약속하고 헤어졌다.

배론으로 돌아온 갑녕은 점 일에 매달렸다. 그는 수건으로 머리를 질끈 동여매고 김귀동과 꺼꾸리가 하는 일들을 닥치는 대로 도왔다. 그래야 마음이 편해졌다. 점 일은 복잡했다. 우선 논밭에서 채취해 온 흙을 께끼질하는 일부터 시작한다. 께끼질이란 흙에서 풀이나 이물질을 골라내는 것을 말한다. 그러고 나서 낙기래질을 한다. 뭉친 흙덩이를 잘라내는 것을 말한다. 다음에는 꽃매질이다. 그 흙을 곱게 두들기는 것을 말한다. 그 다음에는 엿매질이다. 꽃매질한 흙을 길게 늘여 다지는 것을 말한다. 갑녕은 께끼질부터 시작하여 꽃매질, 엿매질까지 기술은 없지만 힘껏 도왔다. 주인 김귀동은 물론이고 꺼꾸리도 기분이 퍽 좋은 모양인지 연방 벙싯벙싯 웃음을 그칠 줄 몰랐다.

"이러다가는 일 년 안 가서 나도 옹기장이 노릇 하겠지요?"

"이 사람아, 일 년이 다 뭐여. 우리는 십 년, 이십 년 된 사람들이구먼."

"그렇게 오래 점 일을 배워야 합니까?"

"하찮은 질그릇을 만드는 일이지만, 그릇 하나를 제대로 완성해 내려면 그만한 시일이 걸리는 법이여."

"내가 보기에도 몇 달 걸리는 쉬운 일은 아닌 성싶소."

갑녕은 쉴 새 없이 흙을 곱게 두들기는 꽃매질을 계속했다.

어느새 황사영이 토굴 밖으로 나와서 세 사람이 일에 열중하는 모습을 유심히 바라봤다. 꺼꾸리는 발물레를 돌리고, 김귀동은 독물레질을 하기에 여념이 없었다. 사람이 한 가지 일에 열중하는 것처럼 아름다운 것이 또 있을까! 백면서생인 황사영은 그들이 땀 흘리며 열정적으로 일하는 모습을 보면 볼수록 노동이 더욱 고귀하게 느껴졌다.

# 13

 어느새 무더운 여름이 지났다. 아침저녁으로 시원한 바람이 부는 계절이 돌아왔다. 황사영은 맥없이 가는 세월이 너무도 아쉬웠다. 그도 때를 기다려야 한다는 것은 알지만 '세월만 덧없이 흘러가는 구나' 싶은 초조한 마음을 감추기가 쉽지 않았다.
 김한빈과 황심은 각자 서소문 밖 김계원의 양태전으로 찾아갔다. 그곳에서 그들이 만나기로 약조했던 날이 다 됐기 때문이다. 그날 저녁 무렵 두 사람은 어김없이 나타났다. 그들은 서로의 얼굴만 보고도 자기들이 추구하던 일이 끝내 틀렸음을 알았다. 그날 김계원이 한턱 사는 바람에 밤늦도록 두 사람은 곤드레만드레할 때까지 술을 마셨다. 그러나 술김에도 교회 일은 절대로 입 밖에 내지 않았다.
 김한빈과 황심은 일단 배론으로 돌아가서 황사영에게 자초지종을 보고하고 뒷일을 계획하기로 했다. 두 사람은 한양을 떠나 배론으로 향했다.

그들은 배론에 모여서 구수회의鳩首會議를 가졌다. 참석 인원은 김귀동과 갑녕까지 모두 다섯 명이었다. 황사영을 중심으로 상의한 결과 사절단 편에 연경으로 밀사를 보내는 일이 가장 급선무라는 것을 다시금 확인했다. 조선의 참혹한 실정을 하루빨리 연경의 주교에게 알려야 했다. 그 다음 일은 그때 가서 생각해도 늦지 않았다.

10월에 떠날 동지사 편에 끼려면 지금부터 상단 자리를 마련해야 하므로 미리 손쓸 필요가 있었다. 우선 사지마 한 필을 구하는 것이 중요했다. 그렇다고 아무 말이나 사면 괜찮은 것도 아니었다. 추운 겨울철에 만주 벌판을 왕복할 수 있는 건강한 말을 구해야 했다. 그일은 몇 차례 경험이 있는 황심이 잘 알아서 처리할 것이었다.

"패물을 판 돈으로 우선 말부터 계약하시오."

황사영의 의견을 따르기로 하고 황심과 김한빈이 말을 예약하려고 같이 한양으로 떠났다.

두 사람은 온종일 걸어서 문막 근처 주막거리에 당도했다. 그들은 기진맥진하여 더는 걸을 수 없을 지경에 이르렀다. 주막집 한곳에 들러 저녁밥을 먹고서 일찌감치 잠자리에 누웠다. 그런데 사내들 한 무리가 들이닥치면서 소란스럽게 구는 바람에 잠을 이룰 수가 없었다. 그들 중 말소리가 우악스럽고 거친 사내가 대뜸 주모에게 물었다.

"저 방에는 어떤 놈들이 자는 거야?"

주모는 두 사람밖에는 다른 사람이 더 없다고 말했다. 그러자 그 사내는 아무 기별도 없이 술청으로 통하는 외짝 문을 활짝 열어젖혔다. 불손한 태도였다.

"여기에 누가 자는 거야?"

잔뜩 아니꼽게 여기던 김한빈은 자리에 그대로 누운 채 반말로 대꾸했다.

"너희는 누구인데 이렇게 무례히 구는 거냐?"

"어럽쇼, 이것 보게나. 어떤 놈이기에 이다지 건방질까? 모두 썩 일어나거라. 무엇 하는 자들인지 조사해 봐야겠다."

사내는 화가 상투 끝까지 올라서 버럭 소리쳤다. 그러나 이를 무서워할 김한빈이 아니었다. 김한빈은 여전히 누운 채 빈정대는 말투로 느물거렸다.

"너희는 대체 무엇 하는 놈들이냐? 길 가다가 객주에 들어 곤하게 자는 사람들을 왜 귀찮게 구는 게야?"

그때 다른 한패가 방 안을 들여다보면서 다시 소리를 질렀다.

"오늘 종일 허탕을 치느라 힘만 빠졌는데 마침 잘 걸려들었구나. 도도한 놈들의 상판 좀 보자. 어서 자리에서 못 일어나겠냐? 우리는 너희 같은 놈들을 잡으러 다니는 관졸이다. 지금이 어느 때인 줄 알고 주둥이를 함부로 놀리는 거야?"

한 놈이 방으로 뛰어들면서 서슬이 퍼레가지고 땅땅 을러댔다. 황심은 놀라서 벌떡 일어나 앉았으나, 김한빈은 마지못해 억지로 일어나면서 대꾸했다.

"너희가 관졸이면 다냐? 어디서 길 가는 무죄한 사람을 취조할 권리를 받았단 말이냐?"

"무엇이 어째? 이런 건방진 놈 같으니. 당장 밖으로 끌어내라."

그들이 달려들어 멱살을 잡고 끌어내려 하자 김한빈이 두 놈의 손목을 움켜잡고 오히려 그들을 술청으로 끌고 나갔다.

술청에는 제법 큰 등불이 걸려 있어서 서로의 얼굴을 잘 알아볼 수 있었다. 보아하니 포졸 나부랭이들 같았다. 그 일행들 중 한 명이 김한빈의 얼굴을 찬찬히 바라보다가 소리를 꽥 질렀다.

"이놈은 내가 아는 놈이야. 얼마 전 제천에서 놓쳤던 바로 그놈이 분명하구먼!"

"뭐야? 그놈이 확실한가?"

"맞습니다. 틀림없구먼요. 너 이놈 잘 만났다. 네놈을 놓치고 상관한테 얼마나 매질을 당했는지 아느냐?"

우두머리인 듯한 포졸이 큰소리로 외쳤다.

"당장 저놈을 결박해라. 큰 죄수다. 관졸들을 때려눕히고 달아났던 놈이다. 한 번 탈출까지 감행한 놈이니 단단히 오라를 지워라."

김한빈은 본인이 아니라고 우겨댔다. 그런데도 그 포졸은 틀림이 없다고 주장하니 승강이가 일어났다.

그때 황심이 공손한 말로 싸움을 만류했다.

"사람을 잘못 보신 것 같소. 사실 우리는 장사꾼이오. 오늘 한양으로 가는 길인데 너무 피곤하여 깜박 잠들었소. 댁들이 취조하려는 것을, 잠을 방해하는 것으로 오해하고 실례를 범했나 보오. 그만 용서하시오."

"너는 가만히 있어라. 이놈은 도망갔던 놈이 틀림없다니 우리가 확인을 해야겠다."

우두머리 포졸이 눈짓하자 다른 포졸 세 명이 한꺼번에 달려들어 김한빈을 포승줄로 묶었다. 김한빈은 순순히 묶이는 체하다가 이리 치고 저리 치면서 닥치는 대로 후려갈겼다. 힘이 장사여서 삽시간에 네 놈을 때려눕히고 말았다. 포졸들이 여기저기에 쓰러진 채 신음 소리를 낭자하게 흘리는데 김한빈이 화난 목소리로 외쳤다.

"이놈들, 잘 들어라. 쥐꼬리만큼도 안 되는 권세를 믿고 함부로 양민들을 괴롭히지 말거라."

황심의 손목을 끌고 밖으로 나가면서 김한빈은 허리춤에서 돈 몇 푼을 주모 앞에 던져주었다.

"주모, 미안하오. 밥값이나 받으시오. 우리는 갑니다."

그들은 주막을 벗어나서 한양 가는 길을 향해 걸어갔다. 아무 일도 없었다는 듯 태연한 태도였다. 그때 우두머리 포졸이 호통을 쳐서 모두 일으켜 세웠다. 그리고 무슨 공론을 하는 듯하더니 뒤꼍으로 돌아가 아직 물이 통통 불은 생나무 장작개비를 하나씩 들고 저만큼 걸어가고 있는 그들의 뒤를 따라갔다.

김한빈은 저 혼자 비호같이 달아나면 쉬울 것이나 황심이 문제였다. 예상했던 대로 결국 황심만 잡히고 말았다. 황심이 잡히면 만사 도로아미타불이었다. 한 놈이 황심을 지키고 나머지 세 놈이 김한빈에게 달려들었다. 저 따위 놈들은 십여 명이라도 해치울 수 있을 것 같았지만 황심이 다쳐서는 안 됐다. 김한빈은 그들이 곁에 오기를 기다렸다.

그들은 숨을 헐떡이면서 다가왔다. 그러고는 생장작을 들고 김한빈을 둘러싸더니 막 때려잡을 기세로 덤벼들었다. 그 길가에 마침 고목나무 두 그루가 나란히 서 있었는데, 김한빈은 그 나무를 빙빙 돌면서 그들의 몽둥이를 이리저리 피했다. 그러다가 한 놈에게 발길질하자 나둥그러졌다. 김한빈은 잽싸게 또 다른 놈의 몽둥이를 빼앗아버리고 발로 걷어찼다. 그 몽둥이를 힘껏 휘두르니 마지막 한 놈까지 비명을 지르며 넘어졌다. 그 길로 황심이 잡혀 있는 곳으로 달려가니 그를 지키던 포졸은 얼른 사세를 판단하고 그 자리에 납죽 엎드리며 두 손을 싹싹 빌었다. 김한빈은 그자에게도 발길질 한 번 하고는 황심을 데리고 한양으로 달아났다. 뒤를 슬금슬금 바라보니 그들은 운신도 못 하는지 쫓아오는 기색이 안 보였다.

"뒤탈이 없겠는가?"

"그까짓 놈들 겁날 것이 무에 있소."

"그들이 포졸은 맞을까?"

"지방 관아의 명령으로 건달들이 행세하는 것에 지나지 않소. 골골마다 저런 놈들이 더 설치고 다녀요."

"포졸로 오해하기 십상이구먼."

"이왕 설친 잠인데 밤새도록 걷지요"

그들은 이튿날 늦게 한양에 당도했다. 홍인문에 가까운 송재기의 점포로 찾아든 그들은 그곳에서 깊은 잠을 잤다. 다음 날 황심이 잘 아는 또 다른 황아 집을 찾아갔다. 그 집에는 장식이 화려한 비녀를 두 점이나 보여주었다. 주인은 고개를 갸웃거렸다. 황심이 밀수품이라고 말했지만 그의 말을 믿지 않는 눈치였다. 사실대로 말하는 것이 좋을 듯했다.

"나라에서 아주 귀한 분이 사용하시던 것이오. 보석함에만 넣어 두었던 것이라 새것이나 다름없소. 이것 외에도 물건이 더 많으니 알아서 처분해 주시오. 이 점포 저 점포로 다니게 하지 말고."

"여부가 있소. 우리 점포처럼 이런 물건을 취급하는 집이 번연한데 다른 곳으로 가면 의리 상하지."

"그래서 여기로 제일 먼저 찾아온 것이 아니오."

주인은 비녀 두 점을 이리저리 햇빛에 비추어 보더니 흥정을 보류하고 점심부터 먹으러 가자고 나섰다. 장사꾼들이 으레 하는 상투 수단이다.

"이 나라에서 가장 귀한 분이 소유했던 물건이오. 그분을 밝히면 누구나 귀가 번쩍 뜨이겠지만 이 자리에서 말하지는 않겠소."

"장사꾼이 굳이 물건의 출처를 알 필요는 없소. 그러나 그 출처가 꼭 필요할 때도 있겠지. 그것은 그때 가서 알 일이고."

그들이 찾아간 음식점은 문간에서부터 양반, 상놈, 촌놈 가리지 않고 손님이라면 누구에게든 굽실굽실하는 행동이 제법 기분을 좋게 만들었다. 손님들의 어깨가 저절로 쭉 펴지는 것이 마치 명문대가의 자손이라도 된 듯한 기분에 휩싸이게 했다.

귀한 비녀인 만큼 값은 최고로 후하게 받았다. 그들은 비녀 값을 알 턱이 없었지만 무조건 높이 불렀다. 상인은 그들이 다음에 더 가져올 물건들을 염두에 두고 후하게 쳐주었다.

그들은 열흘 후에 서소문 밖 김계원의 양태전에서 만나기로 약속하고 다시 헤어졌다. 황심은 또다시 평안도 선천으로 떠났다. 옥천희의 소식을 재차 확인하고 싶었던 것이다.

그러나 황심은 이번에도 헛걸음을 하고 말았다. 지난해 10월 하순에 동지사가 떠날 때 상단의 일원으로 연경에 간 옥천희가 아직 돌아오지 않았다는 것은 이상한 일이었다. 동지사가 돌아온 것은 지난 4월인데 그에게 아무 소식도 없는 것은 틀림없이 무슨 변고가 생겼음을 의미했다. 그렇게 되면 부득불 황사영의 서신은 김한빈과 함께 가서 주교에게 전달할 수밖에 없었다. 김한빈은 초행길이라 여러모로 서툰 점이 많을뿐더러, 이런 일은 힘만 의지해서는 안 되는 점이 많은 터라 황심은 못내 아쉬웠다.

황심은 맥없이 한양으로 돌아왔다. 김한빈은 김계원의 집에 묵으면서 황심이 돌아오기만을 기다리다가 허탕 친 결과를 듣고 걱정이 태산 같았다. 그는 만사 불여튼튼이라고 아무 경험도 없는 자신보다는 연경까지 자주 왕래한 옥천희가 황사영의 서신을 가지고 동행할 적임자라고 생각했다. 그동안 옥천희가 돌아와 있다는 소식을 들을 수 있기를 얼마나 간절히 바랐던가.

"한빈이 자네가 나와 함께 갈 수밖에 없네."

"내가 연경까지 가는 것은 어려운 일이 아니지만……."

"그곳에는 특별한 사람만 간다던가? 경험 삼아서 한번 다녀오는 것도 괜찮을 것이네. 이번 한 번만 다녀올 것도 아닌 바에야 이참에 함께 가세."

"그렇다면 동행할 밖에요. 이번에 연경 길도 익혀둘 겸······. 그러나 나는 초행이라 서툰 점이 많을 것이오."

"그 점은 염려 말게. 날 따라만 가면 되네. 내가 하는 대로 행동하기만 하면 돼. 자네는 눈치가 빠르니 무난히 해낼 게야."

사지마도 예약해 둔 그들은 곧장 배론으로 향했다.

한양을 떠나 광나루를 거쳐 명일안, 계내를 지나서 황산에 이르렀을 때였다. 포졸 두 명과 사내 댓 놈이 길목을 지키고 있다가 불심검문을 하는 것이었다. 사복을 입은 놈들도 포졸이 틀림없었다.

"너희는 어디에 사는 누구이며, 어디로 무엇 하러 가는 길이냐?"

황심이 대답했다.

"저는 충청도 용머리 사는 사람인데, 이름은 황삼도라고 하지유. 저기 저 사람과 함께 장사를 하고 있어유. 한양에서 물건을 떼다가 시골에 팔고, 시골에서 물건을 가져다가 한양에 팔지유. 이번에는 충청도 제천으로 약초를 사러 가는 길이어유."

이번에는 김한빈에게 물었다.

"너는 어디에 사는 누구냐? 방금 저 황가가 말한 대로 행상을 다니는 것이 맞느냐?"

"예, 저는 광주 출신인데 저이와 뜻이 맞아서 함께 다니지요."

"그렇다면 왜 한양에서 물건을 사 가지고 오지 않고 빈손으로 내려오는 것이냐? 몸에 돈은 얼마씩이나 지녔느냐? 이번에 한양에서 물건을 못 샀으면 상당한 돈을 가졌을 것이 아닌가?"

"시국이 어지러운 탓인지 한양에도 이문 남길 물건이 별로 없기에 다음 기회에 올라가 물건을 살까 하고, 한양 어느 친구한테 돈을 맡겨놓고 내려오는 길이라우. 제천에 살 만한 물건이 있는가 하고 우선 시세부터 알아볼 겸 장 구경이나 하러 가오."

"말하는 것이 좀 이상하지 않은가. 처음에 말하기를, 충청도 물건을 사다가 한양에 팔고, 한양 물건을 사다가 충청도에 판다고 하지 않았어? 그러면 한양에 맡겨놓은 돈을 이번에 가지고 왔어야 충청도 물건을 사서 다음에 한양으로 가져가 팔 것이 아닌가?"

황심이 다시 나섰다.

"요사이 시국이 요란한데 큰돈을 몸에 지니고 다닐 수가 있어야지유. 그래서 한양에 돈을 맡겨두고 계약금 정도만 가지고 다녀유. 제천에 마땅한 물건이 있으면 그곳 친구한테 돈을 빌려서라도 우선 잡아놓고 봐야겠지유."

"계약금은 가지고 있는가?"

"그 정도 돈이야 없으려고유. 물건을 산다는 사람들이……."

황심이 선천에 다녀온 비용을 제외하고 이번에 비녀 판 돈을 김한빈이 고스란히 지니고 있었다.

사실 포졸들은 그들을 별로 의심하지 않았다. 다만 황사영을 잡으라는 비상 명령에 따라 움직이느라 며칠을 피곤하게 보낸 뒤였다. 그런 마당에 그들이 마침 장사꾼이라니 술값이나 좀 등칠까 하는 마음에 엄포를 놓은 것이었다.

"너희 말을 도무지 믿을 수 없다. 일단 한양으로 가서 자세히 조사해 봐야겠어. 그러니 우리를 따라오너라."

황심과 김한빈이 함께 도망치기에는 상대의 수가 너무 많았다. 그들은 순순히 따르기로 했다. 피의자도 아니요 죄수도 아니기에 그들을 포박하지 않고 연행하는 정도로 일단 그곳을 떠나 한양으로 갔다.

거기서 한양까지는 백여 리가 됐다. 도중에 다른 행인들을 일일이 조사하느라고 시간을 많이 지체하여 그날 밤까지 한양에 도착하기는 어려웠다. 그리하여 포졸들은 온종일 사람을 닦달하느라 신경을 너무 썼던 관계로 피곤도 하고 시장도 했기에 모두 주막에 들었다. 그곳에서 오늘 밤을 쉬어 갈 작정인 듯싶었다.

포졸들은 모두 여덟 명이었는데 그들은 주모가 앉은 술청에 들어앉아 술을 마시고, 황심과 김한빈은 따로 술상을 받아 그 옆방에서 마시게 했다. 본시 완력이 비범한 김한빈이 이런 기회를 놓칠 리 없었다. 그는 탈출할 때를 기다렸다. 그들이 한양까지 끌려간다면 본색이 드러날 것은 뻔한 일이었다. 그렇게 되면 황사영이 추진하는 일이 물거품으로 돌아갈 것은 불 보듯 환했다. 그러기에 어떤 수단을 쓰더라도 오늘 밤새 그들이 탈출해야만 하는 것이다.

술청에서는 포졸들이 술을 퍼마시더니 웃음판이 벌어지며 횡설수설하는 자도 나왔다. 온종일 시달렸으니 혀 꼬부리는 자도 점점 많아졌다. 술판에 한껏 흥이 올랐을 때쯤 김한빈이 술청으로 접근했다.

"여러 나리들, 아무리 내가 죄수로 끌려가는 신세지만 나리들끼리 술 마시는 것이 보기에 영 좋지 않소. 그래서 내가 술 한 잔씩 대접하려는데 뜻이 어떻소? 밤낮으로 노고가 많은 나리들에게 백성으로서 한 잔 술쯤 못 사겠소?"

포졸들은 구미가 동하는 모양이었다. 그들은 신나서 떠들어댔다.

"고맙소. 지금까지 이 노릇을 해왔지만 당신 같은 사람은 보기 드물었소. 정 그렇게 생각한다면 한 잔 사주구려."

"사실 우리는 무슨 시간에 얽매여 생활하는 사람들이 아니라오. 나라에서 큰 죄인을 잡으라고 들볶으니 마지못해 나돌아 다니는 것이오. 이런 때 술을 산다고 하니 전에 없던 기운도 새로 나는구려. 그럼 같이 마십시다."

"술값은 걱정 마시고 실컷 드시오. 장사꾼에게 그만한 돈은 늘 있으니……."

"제법 배포가 있는 상인이구먼. 자, 쭉 듭시다."

그들은 공짜 술이라고 마음껏 들이켰다. 시간이 갈수록 한둘 비틀거리더니 방으로 기어 들어가서 아무렇게나 쓰러졌다. 마지막 한 놈마저 술청에 쓰러져버렸다. 지금이 기회였다. 김한빈은 황심을 가만히 흔들어 깨웠다. 황심은 자는 척하다가 벌떡 일어났다. 자정이 가까운 시각이었다.

김한빈과 황심은 주막 바깥마당에서 의논하여 배론을 향해 달아나기 시작했다. 그런데 공교롭게도 주막 바깥주인이 마침 변소를 가려고 마당으로 나왔다가 그들을 얼핏 발견하고 수상스러워했다. 술청으로 가보니 그 둘은 뺑소니치고 포졸들만 널브러져 자고 있었다. 바깥주인은 서너 집 건너 주막에 또 다른 포졸들이 묵고 있다는 것을 알았기에 그곳으로 달려갔다. 그 당시에는 황사영에게 현상금이 걸려 있어 누구라도 수상한 사람을 고발하여, 그 사람이 그와 관련이 있으면 후한 상금을 받을 수 있었다. 바깥주인은 곧 옆집으로 달려가서 포졸들을 깨웠다.

그의 자초지종을 들은 포졸들은 그가 가리킨 곳으로 황급히 쫓아가면서 두 사람을 어떻게 잡을까 궁리했다. 잠시 후 그들이 가는 모습이 달빛 아래 어렴풋하게 보였다.

"이제는 됐다. 독 안에 든 쥐 꼴이다."

포졸들은 의기양양했다. 김한빈과 황심은 안심하고 걷는 중이었다. 술에 곯아떨어진 포졸들이 설마하니 자기들을 쫓아오리라고는 짐작도 못 했다. 포졸들이 그들 가까이 달려올 때에야 자기들을 겨냥하고 있다는 것을 깨닫고는 냅다 도망치기 시작했다.

쫓고 쫓기는 추격전이 한동안 계속됐다. 그러나 얼마 못 가서 황심이 뒤로 처지기 시작하는 것이었다. 김한빈이 그를 옆에 끼고서 달렸으나 이미 때는 늦은 감이 있었다. 그들이 도중에 어디 숨을 만한 곳도 마땅치 않은 데다 포졸들은 점점 거리를 좁혀 왔다. 숨이 턱까지 차오른 황심이 결국 주저앉고 말았다.

"나는 더 이상 못 가겠네. 한빈이 자네나 어서 도망치게."

"힘내시오. 어서 마지막 힘을 다해 달립시다. 이런, 안 되겠소. 먼저 도망치시오."

김한빈은 나뭇가지를 꺾어서 몽둥이를 만들었다. 그들 뒤에서 포졸들이 쫓아오면서 소리를 질렀다.

"이놈들, 게 서거라!"

"너희는 어차피 잡힌 몸이다!"

그들을 추격해 오는 포졸들의 가쁜 숨소리가 목 뒤에서 느껴질 정도로 사세가 급박해졌다. 황심을 먼저 보낸 김한빈이 그 자리에 멈추었다.

"이놈들! 더 쫓아오면 모조리 때려눕히겠다!"

김한빈이 버티고 서서 으르렁대는 손에는 굵은 나무 몽둥이가 들려 있었다. 앞서서 쫓아오던 포졸들이 멈칫거리며 그를 둘러쌌다.

"누구든 덤벼들면 해골바가지를 깨놓겠다!"

그러고 나서 또 김한빈이 도망치니 포졸들은 아우성치면서 더욱 악착같이 달려들었다. 그들은 저마다 육모 방망이를 들고 있던 터라 기세가 등등했다. 김한빈은 임시방편으로 구한 나무 몽둥이를 휘둘렀다. 그러나 포졸들의 튼튼한 방망이를 이길 재간이 없었다. 그는 우지끈 부러진 나무 몽둥이를 버리고 포졸 한 놈을 발길질로 걷어차서 넘어뜨린 후 육모 방망이를 빼앗아 들고는 양손으로 닥치는 대로 후려갈겼다. 포졸 서너 명이 비명을 지르며 나둥그러지자 나머지 포졸들은 선뜻 덤비지 못하고 엄포만 놓았다. 그런 상황에서도 황심이 더 빨리 도망치기를 기다리며 김한빈은 시간을 끌었다. 그 혼자라면 얼마든지 달아날 수 있었기 때문이다.

"내가 몇 놈이고 해치울 테니 형님은 그 틈을 타서 되도록 멀리 달아나시오."

그렇게 일렀으나 황심은 멀리 가지 못하고 있었다. 김한빈은 나머지 포졸들을 해치우려고 두세 놈에게 달려들었으나, 겁을 낸 그들은 뒤로 물러났다가는 또다시 달려들곤 했다. 그렇게 김한빈이 포졸들과 대치하는 사이에 또 한 무리의 포졸들이 쫓아오는 모습이 보였다. 처음에 함께 술 마신 포졸들이 주막집 주인의 소란으로 모두 잠을 깨고 뒤늦게 그 장소로 합세한 것이었다.

다른 한 패의 포졸들이 함께 달려드는 것을 보자 김한빈은 불리한 처지를 깨닫고 도망치기 시작했다. 그러나 황심이 문제였다. 황심은 숲으로라도 숨지 않고 큰길로 그냥 내달리고 있었다. 한바탕 활극을 벌였던 끝이라 김한빈은 이미 기진맥진했다. 도무지 발길이 성큼성큼 떨어지지 않았다. 그를 뒤쫓는 포졸들은 기운이 넘쳐 보이는 것이 당장 그의 뒷덜미를 덮치게 생겼다. 김한빈이 크게 소리를 질렀다.

"숲속으로 달아나시오!"

그러나 가쁜 숨으로 헐떡거리는 그의 목소리는 맥없이 잦아들었다. 줄기차게 뒤쫓아 온 포졸 하나가 방망이로 그의 어깨를 내리쳤다.

"어이쿠!"

김한빈은 한쪽 무릎이 꺾였다. 서너 놈이 한꺼번에 달려들면서 저마다 그에게 방망이 세례를 안겼다. 포졸 둘이 먼저 도망간 황심을 뒤쫓는 것이 보였다. 휘영청 밝은 달빛이 유죄였다.

"당신들 마음대로 하시오."

그렇게 말하고는 이제 김한빈은 아예 그 자리에 주저앉아 버렸다. 뒤이어 쫓아온 포졸들도 웅크리고 앉은 김한빈의 등짝을 사정없이 때렸다.

잠시 후 황심도 포졸들에게 끌려와서 김한빈과 함께 포승줄에 묶였다. 황심은 김한빈이 잡히면 어차피 자기도 잡히리라는 것을 알고 멀리까지 도망가지 않은 채 우물쭈물했던 것이다. 황심이 숲속으로 숨어버렸으면 김한빈도 마음 놓고 달아났을 것을 그가 그만 굼뜨게 행동하는 바람에 일을 그르치고 말았다.

그러나 따지고 들면 김한빈의 만용이 원인이었다. 주막에서 포졸들이 퍼질 정도로 술을 먹였으니 이튿날 아침에 해장술까지 대접하고 적당히 사정했더라면 일은 수월하게 탁방이 났을 것이다. 여차하면 포졸들에게 돈푼이나 찔러주었으면 일은 더욱 쉽게 해결됐을 것이다. 그런데 그 밤중에 도망을 가려다가 일을 그 지경으로 크게 부풀리고 말았다. 자기 힘만 믿고서 만용을 부린 김한빈의 오판은 결국 황사영의 중대한 일을 결정적으로 그르치는 셈이 됐던 것이다.

# 14

황사영이 옹기 공장에서 일을 배우는 데 여념이 없는 갑녕을 불렀다.

"네가 내일 제천 장에 다녀와야겠다."

"무엇이 필요하십니까?"

"흰 비단을 사 오너라."

"비단이요?"

"종이 대신 그 비단에 글을 쓸 것이다. 그런 이야기는 너도 들어서 알고 있겠지?"

"예."

"그리고 가는 붓과 벼루, 먹도 가장 좋은 것으로 사 와야 한다."

다음 날 갑녕은 아침 일찍 꺼꾸리와 함께 제천으로 향했다. 삼십 리 길을 단숨에 도달했으나 아직 장이 서려면 멀었다. 보리밥 한 덩이를 먹고 왔더니 벌써 배가 푹 꺼져서 출출했다. 장국밥집에 제일 먼저 개시하는 손님으로 들어앉았다.

"첫 개시니 고기를 듬뿍 넣어주시오."

"우리가 마수걸이를 했으니 오늘 장사는 잘될 거요."

"진국으로 잘해 드리겠소."

장국밥집 여자는 정말 고기를 많이 넣어주었다. 갑녕과 꺼꾸리는 느긋하게 앉아서 장꾼들이 모여들고 장사꾼들이 전을 벌이기를 기다렸다.

어느새 점포들이 모두 문을 열었다. 제천 장을 대강 돌아보고 나서 갑녕이 말했다.

"저기 점포로 가봅시다. 고급 비단을 사려면 그곳으로 가야 할 것 같소."

"숱하게 장을 드나들었지만 비단전은 처음이구먼."

"옹기전에서만 터 잡고 지냈으니 그럴 수밖에요."

그들은 비단을 전문으로 취급하는 점포로 들어갔다. 가지각색의 비단들이 나란히 정돈되어 있었다. 갑녕이 깨끗하기 이를 데 없는 흰 명주를 세 자 끊어달라고 하자 주인은 고개를 갸웃하며 물었다.

"어디에다 쓰시려오?"

"우리 마님이 쓰시려고 하는데 나도 그 용도는 모르오."

주인은 쓰다 달다 말없이 새하얀 비단을 자로 재어 가위로 잘라냈다. 그리고 곱게 접어서 종이로 정성껏 싸주는 것이 아마도 귀한 데 쓰일 비단이라고 짐작했던 모양이다.

그들은 황사영이 이른 대로 붓과 벼루, 먹도 최상품으로 산 다음에 곧장 배론으로 돌아갔다.

비단을 펼쳐 본 황사영은 만족한 듯 머리를 끄덕였다.

자기 앞에 비단을 펼쳐놓고 정좌한 황사영은 눈을 감은 채 오랫동안 깊은 생각에 잠겼다. 그곳에 풀어놓고 싶은 말인들 얼마나 많으랴. 그러나 이 좁은 면에 그 이야기들을 전부 옮겨 쓸 수는 없었다. 주교에게 꼭 전하여 밝힐 말들만 정확하게 써야 했다. 그러자니 자연히 황사영이 쓸 수 있는 문장의 길이는 제한을 받을 수밖에 없는 것이다.

바깥 날씨는 어느덧 선선해졌다. 아침저녁으로는 제법 가을 냄새를 풍겼다. 밤이면 귀뚜라미가 낭랑하게 울어댔다. 황사영은 삼복더위를 고스란히 토굴 속에서 보냈다. 그 긴긴 여름 동안 머릿속으로만 여러 궁리를 하면서 비좁은 토굴 속에서 비비적거리려니, 피가 뜨거운 젊은이로서 울화중을 견디기 어려운 노릇이었다. 모든 것을 활활 내던지고 한양의 대궐 앞에 서서 큰소리로 외치고 싶은 말들이 어찌 한두 마디뿐이랴!

황사영은 그렇게 하지 못하는 자기 몰골이 한없이 가엾기도 하고 한심스럽기도 했다. 차츰 누구에게로 향하는지 모를 분노가 가슴 밑바닥부터 치밀어 올라왔다.

하루아침에 정권을 잡았다고 교회의 아까운 인재들을 참혹하게 죽인 그들은 누구인가. 그들은 바로 노론 패거리였다. 그들은 선왕 정조가 승하하자마자 나라의 권력을 독점했다. 어린 임금을 제쳐놓고 왕실도 그들과 한 패거리가 됐다. 그것은 모두 한 여인이 있었기에 가능한 일이었다.

정순왕후! 그녀는 벌써 삼십 년 전에 지상에서 사라졌어야 할 존재였다. 정조의 아버지인 사도세자를 죽게 만든 무리의 중추가 아니었던가. 그럼에도 정순왕후가 명색이 할머니인지라 정조는 용상에 오르고도 울분을 참으며 그녀를 대궐 안에 그냥 남겨둘 수밖에 없었다. 그런데 이십사 년이 지난 지금에 이르러서는 정조가 역으로 죽임을 당하고 말았다. 오랫동안 치밀한 계획을 세워 정조가 등창으로 악화된 기회를 잡아 탕약에 독을 풀었다. 탕약을 책임지는 심인이 그 패거리가 아닌가. 도제조 이시수의 심복이 바로 심인이며, 이시수와 정순왕후는 오랫동안 밀착된 관계였다.

갑자기 정조가 눈을 감자 어린 나이로 왕의 권좌에 오른 세자는 겨우 열한 살이었다. 이미 정해진 수순처럼, 왕실의 가장 웃어른인 대왕대비 정순왕후가 수렴청정으로 권력을 손아귀에 넣고 마음대로 휘두르게 되자, 가장 먼저 착수한 일이 천주교 박멸이었다. 그것은 몇 십 년간 정권의 중심에서 밀려났던 노론과, 자기 집안을 멸문한 정조에게 원한을 품은 정순왕후가 손발을 맞추어 벌인 일이었다. 천주교와 정적인 남인을 한꺼번에 쳐라. 이것이 그들의 지상 과제였다. 남인을 박멸하자면 먼저 천주교를 칠 수밖에 없었다. 천주교를 맨 처음 끌어들인 것이 남인이었고, 그들은 전국 곳곳에서 여전히 암약했다.

다시 말해 남인을 치려니까 천주교를 모략할 수밖에 없었던 것이다. 그러나 그 당시 남인의 핵심 인물들은 대부분 빠져나가서 천주교와 거리를 두고 있었다. 하지만 노론은 그들의 본질까지 변한 것은 아니라고 여겼다. 남인의 중추인물인 이가환만 보더라도 그는 천주교와 아무 관련이 없었다. 단지 천주교 초창기에 연경 교구로 보낼 사람을 선정할 때 그가 여비로 돈 오십 냥을 보태준 일이 있었을 뿐이다. 그러나 천주교인들은 대부분 그를 자기들의 수장으로 여겼다. 그런 낌새를 알아챈 노론은 온갖 모략으로 그에게 없는 죄를 뒤집어씌워서 백 년에 한 명이 날까 말까 한 아까운 천재를 옥중에서 죽게 만들었던 것이다.

황사영은 붓대를 잡은 채 깊은 생각에 여념이 없었다. 비단을 구한 뒤에는 더운 한낮에는 물론이고 아침저녁으로도 붓대를 놓지 않았다. 연경 주교에게 보낼 서신을 어찌 잠시라도 소홀히 할 수가 있겠는가.

황사영은 막상 붓을 드니 쓸 말이 너무 많아서 걱정이었다. 게다가 이미 죽은 숱한 사람들의 얼굴이 떠올라 그의 마음을 어지럽혔다. 한결같이 마음씨 곧던 사람들이 아닌가. 한 사람 한 사람의 모습을 그려볼 때마다 그들의 억울한 죽음에 그의 분노가 가슴 밑바닥부터 치밀어 올라와 붓을 내던지기 일쑤였다. 어찌 복통할 노릇이 아니랴.

도대체 누구의 사연부터 서신에 옮겨 쓸 것인가. 하나같이 장엄하게 칼을 받은 이들이 아닌가. 한 사람이라도 소홀하게 여길 수는 없었다. 지상에는 신분의 귀하고 천한 차이가 있을 수 있다. 양반과

상민 차이, 그 격차가 엄청나게 벌어져 있는 것이 사실이었다. 그러나 죽음 앞에는 똑같지 않더냐! 칼 아래 목이 떨어져서는 한결같지 않더냐!

그 죽음 앞에서는 모두 똑같다고 할지라도 죽음에 이르는 방법은 각양각색이리라. 그러나 하느님은 공평하게 평가할 것이다. 정도의 차이가 있을지언정 하느님에게 바친 목숨의 가치는 다르지 않을 테니까.

황사영은 썼다가 지우기를 몇 번이나 반복했다. 첫번째 문장은 별로 고칠 것이 없었다. 연경 주교에게 안부를 물으면서 다음과 같이 첫 문장을 썼던 것이다.

조선에 천주교 박해가 크게 일어나서 그 화禍가 신부님에게 미쳤습니다. 죄인들은 이 위기에 처해서도 신부님과 함께 목숨을 버려 주님께 보답하지도 못했으니, 무슨 면목으로 감히 붓을 들어 우러러 호소하겠습니까? 엎드려 생각하건대, 성교가 전복될 위험에 처해 있고, 백성들은 물에 빠져 죽는 고통 속에 있는데도 어지신 아버지를 잃어 붙들고 호소할 데가 없으며, 진실한 형제들은 사방으로 흩어져 서로 의논하고 일할 사람이 없습니다. 오직 주교님은 은혜로는 부모를 겸하셨고, 의리로는 사목司牧의 책임을 지셨으니, 반드시 저희를 불쌍히 여기시고 구원해 주실 수 있을 것입니다. 극도에 달한 고통 속에서 저희는 장차 주교님 외에 누구에게 호소하겠습니까. 다음에 자세히 적어보기로 하겠습니다. 엎드려 바라건대 불쌍히 여기시고 굽어 살펴주시기 바랍니다.

이렇게 주교에게 올리는 인사치레는 했으나 다음 문장이 문제였다. 조선의 현 상황을 제대로 전달해야 했다. 황사영은 몇 번씩 고쳐 쓰는 고심 끝에 일필휘지로 써 내려가기 시작했다. 고민에 고민을 거듭했지만 한 번 생각의 가닥을 잡아 쓰기 시작하니 막힐 것이 없었다.

금년의 잔혹한 박해는 꿈에도 생각할 수 없이 일어난 일이었습니다. 실로 슬픈 일이 아닐 수 없습니다. 인생이 이토록 극단에 이를 수가 있습니까? 비록 이 교난이 끝난다고 해도 주님의 특별한 은총이 없으면 예수님의 거룩한 이름이 동쪽 땅에서 영원히 사라질 것입니다. 말과 생각이 이쯤 미치고 보니 간장이 갈기갈기 찢어집니다. 중국과 서양 교우님들이 이 위태롭고 괴로운 사정을 듣는다면, 어찌 마음 아파하지 않겠습니까.

위와 같이 쓰고 나서 황사영은 순교자들의 신상을 간략하게나마 보고했다.

백서를 집필하는 황사영의 머릿속에 제일 먼저 떠오른 사람은 최필공이었다. 성품이 곧고 의지가 굳센 사람이었다. 의로움에 의지하여 재물을 멀리했으며, 교회에 대한 열성적인 신념을 바탕으로 다른 사람보다 뛰어난 사역 의지를 지니고 있었다. 앞에서도 거듭 말했듯이, 그는 거리를 헤매면서 예수 그리스도를 전도했던 최초의 인물이었다. 선왕 정조가 최필공을 다시 형조로 불러들여 직접 추궁한 일이 있었다.

"네가 아직도 사학을 신봉하고 있다니 사실이냐?"라는 정조의 질문에, 최필공은 죽음을 각오하고는 솔직하고 당당하게 자기 심정을 밝혔다. 그는 충효에 대한 교회의 도리와 지난번 자신의 배교에 대해 뼈저리게 뉘우치는 심정을 거짓 없이 토로했다. 그 말에는 빛나는 위엄이 서려 있었다. 여러 번 임금 앞에 불려 오고 풀려나기를 반복한 그가 여전히 거침없이 논쟁에 나서는 것을 보고, 그 자리에 있던 대신들이 극도로 분개했으나 정조는 너그럽게 덮어두었다. 그런 최필공을 교회의 중요한 다섯 인물과 함께 처형했던 것이다.

다음에 쓴 인물은 여주에 사는 이중배 마르티노였다. 그는 김건순과 생사를 같이할 만큼 절친한 친구였다. 원래 의술을 좀 알았던 이중배는 감옥에 갇힌 후에 그에게 병을 치료해 달라고 청하는 사람이 있으면 먼저 주님의 도우심을 구한 다음 침을 놓고 약을 처방했다. 그것이 백발백중 효과가 있어 소문이 나면서 그의 명성은 널리 퍼졌다. 각처에서 그의 치료를 받으려고 몰려드는 사람들 덕분에 옥문 앞은 늘 장날 같았다고 한다. 김건순은 그의 의술을 '열이면 열, 백이면 백, 한 사람도 효험을 보지 못한 이가 없었다'고 높이 평가했다.

어느 날 옥졸 한 명이 이중배에게 의서醫書를 보자고 했다. 그는 웃는 얼굴로 "내 의서는 이 가슴속에 있소. 누구도 함부로 불태워버리지 못하는 하느님의 의서라오. 내 의술은 하느님의 성스러운 능력에 기댄 것뿐이오"라고 대답했다. 그런 이중배도 죽음을 이기지는 못했다. 그는 끝내 김건순과 함께 순교하고 말았다.

김건순의 순교 소식을 듣고 누구보다 큰 충격을 받은 사람은 황사영이었다. 김건순은 노론의 핵심 집안 출신에다가 모든 학문에 무불통달할 정도로 조예가 깊은 사람이었다. 나이는 황사영보다 한 살 아래였다. 노론의 존경을 받는 젊은 그가 천주교를 믿었으니 노론들은 모두 경악을 금치 못했다. 감옥에 갇혀 있는 그에게 벼슬아치들이 번갈아 찾아와서 천주교를 배반하라고 통사정을 했다. 그가 도무지 말을 들으려 하지 않자 마지막으로 주문모 신부와 대면시켰다. 김건순이 그를 모른다고 한마디만 하면 풀려나게 되어 있었다. 김건순이 그 앞에서 우물쭈물하고 있자 신부가 한마디 했다.

"역시 그대는 소국小國 출신의 소인이 되려는가?"

그 말에 고민하던 김건순은 어깨를 펴고 당당하게 대답했다.

"내가 어찌 우리 신부님을 모르겠는가?"

그 말에 모여 있던 노론 무리의 안색이 하얗게 바래고 말았다. 그런 대답이 나온 이상 그들도 달리 손쓸 방법이 없었다. 그로써 김건순은 뭇 사람들의 안타까움 속에 형장의 이슬로 사라졌던 것이다.

조선의 사대부들은 150년 이래 당파가 생겨 서로 대립하고 있었다. 선왕 정조 시대에는 남인 시파와 노론 벽파가 특히 두드러졌다. 남인 시파는 이가환, 정약용, 이승훈, 홍낙민 등이 이끌었는데 한때 그들도 천주교도였지만 지금은 아니었다. 그럼에도 그들을 질시하는 노론 벽파는 여전히 사당邪黨으로 몰아붙였지만 정조가 번번이 감싸주었으므로 마음대로 해칠 수도 없었다. 그러나 이제 정조가 승하했다. 노론은 거칠 것 없이 남인을 징치할 목적으로 포교와 포졸 들을 밤낮없이 풀었다. 물론 사학죄인을 처단한다는 명목으로 그들 전부를 천주교인으로 매도했다. 그렇게 권철신, 이가환, 정약종, 이승훈, 최창현, 홍낙민, 홍교만, 최필공 등 이름이 쟁쟁한 남인들을 잡아들여 제거했다. 이로써 정조가 등극한 이래로 신임을 받았던 남인의 핵심 인물은 거의 다 전멸한 것이나 다름없었다.

황사영은 그들에 대한 이야기를 백서에 비교적 상세히 적었다. 또한 강완숙과 한집에 기거하던 동정녀들의 희생도 빠뜨리지 않았다. 김여삼에 관해서도 썼다. 주문모 신부를 잡으려고 온갖 꾀를 부렸지만 끝내 성공하지 못한 그자의 간악한 행위를 낱낱이 폭로했다.

최필제 베드로는 죽은 최필공의 사촌 아우였다. 그는 진실하고 충직한 성품이 얼굴에 그대로 드러났는데, 그의 표정만 보고도 그가 얼마나 어진 사람인지 알 수 있었다. 최필제가 체포된 것을 알고 그의 아버지가 놀란 나머지 병들어 죽자, 그는 아버지의 장례를 치르게 해달라고 관아에 요청했다. 관아에서는 집에 돌아가 장사 지낼 것을 허락하면서 은근히 달아나도록 그를 종용했다. 그러나 그는 장례를 치르고 나서 기일 안에 어김없이 돌아왔다. 결국 그는 서른 둘의 나이에 참수형으로 처형되고 말았다.

황사영은 김건순의 죽음이 너무나 안타까운 나머지 그에 대해 길게 이야기했다. 황사영의 입장에서는 김건순이 둘도 없는 학문의 경쟁자였다. 게다가 김건순은 천주교를 위해 할 일이 무척 많았다. 당시 조선에는 박학다식한 김건순에 견줄 만한 사람이 그 또래에 아무도 없었다. 물론 열일곱에 장원급제한 것을 기특히 여긴 임금이 손을 쓰다듬어주었다는 황사영도 만만한 상대가 아니었다. 두 사람은 서로를 깊이 존경했다. 흉금을 터놓고 고담준론高談峻論을 나눌 기회는 자주 가지지 못했지만, 상대편을 높이 평가하고 있던 터였다.

김건순이 형장으로 끌려가서 죽음 직전에 군중에게 했다는 말은 감동적이었다.

"이 세상의 벼슬이나 명예는 모두 헛되고 거짓된 것이오. 나 역시 약간의 명망이 있고 벼슬자리에도 앉을 수 있었지만, 그런 것들이 헛되고 거짓되므로 조금도 취하지 않았소. 오직 천주님의 성교만이 지극히 진실하므로 그것을 위해 죽음도 사양하지 않는 것이오. 그대들도 내 뜻을 자세히 알도록 하오."

김건순은 그 말을 끝으로 목이 잘려 순교했다. 그때 그의 나이 스물여섯이었는데, 장안 사람들이 모두 그의 죽음을 애석하게 여겼다고 한다.

김건순의 친구 이희영 루가는 본래 화공으로 성상聖像을 잘 그렸으나, 그 역시 참수형으로 순교했다.

홍필주 필립보는 강완숙의 전실 아들이었다. 강완숙과 함께 체포되어 감옥에 들어가니 관리가 주문모 신부의 동정을 물으면서 혹독한 형벌로 다스렸으나, 홍필주는 괴로움을 견디고 실토하지 않았다. 그는 계모 강완숙과의 약속을 지키고 마침내 그녀를 뒤따라 참수됐는데, 그때 그의 나이 스물여덟이었다.

강완숙은 안으로는 신부를 받들어 거처와 의복, 음식을 바르게 공궤供饋했고, 밖으로는 교회 사무를 처리하여 경영과 수응酬應에 조금도 차질이 없었다. 자기 집에서 처녀들을 모아 가르치면서, 그들에게도 집집마다 찾아다니며 다른 사람들에게 천주를 믿으라고 권고토록 했다. 그녀 역시 두루 돌아다니면서 전교하기에 밤낮을 가리지 않으니 편히 잠자는 시간이 별로 없었다. 또한 그녀는 도리에 밝고 구변이 좋아 누구보다 많은 사람들에게 전교했고, 모든 일 처리에 과단성과 위엄이 있어 사람들이 다 조심스러워했다.

강완숙이 체포되어 포도청에 이르자 주문모 신부의 행방을 물으며 여섯 번이나 주리를 틀었으나 그녀의 음색과 기색은 조금도 달라지지 않았다. 양쪽에 늘어섰던 형리들이 "이것은 귀신이지 사람이 아니다"라고 했다.

황사영은 갑녕에게 들은 대로 전라도 전주의 유항검 일가와 교우들의 죽음도 적었다. 특히 유항검의 아들 유중철과 동정 부부로 살았던 이순이의 거룩한 행적에 감동했다. 황사영은 주문모 신부가 의금부에 자수하고 군문 효시됐다는 소식을 갑녕에게서 전해 듣고 얼마나 절망스러웠는지 회상했다.

이제 조선 백성들은 누구에게 성사를 받아야 할까, 앞길이 암담할 뿐이었다. 그러나 수많은 천주교 신자들을 그대로 방치할 수는 없는 노릇이었다. 대장이 전사했다고 해서 나머지 군사들을 뿔뿔이 흩어지게 놔둘 수 없는 일이 아닌가. 어떻게든 그들을 수습해야 했다. 그러나 황사영이 아무리 머리를 짜내도 신통한 방책이 떠오르지 않았다. 연경에 있는 주교에게 구원을 요청하는 것 말고는 다른 길이 전혀 보이지 않았다. 이 좁은 나라에서 천주교도가 활동할 수 있는 범위는 너무나 뻔했기 때문이다. 더구나 활동 자금도 한 푼 없는 형편이니 어떻게 옴치고 뛸 수도 없었던 것이다. 그의 글은 다음과 같이 이어졌다.

조선에서 천주님의 은혜는 다른 곳보다 월등하게 컸다고 말할 수 있습니다. 일찍이 전교하는 이가 온 일도 없이 천주님께서 친히 교리를 가르치셨고 이어 성사를 베풀어주시는 등, 이 나라에 내리신 특별한 은혜를 손가락으로 이루 다 헤아릴 수 없습니다. 금년의 박해는 진실로 죄인들이 천주님의 은혜를 저버린 탓으로 일어난 줄 압니다. 그러나 자비하신 천주님께서 아주 버리지 않으시고 이처럼 잔혹하게 파괴된 가운데도 한 줄기 나아갈 길을 남겨놓으신 것은, 이 나라를 구원하고자 하시는 표중입니다. 천주님의 도우심이 이와 같으니, 만일 중국과 서양 여러 나라의 주님 섬기는 사람들이 합심하고 전력을 다해 도우려고만 한다면, 어찌 재난을 길복으로 바꾸어 손바닥만 한 땅을 살리지 못하겠습니까? 우리는 지금 스스로를 위로하고 다른 사람도 위로해 주면서 죽음의 고통을 참고 목숨을 늘리고 있습니다. 주교님은 천주님의 뜻을 받들어 행하시어 속히 우리에게 구원을 베풀어주시길 원합니다.

위와 같이 쓰고 나니, 황사영의 마음속에는 새삼 현 조정에 대한 적개심이 일어났다. 갑자기 선왕 정조가 승하하고 나서 왕실과 노론이 한통속으로 나라를 저희 마음대로 전횡하니 천주교의 앞길이 암담할 뿐이었다.

돌이켜보면 조선 역사에서 세종대왕 이래로 뚜렷한 업적을 쌓은 임금이 누가 있었던가. 거의 이백 년 만에 나타난 임금다운 임금이 정조였다. 그런 임금을 노론과 대왕대비 정순왕후가 독살했으니 그 분통한 마음을 어디에다 밝힐 수 있으랴.

그러기에 황사영은 이씨 왕실이 더 이상 존속할 가치가 없다고 생각했다. 어린 임금을 용상에 앉혀 허수아비로 만들고 저희끼리 정권을 쥐락펴락하니 그런 조정은 필요 없었다. 중국이든 서양의 어느 나라든 힘 있는 나라가 와서 조선의 조정을 갈아치워야 한다. 그러고 나서 반듯한 조정을 새로 세워야 한다. 보라, 어린 임금이 나라를 통치하려면 앞으로 십 년은 족히 걸릴 것이 아닌가. 그동안 하느님을 믿는 천주교인들은 하나도 남지 않을 것이다.

나라의 운명이 제 뜻대로 되는 것은 아니지만, 황사영은 무력시위가 꼭 필요하다고 여겼다. 이백여 년 태평세월이 계속되어 왔으므로 백성들은 군대가 무엇인지도 모르는 형편이었다. 위로는 뛰어난 임금이 없고 아래로는 훌륭한 신하가 없어서, 자칫 불행한 사태가 일어나기만 한다면 나라는 흙더미처럼 와르르 무너져버리고 기왓장처럼 부서질 것이 틀림없었다. 이처럼 무력한 조정에 겁주기 위한 방책으로 무력시위가 필수적이라고 생각한 황사영은 백서에 이렇게 썼다.

만일 가능다면 군함 수백 척과 정예군 오륙만 명을 얻어 대포 등 날카로운 무기를 많이 싣고, 글을 잘하고 사리에 밝은 중국 선비 서너 명을 데리고 곧바로 조선 해안에 이르러 국왕에게 서한을 보내되, "우리는 서양의 전교하는 배입니다. 여자와 재물을 탐내어 온 것이 아니고 교황의 명령을 받고 생령生靈을 구원하러 온 것입니다. 귀국에서 선교사 한 사람을 기꺼이 받아들인다면 우리는 더 이상 많은 것을 요구하지 않고, 절대로 대포 한 방이나 화살 하나도 쏘지 않으며, 티끌 하나 풀 한 포기 건드리지 않을 뿐만 아니라, 영원한 우호 조약을 체결하고는 북 치고 춤추며 떠나갈 것입니다. 그러나 만약 천주님의 사신을 받아들이지 않는다면 반드시 천주님의 벌을 집행하고 여기서 죽어도 발길을 돌리지 않을 것입니다. 국왕은 한 사람을 받아들여 나라의 벌을 면하게 하시려는지, 아니면 나라를 잃더라도 그 한 사람을 받아들이지 않으시려는지, 둘 중 하나를 택하시길 바랍니다. 천주님의 성교는 충효에 가장 힘쓰고 있으므로 온 나라가 봉행하면 실로 왕국에 한없는 복락일 것입니다. 우리에겐 아무런 이익도 돌아오지 않습니다. 국왕은 부디 의심치 마십시오"라고 쓰시길 바랍니다.

그리고 서양 여러 나라가 참된 천주님을 흠숭하므로 오래 태평하고 길게 통치하는 전례를 강조하여, 선교사를 용납하여 맞아들이는 것은 유익함만 있을 뿐 결코 해되는 것이 없음을 거듭 타이르면, 반드시 온 나라가 놀라고 두려워 감히 따르지 않을 수 없을 것입니다. 군함과 군사의 숫자가 앞서 말씀드린 바와 같다면 더 바랄 나위가 없겠지만, 힘이 모자란다면 군함 수십 척에 정예군 오륙천 명이라도 족할 것입니다.

**위와 같이 써놓고 붓을 멈춘 채 황사영은 입을 굳게 다물고 자기 글을 뚫어지게 바라봤다.**

**연경 주교에게 서양 여러 나라와 함께 군함 수백 척을 끌고 오도**

록 요청한 것은 절박한 조선의 실정을 호소하기 위함이었다. 서양과 조선은 신앙으로 결속된 천주의 백성들이 아닌가. 그렇다면 위기에 빠진 나라의 형제들을 외면하지는 못할 것이다. 황사영은 어떤 난관이 있더라도, 시일이 얼마나 걸리더라도 그들이 반드시 자신들을 구원하러 와주리라고 굳게 믿었다.

그리하여 아래와 같은 글을 또 적었다.

이 나라 사람들이 성교를 혹독하게 해치는 것은 그 인간성이 잔악하기 때문이 아닙니다. 사실 거기에는 두 가지 이유가 있습니다. 하나는 당파 간의 논쟁이 몹시 심하여 이런 것을 빙자해 남을 배척하고 모함하는 자료로 삼기 때문이요, 다른 하나는 견문이 넓지 못한 터라 안다는 것이 오직 송학宋學뿐이므로 그와 조금만 다른 행위가 있으면 천지간의 엄청난 괴변으로 곡해하기 때문입니다. 이를 비유하면, 궁벽한 시골의 어린아이가 방 안에서만 자란 탓에 바깥사람을 못 보다가 우연히 낯선 손님을 만나면 반드시 깜짝 놀라 우는 것과 같습니다. 오늘날 이 나라의 광경이 그와 같은데, 실로 의심투성이에 겁 많으며 어리석고 무식하고 유약하기가 천하에 둘도 없을 것입니다. 그렇기 때문에 주문모 신부님이 자수하신 뒤에도 교우들이 소란을 일으킬까 두려워서 오랫동안 감히 사형 집행도 못 하다가, 교우들이 어쩌지 못할 것을 확실히 알고 나서야 담이 커져 신부님을 죽인 것입니다. 그리고도 그들의 의심과 두려움은 풀리지 않았습니다.

황사영은 잠시 글쓰기를 멈추고 한동안 숨을 골랐다. 그의 가감

없는 마음 같아선 분노를 남김없이 발산하고 싶었지만, 그는 스스로를 제어하려 애썼다. 어디까지나 글로 쓴 서신이므로 받는 이는 그의 세세한 감정까지 헤아리지 못할 것이다.

황사영은 조선 천주교의 난관을 헤쳐 나갈 다른 방법을 찾지 못했다. 군사를 불러다가 무력시위로 그들의 만행을 규탄할 수밖에 달리 무슨 방법이 있단 말인가. 단, 그것은 위협으로 끝내야 한다. 그들은 서양 군함과 군사 들을 보기만 해도 기겁하고 말 것이다. 황사영은 겁쟁이인 그들을 겁주는 것으로 충분하다고 생각했다.

그러나 무력시위 방법이 옳지 않다고 주장하는 사람들도 있었다. 그래서 황사영은 다시 글을 써 내려갔다.

어떤 사람들은 이와 같은 행동이 그 실행의 쉽고 어렵고를 떠나서 성교의 표양表樣에 맞지 않다고 합니다만, 저는 그렇게 생각하지 않습니다. 이 나라에는 십 년 이래로 순교한 사람이 매우 많습니다. 성교의 신부님과 나라의 중신들까지도 꼼짝 못하고 죽임을 당했습니다. 비록 악한 무리가 그들에게 역적 누명을 억지로 뒤집어씌웠지만, 사실은 털끝만큼도 나라에 충성하지 않은 증거를 잡지 못했고, 착하고 어진 그들의 태도는 이미 만인의 마음속에서 신임을 얻고 있었습니다. 만일 이 나라의 교우들이 시끄럽게 떠들어 난을 일으킨다면, 그것은 틀림없이 악한 표양일 것입니다. 서양은 성교의 본고장으로서 이천 년 이래 모든 나라에 성교가 전파되어 전교되지 않은 곳이 없는데, 홀로 이 탄알만 한 나라만 성교에 순종치 않을 뿐만 아니라 도리어 완강하게 대항하여 성교를 잔인하게 박해하고 신부님을 학살했습니다. 이런 일은 동양에서도 이백 년 동안 없었던 일이니, 군사를 일으켜 그 죄를 문책하는 것이 어찌 옳지 않겠습니까?

황사영은 이렇게 중요한 대목을 한 자 한 자 써 내려갔다. 이제 끝마무리만 지으면 백서를 매듭지을 수 있었다. 그는 자신이 써놓은 장문의 글을 처음부터 면밀히 검토했다. 백서의 내용 대부분은 순교자들의 발자취를 쓴 것이었다. 그중에서 군함과 군사를 요청한 대목은 미미했다.

황사영은 백서를 마무리 지으면서, 중국을 통해 천자의 힘을 믿고 제후들을 호령하는 방책도 있음을 가르쳐주었다. 또한 주교와 수시로 연락하기 위해 책문柵門에 점포를 차리는 일이 시급함을 깨우쳤다. 그리고 천주교 박해가 일어난 후에 고향을 등지고 타관 객지로 떠도는 교우들이 많은데 그들의 형편이 몹시 불편하여 어쩔 수 없이 재齋를 지키지 못하고 있음을 전하고, 그들이 허원한 바를 지키지 않은 죄가 있는 줄 알지만 그들의 대소재大小齋를 관면해 주길 바란다는 말로 끝맺었다.

마지막으로 황사영은 보내는 이의 이름을 황심으로 썼다. 그는 자기 이름을 쓰는 것보다 연경 주교와 여러 차례 만나서 신뢰를 쌓은 황심의 이름을 빌리는 것이 낫다고 생각했다. 황사영은 황심의 교명으로 백서를 마무리하면서 "죄인 토마스 등은 두 번 절하옵고 삼가 갖추어 아룁니다"라고 거듭 인사하는 것을 잊지 않았다. 그제야 붓을 내던진 그는 그 자리에 벌렁 드러누워 버렸다.

# 15

 포도청 감옥에는 새로 들어온 두 놈이 널브러져 있었다. 분풀이라도 하듯 포졸들은 그 두 놈을 몽둥이로 실컷 두들겨 패서 몸뚱이가 섭산적이 되도록 만든 다음에야 감옥에 처넣었던 것이다. 그들은 사흘 전에 잡혀 온 김한빈과 황심이었다. 그 둘은 제대로 자지도, 먹지도 못한 채 앓는 소리만 하고 있었다.
 사흘째 되는 날 포졸이 두 사람을 불러냈다. 첫마디부터 험담이었다.
 "야, 이 호랑말코 같은 자식들아. 밖으로 나오라는데도 왜 꼼짝 안 하는 게야?"
 김한빈은 벌떡 일어났으나, 황심은 일어나려다가 '아구구' 비명을 내지르며 제자리에 도로 누웠다. 포졸이 안으로 들어가서 발로 마구 걸어찼다.

"이놈아, 당장 일어나지 못할까?"

"아구구, 도저히 못 일어나겠소."

"어렵쇼, 이래도 안 일어날 게야?"

포졸은 사정 두지 않고 황심의 몸을 짓밟았다. 그 바람에 황심은 억지로나마 일어나 앉았다. 옥졸은 두 사람을 질질 끌고 옥문 밖으로 나갔다. 황심이 죽는다고 비명을 질러대자 다른 옥졸 두 명이 그에게 붙어 각각 한 팔씩 꼈다.

포도청 뒤뜰은 죄인을 심문하는 장소였다. 주위에는 매질에 필요한 각종 매와 갖가지 고문 도구들이 널려 있었다.

두 사람을 꿇어앉힌 그 앞에는 천주학쟁이 체포에 일가견이 있는 포교 임성열이 버티고 앉아 심문을 맡았다. 황심이 심문하기도 전에 죽는 시늉을 하자, 임 포교는 그가 엄살하는 것이 아님을 단박에 알았다.

"진 포교, 죄인을 저 지경으로 만들어놓으면 심문을 어떻게 하라는 말인가?"

"우리 애들이 옆에 있는 저놈한테 숱하게 얻어맞고 화가 단단히 났던 모양이오. 저놈들을 포도청에 끌고 오자마자 화풀이를 좀 했소."

"한 놈은 멀쩡한데 다른 한 놈은 왜 저 지경이야?"

"그러게 말이오. 저놈은 산돼지처럼 힘이 좋은데 이놈은 어찌나 허약한지 서너 대 맞고서 뻗어버렸소."

"어쨌거나 심문은 해야겠지. 이놈들아, 내가 묻는 말에 바른대로 대답하렷다."

"무슨 말이든 하문하시오."

김한빈은 여전히 꿋꿋했다. 매는 몇 배로 더 맞았으나 끄떡없었다. 타고난 몸이 강골인 덕분이었다.

"네놈은 천주학쟁이가 분명하렷다?"

"예? 나는 절대로 교인이 아니오."

그러자 임 포교는 회심의 미소를 지었다. 느닷없이 천주교인이냐고 묻자 그 순간 김한빈의 표정에는 당황하는 빛이 역력했다. 짧은 순간 김한빈은 시치미를 뗐으나 결정적인 실수를 하고 말았다. 노련한 임 포교는 김한빈의 실수를 놓치지 않았다.

"이놈아, 보통 사람들은 그냥 교인이라고만 말하지 않는다. 천주학쟁이나 천주교인이라고 말하지, 네놈처럼 교인이라는 말을 쓰지 않아. 교인이라는 말은 진짜 천주교인들이 자기들끼리 일상적으로 사용하는 말이지. 내 말이 틀렸느냐?"

김한빈은 대답을 머뭇거렸다. 자신이 실수한 것은 인정했으나 그는 끝내 천주학쟁이임을 부인했다.

"저놈을 매우 쳐라!"

임 포교의 명령으로 형리 두 명이 달려들어서 김한빈에게 곤장을 치기 시작했다. 그들은 장단을 맞추듯 능숙하게 번갈아 때렸다. 처음에는 곧잘 견디던 김한빈도 열 대가 넘을 때부터는 입이 딱딱 벌어졌지만 꿋꿋하게 버텼다.

"서른이요!"

한 차례 곤장 치기를 마치고 나서 매질하던 놈이 감탄하듯 내뱉었다.

"그놈 맷집이 보통은 넘는구먼."

"웬만한 놈들은 반도 넘기지 못하고 자지러지는데 저 자식은 별종인가."

곁에 서 있던 포졸들이 수군거렸다.

"그놈에게 서른 대를 더 안겨라!"

임 포교가 명령하자 이번에는 형리들이 아무 데나 주저앉으며 엄살을 피웠다.

"좀 쉬었다가 하지요."

"이놈들아, 맞은 놈보다 때린 놈들이 더 엄살이냐?"

"힘껏 때리려니 우리도 힘들구먼요."

"아예 밥줄을 놓고 싶은 게야? 다른 데로 자리를 옮겨주랴?"

임 포교가 인상을 한 번 쓰자 형리들은 설설 기면서 곤장을 들더니 다시 매질을 시작했다. 김한빈은 입술을 깨물고는 마음을 다잡았다.

서른 대를 더 때리고 나자 매질한 놈들이나 매 맞은 놈이나 기진맥진하기는 마찬가지였다. 김한빈의 궁둥이가 터져서 잠방이 위로 피가 줄줄 흘러내렸다.

"끝내 굴복하지 않겠다는 것이렷다."

그러나 김한빈도 어쩔 수 없는 인간이었다. 임 포교가 무엇인가 지시하려고 손을 들자 그는 더 이상 견디지 못하고 천주교인임을 고

백하고 말았다.

"사실은 내가 천주교를 믿소."

그 대답에 황심이 놀란 눈으로 쳐다봤다. 임 포교가 재우쳐 물었다.

"오냐, 그럼 황사영이 숨어 있는 곳을 알겠구나."

"그 양반이 숨은 곳을 우리가 어떻게 안단 말이오?"

"이놈아, 황사영이 상놈인지 양반인지 네놈이 어떻게 아느냐?"

김한빈은 그 말에 대답하지 않은 채 황사영을 모른다고 부인하기만 했다. 그러나 그가 천주교인이라고 고백한 이상 그냥 놔둘 리가 없었다. 임 포교는 그 대답을 물고 늘어졌다. 김한빈은 끝내 그 이상 입을 열지 않았다. 첫날은 그 정도로 됐다 싶었는지 임 포교는 매질을 그만두고 김한빈을 감옥으로 돌려보냈다.

이튿날은 황심이 심문을 받았다. 그의 몸도 연행 길에 끼여 연경을 왕복할 정도로 단단했지만 매질에는 한없이 약했다. 김한빈이 곤장 맞는 것만 보고도 지레 겁부터 잔뜩 먹었던 그였다. 형틀에 붙들어 맬 때부터 황심은 개가 핥아 먹은 죽사발처럼 얼굴이 하얗게 질렸다.

"첫날 맞고 덧난 자리는 또 때리지 말아주시오."

그는 매질하는 형리들에게 사정했다.

"시러베자식 같으니라고. 맞는 놈이 여기 때려라, 저기 때려라 네 마음대로냐?"

'딱' 하고 첫 매질이 떨어지자 황심은 비명을 질렀다. 포도청으로 잡혀 오던 첫날밤에 워낙 호되게 맞은 터라 온 삭신을 못 쓰는 판에 또 매질을 당한 것이었다.

"이놈아, 그렇게 아프면 사실을 바른대로 대면 될 것이 아니냐?"

"무엇을 또 대라는 것이오? 이미 우리가 천주교인이라고 사실대로 말했는데……."

"안 되겠다. 몇 대를 더 안겨라."

임 포교의 명령이 떨어지자 형리들은 또 곤장질을 퍼부었다. 자지러지는 황심의 비명 소리가 낭자하게 울려 퍼졌다.

그렇게 닷새째 되는 날에 황심과 김한빈 두 사람만 있는 옥방에 뜻밖의 사람이 나타났다. 옥졸은 옥천희를 그 안으로 디밀어 넣고 밖에서 자물쇠를 덜컥 잠그고는 사라졌다. 옥졸이 사라지기 바쁘게 옥천희는 반가워서 황심을 끌어안았다.

"자네, 이곳에 언제 들어왔어?"

"엿새 됐네."

"감옥 안이지만 어땠거나 반갑다야."

"그동안 얼마나 자네를 찾은 줄 아는가? 이런 곳에 와 있는 줄도 모르고……."

"연경에 갔다가 돌아오는 길에 의주 관문에서 잡히디 않았갔어. 이곳에 잡혀 온 디도 달포 됐다."

옥천희는 지난해 동지사 이득신 일행의 마부로 따라가서 주교에게 서신을 전하고 귀국하던 중에 또 한 패의 사절단을 만났다. 그들의 입을 통해 그는 조선에서 대대적인 천주교 박해가 일어난 것을 비로소 알게 됐다. 숱한 천주교인들이 처형됐다는 소식을 들은 그는 그 길로 연경에 가는 사절단 조상진 일행에 슬며시 끼여 되돌아갔다. 그는 연경 주교에게 조선의 교난을 전하고 다시 귀국하다가 의주에서 지난번 통행중인 것이 탄로 나는 바람에 잡히고 말았다. 옥천희를 수상하게 여긴 포도청은 그를 형조로 옮겼다. 그렇게 형조의 심문을 받으면서 같은 말만 뒤풀이하던 중에 또다시 별안간 포도청으로 옮기라는 지시가 그에게 떨어졌다. 그곳에서 옥천희는 우연찮게 황심을 만나게 됐던 것이다.

"자네가 이런 형편에 처해 있는 줄도 모르고 엉뚱한 곳을 찾아다녔으니……."

"왜? 교회에 무슨 급한 일이라도 있었던 기야?"

"쉿! 조용할 때 이야기하세."

"낮말은 새가 듣고 밤 말은 쥐가 듣는다지 않소."

김한빈이 두 사람에게 주의를 주었다. 그것은 사실이었다. 그들이 갇힌 옥방의 벽 틈에 작은 구멍을 교묘히 뚫어놓고 그들의 이야기를 듣는 사람이 있었다. 임 포교가 직접 엿들었던 것이다.

다음 날 오후에 옥천희만 따로 불려 갔다. 임 포교가 직접 심문했다.

"만나보니까 알 만한 사람들이던가?"

"알다뿐이겠소. 아주 친한 사이야요."

"그래, 어디에 숨어 있다던가? 황사영 말이야."

"황 진사에 대해서는 아무 말도 않았시요. 황 진사가 살아 있단 말도 못 들었시오."

"황 진사에 대한 소식도 물어보지 않았단 말이냐?"

임 포교가 날카롭게 쏘아봤다. 상대편을 주눅 들게 하는 눈초리였다.

"깜박 잊고 황 진사에 관해서는 못 물어봤시오. 내래 사실대로 말했시오. 내래 솔직히 다 밝혔습네다."

평안도 사내 옥천희는 억울하다는 듯 제 가슴을 쳤다. 임 포교는 고개를 갸웃했다. 그들이 황사영에 대한 이야기를 하지 않았을 리가 없었다.

'그놈들이 정말 아무것도 모르는 것일까?' 하는 의구심까지 들었지만 아직 포기할 단계는 아니었다. 임 포교는 달래는 투로 말했다.

"이름난 천주교인들은 거의 다 잡아들였다. 황사영 그놈만 못 잡고 있어. 설마 너희를 죽이기야 하겠느냐? 그러니 괜한 생각 말고 이실직고해라."

"내래 정말로 환장하겠네."

"그러면 이렇게 하자."

임 포교는 다시 옥천희를 옥방으로 돌려보내면서 황심에게만 몰래 물어보라고 지시했다.

감옥에는 두 사람만 앉아 있었다. 어기적어기적 옥졸들에게 끌려들어온 옥천희는 바닥으로 내팽개쳐졌다. 황심과 김한빈이 달려들어서 어디를 다쳤냐고 옥천희의 온몸을 어루만지며 간호하려 했다.

"놔둬라. 엄살 부렸더니만 주리를 틀다가 그만 하더라."

"자네를 많이 봐주었네그려."

"처음에는 말도 못 하게 날마다 곤장을 치는데 못 참겠는 기야. 그런데 한 열흘을 내리 매질하더니만 내 입에서 나올 게 없다는 것을 알았는지 중단하더라."

"용케도 잘 견뎠네."

"이젠 이골이 나서 매질에는 끄떡없어야. 내래 웬만한 고문쯤은 겁도 안 나."

그날 밤에 황심은 자기 입을 옥천희의 귀에 대고 황사영이 배론에 있다는 것을 털어놓고 말았다. 그 말이 천추의 한이 될 줄은 몰랐을 것이다.

임 포교는 다음 날부터 황심을 집중적으로 심문했다. 그가 가장 두려워하는 고문은 주리를 트는 것이었다. 몇 시간 동안 계속되는 고문에 황심은 차라리 죽여달라고 애원했다. 고문당하는 것에 비하면 죽는 것은 얼마나 행복한가.

거듭되는 그의 애원에도 들은 척 만 척하며 주리를 잠시 늦춰주었다가 또다시 틀자, 황심은 완전히 두 손 들고 항복했다.

"황 진사가 있는 곳을 말하겠소."

겨우 그 말을 던지고 나서 황심은 울음을 터뜨리고 말았다. 오장육부가 온통 튀어나오는 듯 구슬픈 울음이었다.

그날 황심은 임 포교에게 배론의 위치를 알려주었다. 그는 자신의 나약함을 한탄하는 속죄의 눈물을 한없이 흘렸지만 아무 의미 없는 눈물이었다.

기세등등해진 임 포교가 웃으면서 부하들에게 명령했다.

"누구 나가서 저자에게 국밥을 사다 먹여라."

그러자 부하들이 놀라서 임 포교를 쳐다봤다. 소문난 노랑이가 오늘은 웬일이냐는 듯 의아한 얼굴들을 했다.

"왜들 그러는가? 저자에게 국밥을 사다 먹이라는데?"

임 포교는 그렇게 말하면서 자기 주머니에서 엽전 한 닢을 꺼내 주었다. 부하 한 명이 그 돈을 받아 들고 밖으로 나갔다. 다른 부하들은 여전히 이런 일은 난생 처음 보겠다는 표정을 짓고 있었다.

"오래 살다 보니 임 포교님의 주머니에서 돈 나오는 것을 다 보겠네."

누군가의 말에 모두 동의한다는 듯 부하들은 머리를 끄덕였다. 임 포교도 그런 자신이 멋쩍은 듯이 투덜거렸다.

"나도 국밥 정도는 살 줄 안다. 왜들 그러느냐?"

"임 포교님, 그러다가는 오래 못 사십니다. 사람이 마음 변하면 오래 못 산다지 않습니까."

그러자 부하들은 일제히 웃음을 터뜨렸다.

이튿날, 아침부터 임 포교가 설쳐댔다. 좌포도청에서 힘꼴깨나 쓰거나 몸이 날쌔기로 이름난 포졸들은 임 포교의 호출 명단에 다 들어 있었다. 그는 자기 방에 버티고 앉아서 명단에 들어 있는 포졸들을 아침에 출근하는 즉시 호출하라는 명령을 내렸다.

포졸들은 의아해하면서 임 포교의 방으로 모여들었다. 포교 두 사람도 임 포교의 호출을 받았다. 같은 포교라고 하지만 연치$_{年齒}$로 보면 임 포교가 한참 왕고참이었다. 임 포교는 내일모레면 종사관으로 승진할 사람으로, 한 건만 성과를 올리면 당장 계급이 올라갈 터였다. 그러니 훈련도감을 통해 뽑힌 포도군관이라 할지라도 감히 그와 맞대결을 벌일 생각은 언감생심 하지도 않았다.

"다들 내 말을 명심해서 듣거라. 오늘 우리는 나라의 큰 죄인을 잡으러 갈 것이다. 외부에는 일절 말을 삼가고 즉시 사복으로 갈아입어라. 각자 알아서 사복을 챙겨 입고 한 시간 후 이 자리에 집합하도록!"

여러 포졸들은 어김없이 제시간에 모였다. 각양각색의 옷을 입은 그들은 포졸로 보이지 않았다. 임 포교가 흡족한 표정을 지으며 말했다.

"지금부터 출발한다."

임 포교가 윗사람에게 보고하느라고 늦는 바람에 거의 한나절이 되어서야 출행했으므로 첫날은 두물머리에서 잤다. 부하들은 저녁을 먹는 둥 마는 둥 하고 서너 패로 갈라져서 제 취향대로 술집을 찾았다. 임 포교는 술을 전혀 못 하는 한 포교를 데리고 혼자 독작했다. 큰일을 앞두고는 부하들을 저희 마음대로 풀어주는 것이 임 포교의 마음 씀씀이였다.

이틀째 되는 날에는 배론으로 갈라져 들어가는 길 근처에 도착했다. 거기에는 탁사정濯斯亭이라는 경치 좋은 곳이 있었다. 이왕이면 다홍치마라고 그곳 주막거리에 하처를 잡았다. 임 포교는 내일 치를 거사를 염두에 두고 부하들의 음주를 엄격하게 제한했다. 포졸들도 다음 날 아침부터 해야 할 자기들의 중대한 사명을 잘 알고 있었으므로 잔술 몇 잔에 만족할 수밖에 없었다.

사흘째 되는 날 아침, 그들은 일사불란하게 움직였다. 변 포교가 인솔하는 갑조 다섯 명이 먼저 앞서고, 한 포교가 인솔하는 을조 다섯 명은 먼저 간 갑조가 보일 만한 거리를 두고 그 뒤를 따랐다.

오 리가 채 안 되는 거리 저편 언덕 위로 김귀동의 가마터가 보였다. 거기에서 갑조는 재빨리 사라졌다. 그들은 낮은 산등성이로 기어올라 가마터 쪽으로 접근했다. 하나같이 다람쥐처럼 빠른 동작이었다.

잠시 후 별안간 개 짖는 소리가 들려왔다.

"우리도 가자!"

임 포교가 명령하기 무섭게 나머지 포졸들이 앞으로 내닫기 시작했다. 워낙 날랜 포졸들인지라 단숨에 김귀동의 집 앞에 당도했다. 개는 산 위를 향해 사납게 짖어대다가 집 아래를 향해서도 짖기 시작했다.

김귀동과 꺼꾸리가 옹기 공장으로 들어가서 막 물레 앞에 앉아 작업을 시작했을 때였다. 그때까지 황사영은 그들 곁에 있다가 갑자기 개 짖는 소리가 요란하게 들려오자 재빨리 토굴 속으로 숨었다. 물레 앞에 앉았던 두 사람은 밖으로 나왔다. 이미 김귀동의 안식구와 꺼꾸리 어머니는 밖에 나와 섰고, 분이는 아래위를 향해 사납게 짖어대는 개를 진정시키느라고 애쓰는 중이었다.

"검둥아, 그만 혀. 왜 그려?"

그러면서 분이는 아래쪽을 바라봤다. 사내들이 무리 지어 자기들 쪽으로 달려오는 것을 언뜻 봤다. 꺼꾸리 어머니가 아들이 내려오는 모습을 보고는 다급하게 말했다.

"꺼꾸리야, 너는 방으로 들어가서 아픈 척하고 있거라. 빨리!"

어머니의 호령 소리에 꺼꾸리는 재빨리 방으로 뛰어 들어갔다. 그사이에 젊은 포졸들이 앞마당으로 들이닥쳤다. 개가 계속 날뛰자 한 사내가 품에서 비수를 꺼내 개에게 날렸다. '케엥' 소리와 동시에 개는 마당 구석에 널브러졌다. 순식간에 벌어진 일이었다. 낯선 이들은 또 있었다. 한 무리의 사내들이 옹기 공장 주변에도 포진해 있었다.

"나는 한양 좌포청에 근무하는 포도군관이다."

김귀동 식구들은 한마디도 못 하고 얼굴이 하얗게 질려 있었다.

"이 집에 다른 사람은 또 없는가?"

그때 꺼꾸리 어머니가 재빨리 대답했다.

"우리 아들이 방에서 앓고 있어유."

"또 다른 사람은 없어?"

"없구먼유."

김귀동이 대답했다. 상대편을 주눅 들게 하는 눈초리로 점촌占村 사람들을 한 번 훑어보던 임 포교는 부하들에게 물었다.

"집 안을 뒤져봤느냐?"

"끙끙 앓는 젊은 놈 하나가 전부입니다. 그 외는 아무도 없습니다."

"그럼 저쪽으로 가자. 박 포졸, 너는 이곳을 지키고 있거라."

임 포교와 다른 포졸들은 옹기 공장 쪽으로 몰려갔다. 그때 김귀동 일가의 얼굴이 흙빛으로 변했다. 개를 본 것이다. 분이는 죽어가는 개를 끌어안은 채 울었다. 임 포교는 옹기 공장 주변에 포진해 있는 포졸들에게 명령했다.

"주변까지 잘 감시하거라. 한 포교, 너희는 공장 안팎을 샅샅이 뒤져봐!"

한 포교와 그가 이끄는 포졸들은 스물댓 평쯤 되는 옹기 공장 안을 면밀하게 조사했다. 이미 만들어놓았으나 아직 잿물을 입히지 않은 항아리들을 일일이 옮겨가면서까지 은신처가 있을 만한 자리를 살펴봤다. 아무래도 헛물을 켠 듯싶었다. 옹기 공장 안은 단순한 구조로 되어 있어서 사람이 숨을 만한 곳이 못 됐다.

"모두 밖으로 나와서 이 건조장과 항아리 쌓은 곳들을 샅샅이 뒤져라!"

그때 포졸 한 명이 쿵쿵하면서 발로 바닥을 굴렀다. 어느 한곳이 이상했다. 임 포교가 재빨리 눈치 채고 직접 그곳을 두 발로 굴러봤다. 맨바닥이 내는 소리와 달랐다. 왠지 아래쪽이 빈 공간처럼 느껴졌다. 그 순간 그는 등골이 오싹해지는 전율에 휩싸였다. 포졸들이 움직임을 멈추고 일제히 임 포교를 주시하고 있었다. 임 포교는 손가락으로 아래쪽을 가리켰다. 포졸들의 모습에도 긴장감이 역력하게 묻어났다.

"저 독과 항아리 들을 전부 옆으로 치워라."

포졸들 서너 명이 열심히 반쯤 옮겨놓자 비로소 사람이 드나드는 출입구가 나타났다. 포졸들이 웅기웅기 모여서 그곳을 지켜봤다.

"죄인 황사영은 속히 나오거라."

임 포교가 위엄 있는 목소리로 크게 명령했다. 잠시 토굴 속에서는 아무 소리도 안 들렸다.

"죄인은 망설이지 말고 당장 나오거라."

"너희는 누구인데 여기 와서 사람을 찾느냐?"

토굴 속에서 뜻밖의 목소리가 흘러나왔다. 임 포교는 순간 안도의 한숨을 내쉬었다. 황사영은 이미 도망가고 땅굴이 비어 있을까 봐 걱정했던 것이다.

"너는 이제 도망갈 수 없다. 그러니 엉뚱한 생각은 하지 말고 밖으로 나오거라."

"내가 황사영이다. 나를 붙잡고 싶으면 너희가 들어와서 잡아가거라."

임 포교와 포졸들은 잠시 망설였다. 상대편이 어떤 행동으로 나올지 예측할 수 없는 일이었다. 임 포교가 부하 몇몇에게 눈빛으로 신호를 보냈다. 그러자 한 포교와 담력 센 장 포졸이 토굴 안으로 들어갔다. 안에는 등불을 환히 밝힌 채 황사영이 태연자약하게 앉아 있었다. 두 사내가 입구에 서자 그제야 황사영은 자리에서 일어섰다. 황사영은 그들을 반기기라도 하듯 두 손을 내밀었다. 한 포교가 그에게 오라를 지우려 하자 묵직한 목소리로 주의를 주었다.

"내 오른 손목을 만져서는 안 된다. 상감이 어루만지신 어무御撫이니라."

한 포교는 황사영에게 오라를 지워 밖으로 데려가고, 장 포졸은 책상 위에 있는 지필묵과 종이 나부랭이들을 있는 대로 모조리 압수했다.

갑자기 밖으로 나오자 황사영은 눈이 약간 부신 듯 얼굴을 찌푸리다가 이내 정상으로 돌아왔다. 포졸들은 그제야 그의 모습을 똑똑히 바라볼 수 있었다. 얼굴이 약간 초췌해 보였다. 여덟 달 넘게 긴 머리털, 턱 밑까지 수북하게 자란 구레나룻과 턱수염 때문에 몰골이 험했지만 광채가 번득이는 두 눈동자는 여전히 어떤 위엄을 갖추고 있었다. 괜히 기가 죽은 포졸들은 그를 함부로 다루기가 어려운 눈치였다.

"한 포교, 죄인을 한양으로 압송하라."

"예!"

그러자 거리를 두고 이쪽의 사태를 지켜보던 김귀동의 식구들이 한꺼번에 달려들었다.

"진사님!"

"진사님, 다시는 못 보게 되겠지유?"

그 말과 함께 일제히 통곡했다. 그때 방에서 뛰쳐나온 꺼꾸리도 자기 어머니와 함께 황사영에게 매달리며 울음을 터뜨렸다.

"압송하는 죄인에게 무슨 짓들이냐?"

임 포교의 호통에 꺼꾸리 어머니가 항의했다.

"마지막 이별인데 울지도 못해유?"

"저리 비켜라. 너희도 범인을 숨긴 죄인들이다. 집주인과 나중에 나온 네놈을 포도청으로 압송한다. 이놈들도 모두 잡아 묶어라."

포졸들이 달려들어 김귀동과 꺼꾸리를 포승줄로 묶었다.

"꺼꾸리 이놈아, 방에 가만히 들어앉았지 왜 나와서 이런 변을 당하는 거여? 나리, 이놈은 병을 앓아 온전치 못한 몸이어유."

"그만 가자."

임 포교가 황사영과 그 두 사람까지 연행하여 먼 길을 떠나자 배론에 남아 있는 여자들이 울고불고 야단법석을 부렸다. 포졸들은 귀찮다는 듯 여자들을 야멸치게 떠밀어 버렸다.

한바탕 법석이 가라앉자 조용해졌다. 산골짜기 외길에 여럿의 발자국 소리만 크게 들릴 뿐 다른 소리는 없었다.

그들은 배론 두메 산골길을 벗어나 큰길로 나왔다. 팔도점八陶店에 다다른 것이다. 그곳에서 일행은 주막에 들러 허기진 배를 채웠다. 하지만 붙들려 가는 세 사람은 아무것도 입에 대려 하지 않았다.

붙들려 가는 사람들이나 붙들어 가는 사람들이나 말도 없이 부지런히 걷기만 할 뿐이었다. 그렇게 몇 십 리를 걸었다. 강원도를 벗어나서 경기도가 가까워졌다. 임 포교가 그동안의 침묵을 깼다.

"머지않아 해도 기울 테니 저기서 일찌감치 잠자리를 잡는 것이 어떠냐?"

마침 널찍한 주막이 나타나서 모두들 좋다는 표정을 지었다. 하루 종일 긴장 속에서 보낸 탓에 평소보다 피로가 심했다.

"모두 잘 듣거라. 우리는 지금 나라의 중죄인을 압송하는 중이다. 두말하지 않더라도 너희가 잘 알아서 처신할 줄로 믿겠다. 그럼 쉬어라."

황사영은 한 포교와 같은 방을 쓰도록 조치했다. 그리고 그 방문 앞에는 포졸 둘이 번(番)을 서도록 했다.

한 포교는 황사영과 같은 방을 쓰는 것을 기뻐하는 눈치였다. 그는 처음부터 황사영에게 살갑게 굴었는데, 그의 행동에는 진실함이 묻어났다. 황사영은 그런 한 포교에게 마음을 열었다. 한 포교의 나이는 황사영보다 거의 십 년은 많을 듯싶었다. 한 포교가 조심스럽게 물었다.

"금년에 연세가 어떻게 되시오?"

"스물일곱 살입니다."

"나보다 일곱 살이 아래니까 벗 하더라도 되겠구먼."

황사영은 빙긋 웃으며 고개를 끄덕여 보였다.

"진사님이 숨은 곳을 고발한 사람이 누구인 줄 아십니까?"

"황심이라는 사람이겠지요."

"그럼…… 그자인 줄 진작 알고 있었단 말입니까?"

황사영은 머리를 끄덕였다. 한 포교가 다시 물었다.

"그자가 원망스럽지 않습니까?"

"오죽이나 매에 시달렸겠소. 그 사람의 고통을 충분히 이해하고도 남습니다."

한 포교는 감탄스러운 시선으로 황사영의 얼굴을 바라봤다. 고문을 받는 자의 고통을 당해 보지 않고도 능히 알 수 있다는 것이 그가 평범한 사람과 다른 점일 것이었다.

"진사님도 의금부에 가서 고문을 당할 것인데 어찌 감당하실 생각이오?"

"나는 심한 고문을 당하지 않을 것이오."

"……?"

"사실대로 다 말할 것이니 고문할 필요가 무에 있겠소?"

"아!"

"한 포교!"

"예."

"짧은 시간 동안 겪어봤지만 그대는 인간성이 좋은 분인 것 같소. 나는 여덟 달 동안 그대들이 본 토굴 속에서 지냈소. 무엇을 하려 해도 아무 자금이 없으니 옴치고 뛸 수가 없었다오. 우리 천주교인들은 대부분 가난하다오. 그래서 나는 생각다 못해 연경의 주교님에게 구원을 요청하는 글을 써 보내기로 했소. 흰 명주에 장문의 서신을 썼는데, 바로 이것이라오."

황사영은 품속에서 곱게 접은 백서를 꺼내 주었다.

"사절단을 따라가는 인편에 보내려니 이런 방법밖에 없었소. 사람이 은밀히 휴대하게 하려니까 말이오."

한 포교는 비단에 쓴 글을 받아 들고 찬찬히 살펴봤다. 가로 62센티미터, 세로 38센티미터의 고운 명주 위에 바른 해서楷書로 또박또박 썼다. 황사영의 서신을 훑어본 한 포교는 우선 그 정성에 감탄하지 않을 수 없었다.

"이것이 전부 몇 자나 됩니까?"

"대충 계산해도 만여 자는 넘을 것이오."

"이 글자들을 한 자 한 자 쓰느라고 얼마나 정성을 들였습니까? 그 고충인들 얼마나 많았을까!"

한 포교는 새하얀 비단 바탕에 빽빽하게 들어찬 작은 붓글들을 보고 놀라움을 넘어 경건한 마음마저 생겼다.

"이것을 제가 어찌 처리하면 좋겠습니까?"

황사영이 비장하게 말했다.

"나는 어차피 역적으로 몰려 죽게 될 것이오. 내 글 중에 그런 곡해를 할 대목이 몇 줄 있소. 그러나 내 글을 읽게 되면 사람들 대부분이 천주교가 옳은 종교임을 알게 될 것이오. 이미 죽은 사람들 역시 위대한 순교자들이라는 사실도 알겠지요. 내가 죽음의 항변으로 이 글을 썼다는 걸 모두들 이해해 주었으면 좋겠소. 물론 내 글이 주교님의 수중에 들어갔더라면 그보다 더한 다행이 없겠지만 이미 그른 듯싶구려. 우리 조선 천주교회가 아직도 더 시련을 겪어야 한다는 하느님의 뜻이겠지요. 한 포교가 이 백서를 잘 맡았다가 상부에 전달해 주시오."

"예, 진중하게 받들어 상부에 전하겠습니다."

# 16

백서帛書는 흰 비단(명주)에 쓴 글을 뜻하는 보통명사다. 흔히 여러 달 걸리는 장거리 여행길에 남들이 모르도록 그것을 품속에 지닌 채 잘 간수하려면 옷 속에 넣어 꿰매는 방법을 사용했다. 당시 조선 천주교회가 연경의 주교와 연락할 때 자주 사용하던 방법이었다. 십여 년 동안 비밀리에 이용해 왔던 그 방법이 황사영으로 인해 들통 나 버린 것이다.

황사영에게서 백서를 건네받은 한 포교는 그 밤에 그것을 임 포교에게 보여주었다. 뜻밖에 백서를 입수한 임 포교는 진작 황사영의 몸을 수색하지 않은 것을 후회했다. 당사자를 체포한 것에만 흥분한 나머지 그런 백서가 나올 줄은 미처 생각지 못했던 것이다.

임 포교는 그 백서를 포도대장에게 바치면서 황사영이 준 것이 아니라 그의 몸을 뒤져 압수했다고 보고했다.

처음부터 찬찬히 읽어본 포도대장은 그것이 범상치 않은 글임을 깨닫고, 며칠 동안 심한 매질로 황사영을 심문했다. 백서 외에 황사영에게서 더 나올 내용이 없음을 확인한 뒤에야 마침내 백서와 함께 그를 의금부로 넘겼다.

처음에는 의금부도 황사영의 체포에만 환호했을 뿐 백서 같은 것에는 아무런 관심을 기울이지 않았다. 그러나 천주교인만을 다루려고 임시로 설치한 판의금判義禁의 최고 우두머리인 판의금부사 서정수는 백서를 보자마자 바짝 긴장했다. 백서가 보통 글이 아님을 깨달았던 것이다.

의금부에 잡혀 온 이상 매질은 으레 있는 일상적인 일이었다. 그러나 황사영은 그 매를 더없는 모욕으로 여겼다. 양반만을 다루는 의금부에서도 무조건 매질부터 하다니! 입이 딱딱 벌어지는 호된 매였다. 곤장을 맞고 모욕감을 느낀 황사영은 심문을 받기도 전에 매질에 대해 강하게 항의했다. 그의 항의는 역효과를 일으켰다. 금부도사의 지휘로 한층 심한 매질이 황사영에게 퍼부어졌다. 인격이라는 것을 완전히 배제하고 말 한마디 못 하도록 하는 극심한 매질이었다.

황사영은 섭산적이 되도록 실컷 맞은 뒤에야 옥졸들에게 질질 끌려서 독방에 내팽개쳐졌다. 그는 자신도 모르게 신음 소리를 낭자하게 쏟아냈다.

황사영의 백서를 본 조정은 특별한 법정을 조직했다. 황사영을 다루기 위한 새로운 법정을 연 것이었다. 대왕대비 정순왕후는 추국推鞫 구성원의 명단을 발표했다. 판사로는 영중추부사領中樞府事 이병모를 내세웠다. 영의정 심환지, 좌의정 이시수, 우의정 서용보 삼정승을 비롯하여 판의금부사에 이만수를 기용했다. 그 외에도 당시 새 정권에서 내로라하는 인물들은 모두 포함됐다.

일개 서생을 붙잡아 놓고 온 조정이 들썩하도록 긴장하는 모양새였다. 그도 그럴 것이 섭정 대왕대비가 불같이 노하면서 황사영이라는 놈을 빨리 잡아 오라고 매일같이 성화를 바쳤기 때문이다. 그 바람에 포도청의 포졸들만 밤낮으로 사방을 헤맸다. 어디 가서 어떻게 잡아야 할지 막연한 채로 한양 인근을 샅샅이 뒤지고 다녔던 것이다. 그러다가 엉뚱하게 배론에서 황사영이 잡혔다는 소식을 듣고 가장 기뻐한 사람들 중의 한 패가 포졸들이었다. 높은 놈들은 명령만 하면 그만이지만 일선에서 직접 뛰어다니는 고달픈 놈들은 포졸들이었기 때문이다.

황사영은 의금부에서 이미 두 차례나 호된 심문을 받았다. 그리고 사흘째 되는 날, 고관대작들이 모두 모인 자리에서 그는 마지막 심문을 받게 되어 있었다.

드디어 황사영이 끌려 나왔다. 머리에는 큰칼이 씌워져 있었고 두 발에는 차꼬가 잠겨 있었다. 황사영의 비참한 모습에 그 광경을 바라보는 모든 고관들이 혀를 찼다. 판사 이병모가 제일 먼저 입을 열었다.

"죄인이 머리에 쓴 칼과 발에 찬 차꼬를 전부 벗겨주거라."

금부도사와 나장 들이 어리둥절해했다. 이병모가 설명을 덧붙였다.

"자유로운 상태에서 자기가 하고 싶은 말을 다 하라는 뜻이니, 숨김없이 사실대로 낱낱이 고하라. 너희는 빨리 시행하지 못할까."

나장 두 명이 큰칼과 차꼬를 차례로 벗겨내고 황사영을 의자에 앉혔다.

그동안 황사영의 심문을 맡았던 서정수가 계속 심문했다.

"너에게서 발견된 그 흉서는 누가 만들었느냐?"

"내가 만들었소."

"너 혼자 만든 것이냐, 그렇지 않으면 누구와 함께 의논하여 만들었느냐?"

"나 혼자 만들었소."

"그러면 왜 발신인은 네 이름이 아니냐? '다묵多默'이라 했으니 그자는 누구냐?"

"이미 잡혀 있는 황심이오."

"네가 쓴 흉서의 발신인을 다른 사람으로 한 것은 무슨 이유냐?"

"그건 백서를 받을 연경 주교님에게 생면부지인 내 이름보다 여러 번 만난 적이 있는 황심의 이름으로 보내면 더욱 속히 납득하시리라고 판단했기 때문이오. 주교님이 황심의 인격과 지위를 높이 평가하시니 백서의 내용도 쉽게 이해하시고 신임하실 것이 아니겠소."

다음에는 백서의 내용에 관한 조사가 시작됐다.

"너는 조선 사람이 아니고 다른 나라 사람이냐? 어떻게 조선 백성으로서 제 나라의 약점과 잘못을 그렇게 문자로 낱낱이 적어 타국 사람들에게 크게 선전하려 할 수 있는가? 그 의도가 대체 무슨 심산에서 나왔는지 말해 보라."

"……."

"모든 것이 미연에 발각됐으니 더 물어볼 필요는 없다만, 그래도 네게 할 말은 해야겠다. 너는 정말로 크나큰 역적이다. 네 손으로 쓴 백서가 네가 역적임을 여실히 증명해 주는 것이 아닌가? 나는 도저히 너를 이해할 수 없다. 너는 명색이 양반집 자손으로 유학도 상당히 배웠기에 소년으로 진사까지 됐고, 또 선왕이 성은을 베푸시어 손목을 잡히는 전대미문前代未聞의 특은을 입었을뿐더러, 대과하기까지 더욱 학문에 정진하라고 장학금까지 하사하셨던 자다. 그 성은을 배반한 죄만으로도 너는 용납 못할 죄인이다. 더구나 나라가 금하고 네가 배워 잘 아는 성현의 가르침에 위배되는 사학에 물든 것은 둘째치더라도 제 나라를 위태롭게 하는 극흉 무도한 흉계를 타국놈들에게 의뢰하고자 한 것은 도저히 용서할 수 없는 큰 죄이다. 어디, 네 의견을 한번 들어보자."

여러 고관들은 말없이 황사영의 입을 주시하고 있었다. '저놈 입에서 무슨 말이 나올까' 자못 궁금하다는 표정으로 일제히 황사영을 주시했다. 황사영은 입술을 깨물었다.

'이번 기회가 아니면 두 번 다시 말할 수 없을 것이다. 죽기 전에 내가 하고 싶은 말을 전부 하리라. 저들의 고리타분한 머릿속을 깨끗이 청소해야지. 그리하여 내 열 마디 중 한마디라도 저들이 옳게

받아들이면 성공하는 것이리라.'

황사영은 열석한 좌중을 한 번 쭉 훑어보고 나서 입을 열었다.

"방금 말씀한 것 또한 지당한 줄 알지만 나는 나대로의 이유가 있소. 내가 백서를 쓰게 된 동기도 분명히 있소. 결코 내가 죽을죄를 모면하고자 변명하는 것이 아니라는 걸 알아주시오."

그 자리에 참석한 모든 고관들은 마른침을 꿀꺽 삼키면서 한층 더 궁금하다는 표정으로 이 청년을 주시하고 있었다. 그들은 비록 황사영이 젊지만 그의 학문이 대단하다는 것을 이미 들은 터였다.

"나도 유학의 사서오경을 모두 읽었소. 학문이라는 것은 사람을 깨우치고 올바르게 살아가도록 인도하는 것인데, 학문이 이 세상에 한 가지뿐이겠습니까? 여러 성현들이나 학자들이 연구한 것만 봐도 알 수 있지 않습니까? 석가여래의 불교학도 있어왔고, 장생불로를 주장하는 노자의 선학仙學도 있지 않소? 사람은 누구나 그런 여러 학문을 연구하고 비판해서 자기에게 이로운 학문을 취택할 자유가 있소이다. 그런데 이번에는 서양에서 중국을 통해 천주학이 들어온 것이오. 이를 덮어놓고 '이단이다, 사학이다' 하고, 일방적으로 '유학이 정학이니 다른 것은 금한다' 함은 학문 그 자체를 부인해 버리는 것이 아니겠습니까?"

이쯤에서 고관들의 반응은 두 갈래로 갈렸다. 열심히 더 들어보자는 축이 있고, 귀 털고 들어봤자 유학을 폄하하려는 의도가 뻔하다는 축도 있었다. 그러나 황사영이 말하는 것을 대놓고 막는 사람은 없었다.

"나는 유학 경전의 말씀과 천주교 교리를 대조하여 연구했소. 그 결과 유학 경전의 말씀은 진리를 달리 해석한 데도 많고 설명이 부족한 탓에 쉽게 알아들을 수 없어 모호한 데 비해, 천주교 교리는 같은 진리라도 그 해석과 설명이 분명하다는 것을 알았소. 또한 천주교 교리는 이치에 어긋남이 없고 누구나 알아듣기 쉬운 덕분에 자연히 그것을 받들어 믿는 사람이 많아지는 줄 아오."

"이놈아, 무식한 자들이니까 그럴 것이 아니겠느냐?"

듣던 이 가운데 하나가 큰소리로 이의를 제기했다.

"조용히들 있으시오."

판사 이병모가 황사영에게 다음 말을 계속하라고 재촉했다.

"중국인 주문모 신부님만 해도 그분이 자기 모국을 버리고 이 나라에 온 것이 무엇을 탐한 까닭이겠습니까?"

"나도 그 이유를 잘 모르겠다. 네가 분명하게 밝혀라."

이병모가 되물었다.

"그분은 우리 동포의 영혼을 구하기 위해 이곳에 왔소."

"남의 나라 동포의 영혼을 구하러 왔다?"

"그렇소. 언어와 풍속이 다름에도 육칠 년 동안이나 고생하신 신부님이 아무 죄도 없이 죽임을 당하셨으니, 게다가 자수하셨음에도 처형되셨으니 얼마나 애석한 일입니까?"

"너는 그자를 친아비처럼 모셨다고 들었다."

"예, 그렇습니다. 제가 유복자이기 때문이 아니라 그분의 인격에 감화되어 친아버지로 섬겼소. 그러나 그분 자신이 아버지로 행세한 일은 한 번도 없었습니다."

"그건 또 무슨 이유냐?"

"부자지간을 떠나서 우리는 오로지 동포들의 영혼을 구원하는 일에만 심혈을 바쳤기 때문이오. 다시 말해 조선 천주교를 어떻게 하면 활성화할 수 있을까, 오직 그 점에만 정신을 쏟으면서 살았던 것입니다."

"저, 저런……."

"저런 놈이 여태 말하도록 그냥 놔두는 게요?"

여러 고관들이 황사영의 말에 불만을 터뜨렸다.

"잠자코 다음 이야기를 들어봅시다."

이병모가 좌중을 둘러보면서 한마디 하자 여기저기에서 터져 나오던 불평들이 잠잠해졌다. 황사영은 계속 말했다.

"지렁이도 밟으면 꿈틀하고 미미한 벌레도 제 생명을 위협하면 몸을 숨기려고 하거늘 우리 성교인도 자취를 감출 수밖에 없었습니다. 우리도 이 나라의 백성이요, 이 나라 임금의 적자인데 위정자나 유학자 들이 어찌하여 우리를 학대합니까? 나라를 진심으로 위하고 백성을 아끼는 마음이 조금이라도 있다면 무조건 무참하게 죽이는 것은 능사가 아니지요. 먼저 우리나라 국시國是인 유학의 정확성을 높이 현양하면서 외래 종교에 대한 비판적 결점을 이론적으로 지적함이 옳다고 봅니다. 그리하여 선정을 베풀어 그들로 하여금 스스로 깨달아 뉘우치도록 해야 할 것이거늘, 마치 적군과 같이 취급하여 모든 문제를 살육으로만 해결하려 드시는 겝니까?"

그러자 여러 고관들은 불편한 심기를 드러내듯 '끙' 소리를 내며 외면했다. 황사영은 그들을 또 한 번 훑어보고 한층 힘주어 말했다.

"우리 성교는 천하 만방에 널리 퍼져 있소. 이렇게 다른 나라에서는 자유롭게 번성하는 종교임에도 우리나라에서만 이단으로 취급하오. 세상은 우리가 생각하는 것보다 훨씬 드넓은 곳입니다. 여기 있는 여러분만 그 같은 세상을 모르는 '우물 안 개구리' 같은 존재입니다. 그것을 왜 깨닫지 못하십니까?"

황사영이 질타하듯 꼿꼿한 자세로 앉아서 자기들을 노려보자, 고관들은 얼굴이 붉으락푸르락해지더니 저마다 흥분을 감추지 못하면서 자리를 박차고 일어났다.

"무엇이 어째?"

"우리가 정중지와井中之蛙 같다고?"

"제발 현재의 권력만 믿고 애매한 백성을 무참히 죽이는 일이 없도록 해달라고 호소하는 것이 나의 첫째 목적이오."

황사영이 등을 꼿꼿이 세우고 그 말을 내뱉자 좌중의 누군가 소리쳤다.

"이놈아, 우리에게 우물 안 개구리 같은 존재라니! 그래, 너는 견문이 넓어서 기껏 한다는 짓이, 외국 배 수백 척에 군사 오륙만 명을 동원해 이 나라에 쳐들어오라고 사주했느냐? 그 이유가 어디에 있는지 솔직하게 말해 보거라."

모든 고관들이 황사영을 똑바로 지켜봤다. 역시 그들은 군사 문제에 가장 예민했다.

"내가 쓴 글 중에 그런 내용이 있는 것은 사실이오. 얼핏 보면 만고역적의 행위로 생각하기 쉽지만, 그건 내 본뜻을 곡해하는 것이오. 어찌 대군을 끌고 와서 제 나라를 망하게 해달라고 청하겠습니까? 다만 권력을 남용하여 제 백성을 하찮게 여기고 생명을 함부로 취급하는 위정자들에게 한바탕 위세를 보임으로써 그 잘못을 깨닫게 하려는 의도였을 뿐이오. 다른 뜻은 추호도 없소."

"흥, 단지 위정자들에게 위세를 보이려고만 했다?"

"그럼 서양 군사들을 이끌고 한양까지 쳐들어와서 조정을 때려부숴야 하겠습니까?"

"너희 천주학 패거리는 그러고도 남을 놈들이야."

황사영은 어이가 없어 한숨만 나왔다.

'조정에서 이렇듯 곡해를 하다니…….'

천주교에 대한 세상의 인식은 천주교도들이 스스로를 생각하는 바와 너무도 커다란 차이를 보였다.

"네 글 중에는 청국의 힘을 이용하라는 내용도 있는데, 그건 또 무슨 연유로 그랬느냐?"

"조선은 청국에 예속된 것이나 마찬가지입니다. 임금이나 위정자들은 사대사상에 급급하여 조금도 자주적 국정을 행하지 못하는 처지에도 종주국을 속여가면서 온갖 불법을 자행하고, 만만한 제 백성에게 억울한 잘못을 뒤집어씌워 죽이는 것만을 능사로 알기에, 부득이 청국의 힘을 빌리려 했습니다. 그래서 청국으로 하여금 이 나라의 위정자들을 감시하고 경고하여 다시는 해국해민害國害民하는 권력 남용을 못 하도록 막아달라고 호소했습니다. 그리고 조선 천주교회는 연경 교구에 속하기 때문에 서로 신속하게 연락하기 위해서라도 책문에 비밀 연락소를 설치해 달라고 건의했습니다. 또한 우리 세계적인 성교는 로마 교황의 지시에 따라 움직이는 만큼, 교황 성부가 청국 황제에게 서신을 보내어 조선의 참혹한 실정을 잘 살펴서 시정케 해달라고 호소한 것도 사실입니다. 모두 떼죽음을 당하는 판국에 그런 호소를 한 것이 잘못입니까? 목숨이 귀하기에 한 일입니다. 백서의 문구를 피상적으로만 보지 말고 백서를 쓰게 된 근본 의도와 정신을 잘 이해해 주시오."

"어떻게 천고 미문의 흉서를 정당하게 풀이할 수가 있단 말이냐? 그리고 또 하나, 네가 쓴 백서에는 여러 군데 폐자廢字가 보이고 남이 알지 못하는 은어가 많이 들어 있다. 그런 글을 쓴 이유가 무엇인가?"

"어두운 토굴 속에서 쓰려니까 글자를 곧잘 잘못 쓰게 되어 폐자 옆에 새로 고쳐 쓴 것뿐이고, 우리 교회에서 통용되는 세례명으로 관련 인물들을 호칭한 것을 은어로 오해한 것뿐이오. 거기에 무슨 비밀을 숨겨 음모를 꾀한 것은 아닙니다."

그 외에 고관들은 중구난방으로 황사영에게 몇 가지 질문들을 계속 던졌으나, 비슷한 물음들만 되풀이할 뿐이었다.

"네가 무슨 말을 하더라도 백서를 혼자 쓰지 않았다는 것을 알고 있다. 반드시 네가 백서를 쓰도록 조정한 자나 백서를 쓰려고 상의한 자가 있을 것이니, 그 배후를 이실직고하라."

"백서의 내용은 전부 내 생각이오. 내가 상의할 만한 사람들은 당신들이 전부 죽이지 않았소?"

그 말을 하는 황사영의 입가에 싸늘한 비웃음이 떠올랐다. 그가 처음으로 내보인 증오심이었다.

"거짓말이다. 반드시 배후 조정자가 있었을 게야. 네가 바로 대지 않으면 어쩔 수 없다. 고문을 계속할 수밖에……. 저 입에서 바른말이 나올 때까지 매우 쳐라!"

"비록 죽는 한이 있더라도 사실대로 밝히고 싶을 뿐이오. 조정자는 없소."

결국은 형틀이 갖춰지고 황사영은 혹독하게 매를 맞았다. 그러나 그는 더 이상 한마디도 발설하지 않았다. 그들의 속셈은 정약용 같은 몇몇 사람까지 걸고넘어지려는 것이었다. 황사영의 입에서 그 이름들이 나오기만 하면 그와 같이 완전히 처단해 버릴 작정이었다.

황사영과 옥천희의 대질 심문도 있었다. 옥천희는 그동안 연경에 가 있었고 지난봄에 귀국하는 도중 포졸들에게 잡혀 지금까지 감옥에 있었으니 백서에 대한 것은 금시초문이라고 말했다. 황사영은 만일 옥천희가 잡히지 않았다면 그에게 백서를 주어 연경으로 보내려 했다고 자백했다.

홍낙안과 신귀조가 상소하는 바람에 귀양 중이던 정약용과 정약전을 한양으로 불러올려 의금부에 가두었다. 그런 뒤에 다른 몇몇 사람들도 속속 잡아들였다.

이에 앞서 황사영의 공범자로 확인된 황심과 김한빈을 먼저 처형했다. 그들의 사형 결안문은 다음과 같았다.

죄인 황심은 충청도 홍주 출신으로 본시 미천하고 간교한 자이다. 경향에 출몰하여 사학꾼들을 위해 분주히 노력했고, 가만히 외국에 들어가서 서양인에게 세례와 교명까지 받았으며, 옥천희와 더불어 주문모의 서신을 연경에 전했고, 사학꾼들의 단합에 행동을 같이했다. 더욱이 황사영과는 혈당사우血黨死友를 맺어 교난이 일어나자 제 죄악을 숨길 수 없으므로 도망쳤다가, 황사영이 제천에 숨어 있다는 말을 듣고 즉시 그곳으로 찾아가서 함께 머무르며, 황사영이 천지와 고금에 다시없을 흉서를 꾸미는 것을 목도했다. 이들은 단단히 모의한 후 옥천희로 하여금 그 흉서를 서양인에게 전하도록 하여, 그들이 큰 배로 수많은 군사를 이끌고 와서 나라를 위태롭게 하려 했다. 이런 흉계와 역모가 다 드러났으니 역적질을 도모하는 데 함께 가담한 죄를 물어 국법으로 사형을 결안한다.
　죄인 김한빈은 충청도 보령 출신으로 본시 정약종의 청지기로 있으면서 사학에 물들었다. 황사영이 도피할 때 같이 도망하여 그가 숨을 곳을 인도하고, 여덟 달 동안 토굴 속에 함께 은신하면서 그의 흉측한 포부와 계획을 다 들어 알았다. 또한 한양에 가만히 가서 교난의 현황을 탐문하여 황사영에게 보고하다가 포졸들에게 잡혀서 중도에 도망친 일이 있었다. 이처럼 완악하기 그지없어 국법을 무서워하지 않고 역적을 보호했으며, 모든 사정을 알고도 숨긴 자이므로 사형을 결안한다.

　거제도 정배 죄인 이치훈, 신지도 정배 죄인 정약전, 장기현 정배 죄인 정약용 외에 여러 명을 다시 심문했으나 새로운 범죄 혐의는 드러나지 않았다. 정약전은 나주목 흑산도로, 정약용은 강진현으로 귀양지만 바뀌었을 뿐이다.

황사영의 심문을 끝으로 신유교난은 거의 마무리됐다. 표면적으로는 유교의 정신과 이념에 위배된다는 구실로 천주교인들을 대량 학살했지만, 실제로는 권력 관계가 추악하게 얽힌 정치 사건이나 다름없었다.

드디어 11월 5일, 청년 황사영 알렉산데르의 목이 잘리는 날이 왔다.

황사영은 짧은 생애를 살다 갔으나 그가 한 일은 결코 작다고 할 수 없었다. 스무 살에 스승 정약종의 인도로 천주교에 뛰어든 후 육칠 년 동안 교회를 위해 불철주야로 헌신했다. 그때는 마침 중국인 주문모 신부도 조선으로 들어왔을 때였다. 모든 것이 제대로 자리 잡지 못했을 때 황사영은 그의 곁에서 온갖 정성으로 보좌하여 조선 천주교를 바로 세워 나갔다. 주문모 신부는 안으로는 강완숙의 보살핌을 받았고, 밖으로는 황사영의 협조를 받았다. 조선 천주교를 반석 위에 올려놓을 수 있었던 것은 모두 그 덕분이었다.

그러나 조정의 감시 아래 황사영은 늘 불안한 생활을 할 수밖에 없었다. 어진 임금 정조가 별세했을 때는 조선의 장래가 암담하게 느껴져서 더욱 천주교에 심혈을 기울였다. 조선은 변해야 한다는 신념을 가슴 깊이 간직한 채 황사영은 한 사람이라도 더 신도로 만들기 위해 노고를 아끼지 않았다. 정녕 그는 나라와 겨레를 위한 그리스도의 복음 투사였다. 원대한 꿈을 가슴에 품었던 그였지만 끝내 사형수의 몸으로 함거에 실려 가는 처지가 됐다. 그날 그 말고도 처형될 사람이 둘이나 더 있었다. 현계흠과 옥천희도 한날한시에 사형을 집행하기로 결정됐던 것이다.

금부도사의 지휘 아래, 방금 지옥에서 튀어나온 듯 흉측하고 사나운 몰골을 한 망나니들이 시퍼런 칼을 한 자루씩 어깨에 메고 대낮부터 술에 취해 비틀거리며 걸었다. 그 뒤로 사형수들을 실은 수레가 따랐다. 그리고 판의금 판사가 말 위에 높이 앉아서 그들을 뒤따랐다. 참터에 당도할 때까지 수많은 구경꾼들을 막느라고 포졸들이 방망이를 휘두르면서 군중을 정리하려 애썼다.

마침내 참터에 이르렀다. 사형수들을 차례로 수레에서 내리게 했다. 갑녕은 수레에서 내리는 황사영을 애타게 바라봤다. 그때 순간적이지만 두 사람의 눈이 똑바로 마주쳤다. 황사영의 입가에 잔잔한 미소가 어렸다. 안도한다는 뜻이리라. 갑녕이 황심과 김한빈의 소식을 알아보려고 한양으로 간 사이에 포졸들이 배론에 들이닥쳤다. 그 덕분에 갑녕은 체포되지 않았던 것이다. 간신히 그 자리를 피한 갑녕은 북촌 이경도의 집에 머물면서 날마다 의금부 언저리를 얼쩡거렸다. 의금부 담을 뛰어넘어 황사영을 탈출시키고 싶은 마음이 하루에도 수십 번씩 들었으나 전부 공염불에 그치고 말았다. 그러다가 마침내 황사영이 사형수로 참수되는 참터에 이르렀고, 끝내 그의 목이 잘리는 광경까지 목격하게 됐다.

먼저 현계흠과 옥천희가 사정을 알고도 알리지 않은 죄로 참수됐다. 당시 현계흠은 서른아홉, 옥천희는 서른다섯이었다.

다음은 황사영의 사형 결안문이 낭독됐다. 황사영은 조금도 위축되거나 비굴한 행동을 보이지 않았다. 그는 자신의 운명을 예감한 듯 조용한 얼굴을 흩뜨리지 않았다. 사형 결안문 낭독이 끝나자 망나니들의 칼춤이 시작됐다. 구경꾼들은 침을 꼴깍 삼켰다. 말로만 듣던 능지처참이 오늘 벌어진다는 것이었다. 회자수劊子手들 대여섯 명이 대기하고 있었다. 망나니들의 칼춤이 절정으로 치닫고 있을 때 황사영은 마지막 기도를 올렸다.

'주여! 이 몸을 받아주소서. 어머니! 유복자로 태어난 아들이 잘 되기만을 일구월심日久月深으로 기도하시더니, 끝내 불효자로 죽는 이 아들을 용서하십시오. 그리고 못난 남편을 믿고 따라온 아내 명련이여! 짧은 기간이지만 우리는 행복했소. 이젠 우리가 이별해야 할 때가 됐소. 앞으로 역적의 아내로 살아가자면 구박이 자심하겠구려. 미안하기 짝이 없소. 어린 아들 경한아! 아비를 잘못 둔 죄로 너에게 험난한 길을 걷게 하니 면목 없구나. 어머니! 명련! 경한아! 우리 천국에서 다 함께 다시 만나자. 그럼 잘…….'

황사영이 미처 마지막 인사말을 마치기도 전에 한 망나니의 칼날이 번쩍 빛났다. 그와 동시에 황사영의 목이 땅바닥에 툭 떨어졌다.

동시에 회자수 네 명이 달려들더니 황사영의 팔다리 하나씩을 잘라내어 시체를 여섯 토막으로 만들었다. 갑녕은 냉정한 표정으로 황사영이 능지처참당하는 광경을 끝까지 지켜봤다.

황사영 백서 사건으로 붙잡혀 죽은 사람들은 그 외에도 더 있었다. 정광수, 홍익만, 김계완, 손경윤, 김일호, 변득중, 장덕유, 김의호, 송재기, 한덕윤, 홍인, 권상문, 그리고 황사영에게 상복을 만들어 입힌 최설애 노파도 잡혀 죽었고, 북촌의 이경도 역시 잡혀서 고생하다가 사형에 처해졌다.
    이로써 노론은 신유년이 가기 전에 말썽 많던 천주교인들을 청소하듯 모조리 잡아 죽였다.

# 17

 천지가 흰 눈으로 온통 하얗게 덮인 어느 날, 작은 배 한 척이 한강 나루터를 떠나서 제물포로 향하고 있었다.
 그 배에는 대역부도 죄인으로 참형을 당한 황사영의 유족들이 타고 있었다. 관원 두 명이 그들을 감시했고, 사공 세 명이 배를 저었다.
 돛대를 하나만 단 작은 배는 해안선을 따라 적당한 거리를 두고 남쪽으로 항해를 계속했다. 배 안에는 황사영의 어머니 이씨 부인과 두 살 난 아들 경환을 품에 안은 며느리 정명련이 넋 놓고 앉아 있었다. 고부의 찢어지는 심정을 어찌 글로 다 표현할 수 있을까. 한마디로 참담한 마음만 가득할 뿐이었다. 그들은 모두 각각 가는 곳이 달랐다.
 황사영의 유족들을 태운 배는 목포에서 하루를 쉬고 또다시 항해를 계속했다. 제주도 가까운 곳에 추자도가 있다. 그 섬에 가까워지자 정명련은 용단을 내리고 그 배를 주관하는 노사공을 불렀다. 마침 관원들은 뱃멀미로 뱃전에 기대어 잠들어 있었다.

"여보시오. 내 아들은 우리 황씨 집안의 대를 이을 외동아들이라오. 알다시피 아비는 역적으로 죽었지만 어린아이가 무슨 죄가 있겠소. 아이가 온갖 천대를 받으면서 살 것을 생각하면 나는 하루도 견딜 수 없을 것 같소. 그래서 이렇게 간절히 부탁하오. 부디 거절하지 말아주시오."

늙수그레한 사공은 선선히 대답했다.

"무슨 부탁인지 말해 보시오."

"제발 내 아들을 저 섬, 사람 눈에 잘 띄는 곳에 내려놓아 주시오. 관원들에겐 어린것이 병나 배 안에서 그냥 죽게 생겼다고 말해 주시오. 이렇게 부탁드립니다."

정명련은 두 손을 싹싹 비비면서 애걸했다. 의외로 그 사공은 시원스럽게 말했다.

"나도 자식을 키우는 사람이오. 어찌 그 심정을 모르겠소. 무슨 말뜻인지 잘 알았으니 내가 알아서 처리하겠소. 안심하고 계시오."

정명련은 품속에 간직하던 몇 가지 패물들을 내놓았다.

"이것들은 내가 시집올 때 받은 것들이오. 적당히 분배해 주시오."

노사공은 황송해하면서 패물을 받았다. 그는 생각지도 않았던 횡재에 기분이 좋아져서 두 관원을 설득했다. 그들도 크게 탓할 이유가 없었다. 그들은 모두 어린아이가 병이 나서 죽는 바람에 어쩔 수 없이 수장$_{水葬}$해 버렸다고 입을 맞추기로 했다.

추자도 서남단 물산리에 있는 바위 곁에다 어린것을 포대기째 내려놓고 배는 삿대질하여 그곳을 떠났다. 어린 경한은 영문도 모른 채 '엄마, 엄마'를 외치면서 발버둥 치고 울어댔다. 그 광경을 바라보는 어미의 울부짖는 소리가 바닷가에 메아리쳤다. 오장육부를 다 쏟아내는 듯한 여인의 애절한 울음소리가 배 안에 있는 사내들의 마음도 아프게 울렸다.

제주도 모슬포에 닿았을 때는 깜깜한 밤이었다. 그곳에서 대정현까지는 상당한 거리였다. 밤에 현감 아문$_{衙門}$까지 갈 수 없어서 선창가 어느 객줏집에 묵었다. 정명련은 그 밤을 꼬박 새워가며 아들을 위해 주님에게 기도를 올릴 뿐이었다.

이튿날 관원들은 정명련만 대동하고 현감을 만났다. 그들은 의금부의 전령$_{傳令}$을 전하고 정명련을 그곳에 떨군 채 현감의 인수증을 받아 가지고 다시 선창으로 나왔다. 혼자 남은 황사영의 어머니 이씨 부인을 데리고 그들은 멀리 거제도로 뱃머리를 돌렸다.

이씨 부인은 제주도를 돌아봤다. 마음껏 울부짖고 싶었으나 목소리는 밖으로 나오지 않았다. 그녀는 간신히 입속에서 말을 웅얼거릴 뿐이었다.

"어멈아, 나 혼자 어디로 가란 말이냐? 팔자 한 번 기막히다. 경한이를 낯선 섬에 팽개치더니 이제 며느리는 제주도에 내려놓고 나를 거제도에 보낸다고? 이런 인정머리 없는 사람들이 세상에 어디 있냐? 어멈아, 몸 성히 잘 지내거라. 혹시 아느냐? 우리가 살아남아

서로 만나게 될지……. 아니다, 그런 일은 없을 게야. 나는 글렀다. 경한이도, 어멈도 다시는 볼 수 있을 것 같지 않구나. 시복아, 너 혼자 천당에서 외롭지? 기다려라. 어미도 곧 가마. 이 세상에 대한 미련은 손톱만큼도 없다. 어서 나를 데려가 다오. 우리 네 식구 뿔뿔이 흩어져 사느니 차라리 죽는 것이 낫다. 아이고, 금쪽같은 내 손자, 저 어린것이 어떻게 살아남을꼬? 이제 눈물도 나지 않는구나. 아이고…….”

어느덧 배는 제주도에서 완전히 멀어졌다. 조용한 뱃전에 파도만 철썩철썩 부딪힐 뿐이었다. 이씨 부인도 지쳤는지 이제 망연한 눈빛으로 바다만 하염없이 쳐다봤다.

# 새 시대를 기다리며

# 1

 두 사내가 시골 길을 부지런히 걷고 있었다. 앞에 가는 사람은 강파른 얼굴에 마흔 살쯤 되어 보였고, 그를 뒤따라가는 젊은이는 아직 어린 티를 벗지 못했다. 나이 많은 사람은 신태보이고, 젊은 사람은 갓 스무 살이 된 김갑녕이었다.
 그들은 지금 용인 땅 불곡산 근처로 가는 길이었다. 그곳에 얼마 안 되는 천주교인들이 모여 산다는 이야기를 들었기 때문이다. 교난으로 남편을 잃은 부인들이 어린 자식들만 데리고 산다는 것이었다. 지금은 한 명의 교인도 소중한 때였다. 갑녕은 그들의 삶이 궁금했기에 어른 격인 신태보를 설득해 길을 함께 나섰다.
 그들은 같은 동네에서도 가장 외딴 곳에 살고 있었다. 신태보와 갑녕을 보자 그들은 집 안에 숨어들어 방문을 닫았다. 갑녕은 그들이 마음을 열어주길 기다리며 주위를 둘러봤다. 차마 사람 사는 집이라고 말할 수가 없었다. 피난을 와도 그보다는 나을 판이었다. 너덜너덜 떨어진 신발들이 널려 있고 벽마다 갈라져 벌어진 금이 선연했다. 방 안에서 소리가 났다. 자세히 살피니 찢어진 문구멍으로 여러 개의 눈들이 밖을 내다보고 있었다. 여인의 갈라진 목소리가 밖으로 들려왔다.

"어디에서 오셨소?"

"아무도 없는 줄 알았더니 사람이 살긴 살고 있었구려."

신태보가 시치미 떼고 너스레를 떨자 아이들이 킬킬 웃음을 터뜨렸다.

"조용히 못 하겠느냐!"

여인의 앙칼진 목소리에 아이들의 웃음이 쏙 들어가고 말았다. 그녀의 말투를 들어보니 원래 한양 사람인 듯했다.

"당신들이 천주교인이라는 것을 알고 왔소."

"아니요, 우리는 아니오."

"걱정 마시오. 우리도 믿는 사람들이니까."

"정말입니까?"

"정말이고말고요."

갑녕이 웃으며 대답하자 비로소 방문이 열렸다. 피곤에 찌든 여인이 무표정한 얼굴로 나왔다.

"그런데 무슨 일로 오셨소?"

"어떻게들 살고 있으신지 궁금하여 찾아왔소. 교난으로 이곳까지 오게 된 것이오?"

신태보의 말에 여인은 한숨을 폭 내쉬더니 방 안을 향해 소리를 쳤다. 또 다른 여인 두 명이 밖으로 나왔다. 그들은 가슴속에 담아두었던 사연을 털어놓았다. 남편들이 어떻게 죽게 됐는지, 그 이후에 남은 식구들이 어떻게 이곳까지 오게 됐는지 차근차근 들려주었다.

남편들은 나라의 녹을 먹는 위치에 있었다. 둘은 형제간이었다. 형은 선공감繕工監에서 직장으로 일했고, 아우는 부봉사로 근무했다. 또 다른 이는 선공감에서 목수 감독으로 일하다가 그들과 함께 목숨을 잃었다. 그들이 공직에 있었던 까닭에 나라는 가장 가혹한 형벌을 가했다.

가장들이 참터에서 사형을 당하자 동네 인심이 싹 바뀌었다. 그전까지는 고개도 못 들던 사람들이 비웃음에 찬 눈으로 악담을 퍼부었다. 도저히 고향에서 눌러 살 수가 없을 지경이었다. 그들은 하루라도 빨리 고향을 벗어나고 싶은 마음에 새집 구하는 일을 서둘렀다.

그때 마침 용인에 싼 집이 났다는 이야기를 들었다. 친척 하나가 쌀 두 섬을 주고 그 집을 사들였다. 그들이 먼저 살던 집은 임자가 나타나는 대로 팔기로 하고, 살림살이만 대충 챙겨서 급히 고향을 떠났다. 그런데 알고 보니 새로 이사 간 집은 흉가로 소문난 데다가 마을에서도 가장 외진 곳에 있었다. 그러나 그런 것에 일일이 신경 쓸 상황이 못 됐다. 이곳에서도 버티기가 여간 어려운 것이 아니었기 때문이다. 어찌 된 일인지 이곳에 도착하자마자 마을에는 이사 온 그들이 천주학꾼이라는 소문이 퍼졌다. 마을 사람들의 시선이

고울 리 없었다. 자기 마을로 이사 온 사람을 반기는 기색이라고는 어디에서도 찾아볼 수 없었다. 그렇지 않아도 한양에서 생활했던 그들은 시골 생활이 낯설기만 했다. 이제 그들은 마을에서 버려진 사람들처럼 지내고 있었다.

세 집 아이들을 합치면 모두 열세 명이나 됐다. 맏집이 다섯 명으로 아이가 제일 많았고, 나머지 두 집도 자녀를 각각 네 명씩 두었다. 가장 나이 많은 아이는 가영이라는 딸아이인데 고작 열네 살밖에 안 됐다. 그 아래로 줄줄이 연년생 아이들이 있는 것이 흡사 고아원 같았다. 신태보와 갑녕은 조만간 꼭 다시 찾으리라는 약속을 남기고 발길을 돌렸다.

두 번째로 그들이 그 집을 찾았을 때는 아이들이 먼저 나와 반겨주었다. 아낙네들의 표정은 더욱 어두워져 있었다. 마을 청년들이 몰려와서 못살게 군다는 것이었다.

"이 동네에는 더 이상 못 살겠소."

팔월대보름이 지난 다음 날 신태보와 갑녕은 다시 용인을 찾아갔다. 이제는 스스럼없어진 아이들이 두 사람의 양쪽에 매달리며 반겼다. 그들 말고는 사람을 접해 보지 못한 아이들 같았다. 간신히 아이들을 떼어놓은 신태보가 아낙네들에게 인사를 건넨 후 가영이네에게 물었다.

"추석에 송편이라도 좀 먹었습니까?"

"그럴 경황이 어디 있겠소. 겨우 지짐이 두어 가지만 부쳐서 아이들을 먹였지요."

"내가 그럴 줄 알고 떡을 좀 가져왔소. 갑녕아, 그것을 내려놓거라."

떡이라는 소리에 아이들이 갑녕 주위를 뼁 둘러섰다. 아이들은 침을 삼키면서 갑녕이 떡 바구니 여는 모습을 지켜봤다. 그 안에는 송편과 인절미가 가득 들어 있었다. 떡을 본 아이들은 열린 입을 제대로 다물지도 못했다.

"다들 비켜라. 가영아, 저리 가서 아이들에게 고루 나누어 먹이거라."

착한 아이들이었다. 어머니의 한마디에 아이들은 말없이 가영을 따라갔다. 그제야 가영이네는 제일 궁금한 것을 물었다.

"우리가 갈 곳을 알아봤소?"

신태보가 대답을 하기도 전에 가영이네는 눈물부터 쏟았다. 그러더니 그사이에 겪었던 일을 털어놓았다.

"추석날 저녁때 마을 청년들 여럿이 몰려왔소. 천주학꾼들이라 추석에도 메를 떠놓지 않는다는 둥, 조상을 모르는 것들이 사람이냐는 둥 큰소리를 내다가 나중에는 몽둥이로 마루를 쾅쾅 내려치면서 위협하는 거요. 동네에서 억지로 쫓겨나기 전에 스스로 알아서 꺼지라는 말까지 들었소. 얼마나 가슴을 졸였는지 모를 거요. 아이들까지 벌벌 떨며 울먹이는 바람에 겁을 어찌나 먹었는지……."

"나쁜 놈들 같으니라고. 그런 꼴을 더는 당하지 않으려면 어서 이곳을 떠나야지요. 그동안 내가 지낼 만한 곳을 알아봤소."

"어디입니까?"

"강원도 산골입니다."

"강원도 산골?"

세 아낙네가 똑같이 놀라는 표정을 지었다. 갑녕은 그들의 마음을 이해할 수 있을 것 같았다. 한양에서 용인까지도 먼 길이었는데 이제 강원도 산골까지 쫓겨 가야 하는 것이다. 제일 나이 많은 가영이네가 단호하게 말했다.

"상관없소. 사람이라면 이제 지긋지긋하오. 아무도 살지 않는 산골이라니 아주 좋습니다."

"맞습니다. 식구들끼리 모여 살 수 있으면 그것으로 그만이지요."

"나도 찬성이오. 간섭 안 받고 살면 더 이상 소원이 없겠소."

"좋소. 그럼 모레로 이사 날을 정합시다. 다행히 친구들이 도와준다고 합디다. 가마 두 대가 올 테니 조금은 도움이 될 것이오."

아낙네들은 당장 이사 준비에 들어갔다. 이사하는 날 아침에 작은 소란이 일어났다. 작은집 가준이네와 목수 집 수철이네 사이에서 누가 먼저 갈지를 놓고 다툼이 벌어진 것이다. 가마가 모자라는 통에 어느 한 집 아이들은 며칠을 더 기다려야 했기 때문이다. 결국 갑녕이 중재에 나서서 수철이네가 나중에 떠나기로 했다.

# 2

　드디어 일행은 장도壯途에 올랐다. 노새 한 마리에 솥단지 같은 무거운 짐을 싣고 신태보가 앞장을 섰다. 그의 사촌 아우 이여진도 동행했다. 열 살 안팎의 아이들이 뒤이었고, 그 뒤를 가마꾼들이 따라갔다. 두 아낙네가 어린아이들을 돌봤고, 옷 보따리와 이불을 지게에 가득 짊어진 갑녕이 맨 뒤에 섰다. 온종일 걸은 그들은 해가 기울 때가 되어서야 첫날 목표 지점인 모현에 닿았다. 그곳에는 또 다른 두 집안이 먼저 도착하여 그들을 기다리고 있었다.
　그 두 집안에는 굵직한 젊은이들이 많았다. 제일 어린아이가 열두 살이었고 스무 살 안팎의 청년들도 너덧 명이나 됐다. 그들도 모두 천주교를 믿다가 가장이 수난을 당하고 동네에서 쫓겨나다시피 한 사람들이었다. 인씨 성을 가진 집은 가장이 포도청에서 골병이

들도록 얻어맞고 나와서 앓다가 죽었고, 박씨 성을 가진 집은 가장이 형장에서 참형을 당했다. 두 집안 모두 교우들끼리 모여 살자는 신태보의 제안을 기꺼이 받아들이고 동참했던 것이다.

길가에 즐비하게 앉아서 기다리던 그들과 용인 불곡산 근처에서 떠난 가족들이 합류하니 각양각색의 사람들이 모인 시장 바닥처럼 어수선했다. 신태보는 우선 주막부터 잡기로 했다. 주막거리인지라 주막이 서너 채 있었다. 그중 가장 커다란 주막집의 주인을 만난 신태보는 주막을 통째로 얻되 잠만 자고 밥은 각자 해 먹는 것으로 흥정했다.

그날 저녁때 신태보는 가마를 메어준 친구들에게 막걸리를 사면서 말했다.

"여보게들, 오늘 일은 고맙기 그지없네. 보다시피 여기에 모인 사람들은 전부 천주교인일세. 저쪽 두 집도 우리와 함께 두메산골로 살러 가는 사람들이지. 세상은 우리를 제사도 안 지내는 패악 무도한 무리로 보고 있어. 억울하지만 기다려야겠지. 언젠가 그런 누명을 벗을 날이 꼭 올 게야."

이튿날, 시흥 근방에서 온 인씨네와 박씨네가 먼저 출발했다. 그들도 노새를 끌고 와서 무거운 짐들을 싣고, 나머지 짐들은 적당한 크기로 나누어 각자 등에 짊어졌다. 마치 등짐장수들이 일렬로 꼬리를 물고 다니는 광경 같았다. 그들을 뒤따라가는 용인 식구들까지 합하면 사십여 명에 이르렀다. 이여진이 웃으면서 한마디 했다.

"형님, 마치 모세가 이스라엘 백성들을 이끌고 가나안으로 향하는 것 같구려."

그 말에 신태보는 쓴웃음을 지었다. 그날은 이포 나루까지 갔다. 한양으로 올라가는 쌀섬들과 한양에서 내려오는 일용 잡화들이 나루터에 즐비하게 널려 있었다. 쌍거룻배에 노새들을 태워 먼저 보낸 다음에 사람들이 뒤따라 강을 건너고 그날 밤을 지낼 하처를 잡았다.

사흗날 아침에 가마를 메고 왔던 친구들은 모두 돌아갔다. 여기서부터는 어린아이들도 걸어야만 했다. 용인 아낙네들은 많이 지쳐 있었다. 겨우 어기적거리면서 발걸음을 옮길 정도로 걷는 속도가 현저히 느려졌다. 원래 한양에서 생활했던 그들은 십 리 밖도 제대로 걸어본 적이 없는 까닭에 발병이 난 것이다. 두 살짜리 젖먹이부터 그 위로 고만고만한 아이들이 수두룩하니, 도대체 언제나 목적지에 도착할 수 있을지 가늠할 수가 없었다.

결국 갑녕만 바쁘게 됐다. 지게 짐을 중간에 내려놓고 빈 몸으로 돌아온 그는 꼬마들을 번갈아 업어 날랐다. 몇 십 리를 그렇게 가는 바람에 그날은 겨우 삼십 리밖에 못 걸었다.

나흘째 되는 날 일행은 양동까지 갔다. 그곳에서 용인 아낙네들이 급기야 앓아누웠다. 다른 가족들도 거기에서 당분간 쉴 수밖에 없었다.

"우리가 먼저 가서 잠자리를 마련하는 것이 좋겠네."

신태보, 이여진, 김갑녕은 달봉과 시봉 형제, 주학과 주혁 형제를 함께 갈 사람으로 뽑았다. 달래라는 여자아이도 먼저 데려가기로 했는데, 여인네의 손이 필요한 일도 분명 있을 터였다. 얼마 후에 그들은 목적지인 도둑머리 고개에 도착했다. 신태보가 설명했다.

"이 고개는 경기도와 강원도의 접경 지역일세. 경기도 포졸들은 절대로 남의 도를 넘지 않는다더구먼. 그래서 여기 근처를 우리 소굴로 정한 것일세."

"소굴이라, 형님의 말을 들으니 우리가 도둑 패라도 된 것 같소."

"하하하."

길가에서 조금 떨어진 곳에 오두막 한 채가 있었다. 오십 대로 보이는 주인 내외는 그들이 여기에서 새 터전을 일구겠다는 말을 듣자 걱정스러운 표정부터 지었다.

"도대체 이곳에서 무엇을 해 먹고 살려는 것이오?"

"열심히 일하면 먹을 것은 하느님께서 내려주시겠지요."

"아무튼 반갑긴 하구먼. 누가 이웃에 이사 온다고 하니까."

"부탁이 있습니다. 당분간 방을 하나 빌려주셨으면 하오. 우리가 살 집을 후딱 짓는 며칠 동안만 신세를 지게 해주시오. 그리고 저 아가씨는 안방에 좀 재워주구려."

"그런 일쯤이야 얼마든지 편의를 봐줄 수 있소."

그래도 비어 있는 윗방에서 일곱 명이 자기에는 비좁았다. 갑녕과 달봉은 헛간에 멍석을 깔고 잠을 청했다.

이튿날 그들은 아침 일찍부터 서둘렀다. 도둑머리 고개에서 오른쪽으로 꺾어져 한 마장쯤 내려간 후에, 이번에는 길을 버리고 오른편 산속으로 들어갔다. 그리고 길도 없는 풀밭을 활 두어 바탕쯤 오르니 앞이 훤히 트이는 분지가 나타났다.

"눈앞에 보이는 저 일대가 우리가 살아갈 터전일세."

신태보의 말에 일행은 감개무량한 듯 사방을 둘러봤다.

"이쪽 끝에서 산비탈을 따라가다가 산으로 막히는 저쪽 끝까지 한 오 리는 넉넉할 게야. 십여 호가 농사를 짓고 살기는 충분해 보이네."

"넉넉하고말고요."

"열 집이 아니라 그 곱절인 스무 집도 살겠습니다."

그들은 그렇게 말하면서 주변을 꼼꼼히 살폈다. 제법 괜찮은 곳이라는 생각이 들었다. 갑녕이 신태보에게 물었다.

"언제 이런 곳을 봐두셨습니까?"

"접경 지역으로만 며칠을 찾아다녔지. 이곳을 둘러보다가 바로 여기다 싶었네. 한양에서도 그리 멀지 않은 거리에 있는 편이니 도성 소식도 충분히 들을 수 있을 게야."

집터 닦을 만한 곳은 사방에 널려 있었다. 일행은 즉시 집 짓는 작업에 착수했다. 두 사람씩 짝을 이루어 일을 분담했다. 우선은 집터 닦을 일이 급했다. 그 일은 갑녕과 달봉이 맡았다. 주학 형제와 시봉은 근처 산에서 기둥과 석가래로 쓸 만한 나무들을 베어 왔다. 신태보는 산골 개울가에서 방고래로 쓸 만한 넙적한 돌들을 골라냈다. 이여진은 집을 짓는 데 필요한 도구들을 구해 오는 등 다른 사내들을 보조했다. 솥을 걸고 땔나무를 구하는 일은 달래의 몫이었다. 사람들이 부산히 움직이는 것도 모르는 양 노새들은 한가롭게 풀을 뜯고 있었다.

갑녕이 곡괭이로 커다란 돌을 빼내고 움푹 팬 곳을 흙으로 메워 집터를 닦았다. 그는 혼자서 서너 사람 몫을 너끈히 해냈다. 무슨 일을 시켜도 막힘없는 것이 갑녕의 장점이었다.

갑녕은 다른 사람들과 달리 기둥을 세웠다. 앞을 높은 기둥으로 세우고 뒤로 갈수록 낮게 내리더니 맨 끝은 거의 땅에 닿게 했다. 겨울철 추위를 대비하기 위한 갑녕만의 방법이었다.

그런 뒤에 갈대를 몇 다발씩 거두어 칡으로 엮은 뒤에 진흙 벽을 쳤다. 마지막으로 방고래를 놓았는데, 땅을 여러 갈래로 파서 연기가 잘 빠지도록 한 다음에 넙적한 돌로 덮었다. 그 위를 진흙으로 고르게 발라 방바닥을 편편하게 만든 뒤에 속성으로 말렸다. 지천에 깔린 나무를 때서 밤새 방바닥을 말리니 훌륭한 방이 완성됐다. 신태보가 갑녕을 칭찬했다.

"자네는 방 놓는 것도 일가견이 있어. 이런 일에 경험이 많은 듯하구먼."

"어려서부터 어깨 너머로 봐온 일이구먼요."

"무슨 일이나 못하는 것이 없으니 재주가 많아."

"남의 집 종노릇을 하다 보면 못하는 일이 없게 마련입니다."

갑녕은 남의 집 종노릇한 것을 자랑하듯 스스럼없이 털어놓았다. 그의 자랑 아닌 자랑에 모두들 웃음을 터뜨렸다. 첫번째 집을 짓고 나니 그 다음은 쉬웠다. 일꾼들이 집 짓는 일에 숙달될수록 처음보다 훨씬 빠르게 진척됐다. 두 번째, 세 번째 집은 첫번째 집보다 수월하게 지을 수 있었다.

집 짓는 일이 끝날 무렵, 용인 아낙네들이 어린아이들을 데리고 그곳에 도착했다. 용인을 떠난 후 여드레 만이었다.

그사이에 신태보는 시봉을 데리고 용인 불곡산에 남아 있는 가족을 데리러 갔다. 수철이네는 신태보를 보자마자 눈물을 펑펑 쏟았다.

"왜 그러시오?"

신태보가 의아해하며 묻자 그녀는 기가 막히는 말을 내뱉으며 울었다.

"우리 막내 아기를 약 한 첩도 못 먹이고 죽였다오. 누구 한 사람 도울 이도 없으니 내 손으로 자식을 땅에 묻고 말았소."

그녀는 그 일을 입 밖으로 내어 말하자 서러움이 더욱 복받치는지 한층 거세게 울었다. 신태보가 그녀를 위로했다.

"고생스럽게 사는 것보다 하느님의 품에 안기는 것이 더 나은지도 모르오. 산 사람들이라도 열심히 삽시다. 자, 힘을 내시오."

수철이네가 도착하자 이미 그곳에 짐을 푼 가족들이 환영했다. 수철이네도 방 두 칸에 부엌까지 딸린 집을 보고는 응어리진 마음이 조금 풀렸다. 오두막일지언정 자기 집이 생기니 어느 부잣집 부럽지 않게 마음이 뿌듯한 모양이었다.

"이 집들을 짓느라고 고생들이 많았소. 큰절 받으시오."

수철이네는 정말로 땅바닥에 엎드리며 큰절을 올렸다. 수철이네의 큰절을 받은 사내들이 민망해하자 달봉의 할머니가 큰소리로 말했다.

"나는 절 안 하려오. 우리네 전부를 대표해서 저이가 절한 것으로 여기시오.”
 그 말을 들은 사람들이 모두 웃음을 터뜨렸다. 신태복이 '으흠' 하고 목청을 가다듬은 후에 말했다.
 “내 생각인데, 나는 이곳을 수구대壽求臺라 부르고 싶소.”
 “그것이 무슨 뜻입니까?”
 “우리의 목숨을 구해 줄 땅이라는 뜻이오.”
 “그것 참 좋은 뜻인 것 같소. 장차 이곳을 개간하여 우리가 번성할 터전으로 만듭시다.”
 “터전으로 끝낼 것이 아니라 이곳을 우리의 낙원으로 만들어야지요.”
 “아무렴, 그렇게 하고말고······.”
 “수구대 만세!”
 그날 그들의 마음은 오래간만에 하나가 됐다.

# 3

 수구대의 삶은 평화로웠다. 아이들은 떼로 몰려다니면서 사방에 널려 있는 산과실을 따 먹느라 시간 가는 줄 몰랐다. 머루, 다래, 땅에 떨어진 산밤까지 먹을거리가 지천이었다. 용인 아이들은 난생 처음 먹어보는 산과실들의 맛에 환장할 지경이었다. 배가 터지도록 먹어도 아무런 탈도 없는 것이 신기하기만 했다.
 누가 가을은 천고마비의 계절이라고 말했던가? 산속에 살다 보니 갑녕은 그 말을 저절로 실감했다. 하늘은 청명하고 집집마다 매여 있는 노새들은 살이 올라 기름이 자르르 흘렀다. 골골이 나무들도 붉은빛으로 새로 단장해서 그야말로 만산홍엽이었다. 계절에 따라 옷을 갈아입는 산을 둘러보노라니 갑녕은 자연의 신비로움에 빠져들었다. 그는 나무들이 부러웠다. 외부의 간섭이 없으면 나무는 죽는 날까지 백 년이고 이백 년이고 조용히 살아갈 것이다. 우리 인간들만 자유롭게 살지 못하도록 서로를 괴롭히는 것이다. 왜 사람은 남을 구속하고 학대하려 드는 것일까? 어째서 예수를 믿는 것이 죄일까? 울긋불긋한 단풍들을 바라보면서 갑녕은 깊은 상념에 잠기는 일이 많아졌다.

10월 중순에 갑자기 추위가 다가왔다. 추위에 익숙하지 않은 수구대 사람들은 방 안에서 꼼짝하지 않았다. 그래도 바깥을 더 좋아하는 아이들과 어른들 사이에는 실랑이하는 소리가 끊이지 않았다. 아이들은 방 안의 아늑한 맛을 몰랐다. 지천인 나무들로 군불을 지펴서 방바닥이 철철 끓는 그 맛을.

다행히 사흘을 춥다가도 이내 날씨가 풀리니 나흘은 따뜻했다. 하지만 날씨 말고 곧 다른 걱정거리가 생겼다. 김장철이 되자 수구대 사람들은 마음이 심란했다.

"우리 생전에 김장을 못 담그기는 이번이 처음일세."

"그러게 말입니다. 무 꽁다리 하나 없으니."

"겨울 동안 무엇을 먹고살아야 하오?"

신태보는 갑녕과 달봉, 주학을 데리고 인근 동네인 풍수원으로 갔다. 수구대 사람들이 빈손만 털고 있는 형편을 전해 듣자 모두들 동정을 아끼지 않았다.

"내일 우리 동네에 김장을 담그는 집이 많이 있소. 조금씩 나눠줄 테니 그것으로 어떻게 해보시오."

"딱도 해라. 긴 동지섣달에 무엇을 먹고산담."

"고추, 마늘도 없다니 그 형편이 오죽하겠소."

풍수원 아낙네들은 자기 일인 양 걱정했다. 그들도 넉넉지 않은 처지였지만 자기들이 필요한 양보다 더 많은 김장감을 마련해 주었다. 집집마다 나눠주는 김장을 합치니 꽤 많은 양이 모였다. 수구대 사람들은 그것들을 지게로 날랐다. 무청도 하나 남김없이 모두 걸어 왔다. 무청을 엮어서 말려두면 봄철에 요긴하게 먹을 터였다.

사내들은 양동 장날에 큰독을 몇 개나 사 왔다. 독마다 김장을 그득하게 채운 뒤에 땅을 파고 깊이 묻었다. 그렇게 하여 한시름을 덜었다. 하지만 아직도 남은 문제가 있었다. 사람들은 마지막 가산까지 전부 처분하여 수구대로 이주하는 여비를 마련했던 것이다. 그들에겐 당장 먹고살 쌀이 필요했다. 신태보는 다시 풍수원으로 올라가서 장려 쌀을 얻을 방법을 상의했다. 하지만 장려 쌀을 놓을 집이 마땅치 않았다. 너나 할 것 없이 가난한 마을이었다. 가을 추수가 끝난 뒤에 이웃 마을의 친구라도 만나면 풍수원 사람들은 이렇게 인사말을 나누곤 했다.

"추운 겨울날 먹을 양식은 장만해 놓았는가?"

"설 지낸 장사 없다는 것을 잊지 말게."

실정이 그러했으니 풍수원에서 장려 쌀 놓을 집을 구하기란 쉽지 않았다. 다행히 마을 사람 하나가 귀가 번쩍 뜨이는 말을 해주었다.

"밤골 최 부잣집을 찾아가 보시오. 이 근방에서 그 집이 가장 잘 사니까."

이튿날 신태보는 갑녕을 데리고 삼십 리 떨어진 밤골이라는 동네를 찾아갔다. 그들의 행색을 훑어본 최 부자는 떨떠름한 표정을 지었다. 신태보는 '에라, 모르겠다' 하는 심정으로 그곳까지 찾아온 경위를 솔직하게 털어놓기로 했다. 그런데 예순 정도로 보이는 최 부자는 뜻밖에도 천주학 이야기가 나오자 관심을 보였다.

"안 그래도 내가 꼭 듣고 싶었던 이야기일세. 대체 천주학이 어떤 종교이기에 아이들을 수두룩하게 놔두고 자기 목을 바친단 말인가?"

그 말을 들은 신태보는 일이 잘 풀릴 것 같은 마음이 들었다. 그는 심혈을 바쳐 설교하기 시작했다. 최 부자는 신태보가 하는 말에 귀를 기울였다. 점심때는 겸상으로 대접하더니 저녁이 돼도 그 이야기를 계속 들려달라고 조르는 것이었다. 그날 날이 저물도록 신태보가 설교를 하는 바람에 결국 그 집에서 밤을 지내게 됐다. 밤이 깊었을 무렵 신태보가 결론적으로 말했다.

"생원님, 그러니 우리 천주교가 나쁘다고 할 수는 없겠지요?"

"글쎄, 내 아직 거기까지는 모르겠네. 그러나 설령 종교에 잘못이 있어도 그 종교를 믿는 수백 명을 죽이는 일은 분명 옳지 않구먼."

"남인 계열의 선비들을 죽이기 위한 술책이었습니다."

"쯧쯧, 그러니 나라 꼴이 이 모양이지."

이튿날 아침, 최 생원은 나락 열 섬을 내주었다. 갑녕이 책임지고 내년 가을까지 갚기로 약속했다. 최 생원이 껄껄 웃으며 말했다.

"정이월이 되기 전 동짓달에 장려 쌀을 놓기는 내 평생 처음일세."

그날 저녁 식사를 마친 뒤에 수구대 사람들이 전부 한자리에 모였다. 신태보는 그 자리에서 갑녕을 정식으로 소개했다.

"갑녕이는 주문모 신부님을 모시던 사람이오. 집주인 강 골롬바를 비롯하여 최창현, 정약종 같은 어른들도 자주 뵈었소. 맨 나중에는 황사영 진사님을 모시고 배론으로 피신해 살기도 했소. 황 진사님이 순교하신 뒤로는 몇 달간 떠돌이 생활을 하다가 나와 만났지요. 집도 친척도 없는 천애 고아올시다. 여러분과 함께 수구대에서 살게 될 것이니 그리 아시오."

갑녕이 살아온 이력을 들은 사람들은 다른 눈으로 그를 바라보게 됐다. 갑녕이 말했다.

"나는 이곳 수구대를 내 고향으로 여기고 살아갈 것이오. 여러분이 배척만 하지 않는다면……."

"배척이라니 그런 말은 다시 하지 말게."

"처음부터 우리는 한식구나 다름없지."

"형님 같은 든든한 일꾼이 있어서 우리는 너무나 든든하다오."

모두들 한마디씩 던져 갑녕을 따뜻하게 환영했다. 신태보가 흐뭇한 웃음을 흘렸다.

"여진이와 나는 곧 여기를 떠날 생각이오."

다시 신태보가 말하자 모두들 조용해졌다. 잠시 후 가영이네가 입을 열었다.

"그동안 정말 고마웠소. 가끔씩 이곳을 찾아주겠지요?"

"그럼요. 틈날 때마다 잊지 않고 들르겠소."

그 말에 수구대 사람들의 서운한 마음이 풀어졌다. 수구대 사람들과 신태보는 그날 밤늦게까지 앞으로 살아갈 이야기를 나누었다.

# 4

 하룻밤 사이에 첫눈이 하얗게 내렸다. 갑녕은 평안한 마음으로 온통 새하얀 눈으로 덮인 세상을 둘러봤다. 천지가 눈으로 골고루 덮인 풍경은 마음을 평화롭게 만들었다. 자연은 높고 낮은 곳 없이, 있는 자와 없는 자를 구분하지 않고 흰 눈으로 공평하게 가려주었다.
 눈이 내린 덕분에 날씨는 포근했다. 아이들은 제 세상을 만난 듯 눈밭을 휘젓고 다녔다. 갑녕은 올가미를 만들어 여러 곳에 덫을 놓았다. 별다른 기대 없이 놓은 덫이었다. 그런데 이게 웬일인가. 다음 날 아침에 돌아보니 노루 한 마리와 산토끼 여남은 마리가 걸려들었다. 노루 한 마리로 온 동네 사람들이 잔치를 벌였다. 가죽은 따로 소중히 간직했다. 산토끼도 모조리 가죽을 벗겨 그늘에 말렸다. 짐승 가죽을 벗기는 것은 아무나 할 수 있는 일이 아니었다. 그러나 갑녕에겐 그 일조차도 식은 죽 먹기처럼 쉬웠다.

잘 말린 가죽은 추위를 막는 데 요긴하게 사용됐다. 짐승 가죽으로 아이들에게 옷을 지어 입히니 아무리 혹독한 추위가 들이쳐도 끄떡없었다. 겨우내 그렇게 만든 가죽 옷을 수구대 사람들이 모두 나누어 입어 동네가 동물 마을처럼 보일 정도였다.

그러는 사이 신태보와 이여진이 수구대를 떠났다. 두 사람이 돌아가자 수구대는 마을 일을 능히 이끌어갈 만한 남자 어른이 하나도 없는 동네가 됐다. 사람들은 상의한 끝에 마을의 지도자로 갑녕을 추대했다. 갑녕은 자기보다 나이 많은 어른이 있다고 극구 사양했으나 나이 많은 여인네들은 자기주장을 굽히지 않았다. 그제야 갑녕도 어쩔 수 없이 동의했다.

"언제나 연세 많으신 어른들과 논의하여 마을 일을 처리해 나가겠습니다."

그해 겨울을 무사히 넘기고 새해를 맞으니 임술년壬戌年이 가고 1803년 계해년癸亥年이 됐다. 갑녕도 스물하나가 됐다. 세상에 무서울 것이 하나도 없는 나이였다. 그러나 그의 삶은 소박하기 그지없었다. 그는 수구대의 움막같이 작은 집에 틀어박혀 풍수원에서 얻어 온 짚으로 생활 용품들을 만들며 하루를 소일했다. 아낙네들은 그가 만들어내는 온갖 일상 용품들을 무척 반겼다. 갑녕은 소쿠리부터 맥방석까지 골고루 만들었다. 짚공예는 하루 이틀 배워도 능히 할 수 있는 것이 아니라 오랜 기간 경험을 쌓아야만 할 수 있는 기술이었다. 갑녕은 어려서부터 동네 머슴들에게 주먹으로 숱하게 쥐어박혀 가면서 그런 기술들을 익혔다. 그는 아침이 되면 덫에 걸린 짐승들을 확인하러 일일이 돌아다녔다. 작든 크든 간에 반드시 짐승이 걸려 있었다. 그가 겨울 동안 잡은 짐승만 해도 수백 마리가 넘었다. 고기는 수구대 사람들의 영양 보충 음식으로 요긴하게 쓰였고, 가죽은 잘 말려서 장날에 내다 팔았다. 그렇게 수구대 사람들은 엄동설한의 긴 삼동을 넘겼다.

봄빛은 대지에서 먼저 올라왔다. 양지쪽에 파릇파릇 새싹이 돋아나기 시작했다. 쑥이 고개를 내밀기 시작하자 아낙네들은 날마다 쑥을 캐서는 그것으로 개떡을 만들고 밥에도 섞어 먹었다. 쑥 캐는 일이 또 다른 일과가 됐다. 뙤약볕에 앉아서 쑥을 캐다 보면 어느새 햇빛을 받은 머리가 노랗게 될 지경이었다. 가끔씩 먹는 고기를 빼면 신선한 음식을 오래도록 먹어보지 못한 수구대 사람들에게 쑥은 별미로 많은 도움을 주었다.

또한 마를 빼놓을 수는 없으리라. 마는 흰 덩이뿌리를 가진 식물로 둥근 통 모양으로 생겼다. 늘 배고픈 아이들에게 마처럼 든든한 식사 대용 먹을거리는 없었다.

봄이 완연해지자 수구대 사람들은 개간 작업에 몰두했다. 젊은 사내들이 곡괭이로 굵은 돌을 캐내면 아낙네들이 작은 돌을 주웠다. 아이들도 고사리 손을 보탰다.

달봉이네 집에서는 몸이 좋지 않은 달봉 할아버지도 밖으로 거동하여 땅을 일구는 데 힘을 보탰다. 집안일은 당연히 달봉 할머니가 주관했다. 인씨 집안은 할머니 덕분에 화평하게 살아갈 수 있었다.

주학이네 집은 어머니 혼자서 집안일과 바깥일을 모두 도맡았으나 육 형제가 전부 효자인 까닭에 아무런 문제가 없었다. 고명딸 달래도 어머니의 말을 절대 거스르지 않았다.

큰집 가영이네와 작은집 가준이네, 수철이네는 산골 생활에 완벽하게 적응했다. 처음 해보는 농사일이지만, 세 과부가 무섭다는 말이 나올 정도로 억척스럽게 일했다. 더군다나 갑녕이 자연스럽게 그 집 식구가 되어서 일에 앞장서니 그들은 한층 힘이 솟는 것 같았다. 모두들 어찌나 열심인지 그때 그들이 일하는 모습을 누군가 눈여겨봤다면 세상에서 가장 부지런한 사람들이라고 혀를 내둘렀을 것이다.

가을이 됐다. 여름내 부지런히 일한 덕분에 농작물들을 풍성하게 거두었다. 거름을 전혀 펴지 않았음에도 하나같이 풍작이었다. 처음 생무지 땅에 잡풀들을 제거하려고 불을 지른 다음에 농작물을 가꾼 것이 그 비결이었다. 그들은 화전민처럼 농사짓는 방법을 자연스레 터득했던 것이다.

"김장거리를 우리 손으로 가꾸다니! 작년 생각만 하면 정말 꿈만 같으이."

"아무렴요. 배추 한 포기가 없어서 풍수원 사람들에게 얻어다가 먹었던 것을 생각하면……."

그러던 어느 날 가영이네가 갑녕을 찾아 나섰다. 갑녕은 아이들과 함께 산밤을 주워 오는 중이었다.

"너희는 먼저 내려가거라. 자네는 나와 잠깐 이야기를 나누세."

가쁜 숨을 가라앉힌 뒤에 가영이네가 진지하게 말을 꺼냈다.

"자네는 내 사윗감일세. 한두 해 지나면 가영이와 혼배를 시킬 생각이야. 그렇게 알고 있게."

일방적인 통고나 마찬가지였다. 어리둥절해하던 갑녕이 입을 열었다.

"그런데……."

"두말하지 말게. 자네는 내 사위야."

"저는 천한 종입니다. 가영이는 양반 가문 여식이고요."

"양반이면 무엇을 하나. 우리 예수 믿는 사람들은 그런 것을 따지지 않기로 하지 않았는가?"

"그렇지만……."

"우리가 누구를 믿고 살아왔는지 모르겠는가? 하느님이 자네를 우리 집으로 보내준 게야. 나는 그렇게 믿고 있네."

갑녕은 가영을 떠올렸다. 가영은 볼수록 기특한 아이였다. 세 집의 아이들을 잘 통솔하는 것만 봐도 그녀는 장차 신붓감으로 갑녕의 분수에 넘치는 것이 사실이었다. 인물로나 행동거지로나 얼마 지나지 않아 가영은 사람들의 눈길을 끌 것이 틀림없었다. 갑녕은 조금만 대답을 기다려달라고 했다. 가영이네가 잠깐 생각한 끝에 입을 열었다.

"알겠네. 그렇다고 달라질 것은 아무것도 없다는 걸 명심하게."

수구대에 다시 겨울이 찾아왔다. 감자와 옥수수는 여름 내내 식량으로 삼았고, 콩과 조는 가을에 거두어 겨우내 먹는 곡식이었다. 쌀농사를 제외하고는 모든 곡식을 자급자족할 수 있다는 것이 그들 스스로도 대견했다. 하느님에게 감사할 일이었다.

"내년에는 따비밭을 더 많이 일구어서 농사를 지어야지."

그것은 모든 수구대 사람들의 염원이었다. 불가능한 일도 아니었다. 지금같이 열심히 일한다면 얼마든지 이룰 수 있는 바람이었다.

겨울 동안 갑녕은 잔뜩 쌓아놓은 나무로 장작을 패거나, 짚으로 소쿠리나 바구니 같은 그릇을 만들거나, 짐승을 잡기 위한 올가미를 만들었다. 전해와 마찬가지로 사냥하는 일이 그에겐 가장 큰 즐거움이 됐다. 멧돼지라도 걸리는 날은 온 수구대가 떠들썩했다. 어른 아이 할 것 없이 모두가 멧돼지 고기로 배가 터지도록 빈속을 채웠다. 그러고도 남는 짐승 고기는 풍수원으로 올려 보냈다.

정월 초하룻날 갑녕은 바람 좀 쐬고 오겠다는 말을 남긴 채 수구대를 벗어났다. 오랫동안 수구대에만 있다 보니 세상일이 궁금했던 것이다.

맨 처음 찾아간 곳은 하상의 집이었다. 한양 가는 길목에 있어 들르기가 수월했다. 다행히도 살림살이가 전보다 안정되어 보였다.

"마님, 그동안 무탈하게 지내셨는지요?"

"어서 오게. 자네가 어떻게 지내는지 궁금했다네. 지난해 가을에 잠깐 다녀간 이후로 처음이지?"

"저희도 살림이 좀 폈습니다. 수구대 전체가 이젠 배곯지 않고 지내게 됐구먼요."

"얼마나 고마운 일인가. 하느님께 감사해야지."

"하상이는 어디 갔습니까?"

마침 밖에서 하상이 들어오던 참이었다. 갑녕을 본 하상의 얼굴에 화색이 돌았다.

"형!"

"하상아!"

두 사람은 얼싸안고 기뻐서 어쩔 줄을 몰랐다. 모르는 사람이 봤으면 그들이 친동기라도 되는 줄 알았을 것이다. 갑녕이 하상의 손을 쓰다듬으며 말했다.

"올해 하상이가 몇 살이더라?"

"아홉 살."

갑녕은 다시 한 번 하상을 껴안았다. 하상이 아버지 없이 커가는 모습이 대견하면서도 불쌍했다. 그날 밤 갑녕은 하상과 함께 자면서 지난날 정약종에 관한 여러 이야기들을 들려주었다. 소년은 아버지가 순교하신 것부터 갑녕이 직접 겪었던 교회 일화들을 귀 기울여 들었다. 이미 여러 번 들은 이야기였지만 하상은 전혀 싫증 내지 않았다.

그런 뒤에 갑녕은 황사영이 살던 동네로 갔다. 황사영 가족의 소식을 들으려는 것이다. 갑녕의 눈에 쓸쓸한 풍경이 들어왔다. 황사영이 살던 집은 없어졌고, 그 집터에는 웅덩이가 눈에 덮인 채 있었다. 역적질을 한 집안이라고 그 집채를 깡그리 부순 다음 집터에 웅덩이를 파놓았던 것이다. 웅덩이로 변한 집터를 보는 갑녕의 마음이 쓰라렸다. 문득 육손이 어떻게 됐을까 궁금해졌다. 갑녕은 마침 그곳을 지나가던 중년 사내에게 물었다.

"혹시 저 집에 살던 육손이라는 종을 아시오?"

"알다마다. 저 아래 굴레방다리 근처에 산다던데."

갑녕은 그 집을 물어물어 찾아갔다. 그러나 육손은 없었다.

"품 팔러 갔소. 몇 달째 감감무소식이오."

병든 육손의 아내가 말했다. 갑녕은 그녀의 표정에서 육손의 힘겨운 삶을 짐작할 수 있었다. 갑녕은 그간 궁금했던 것을 물었다.

"큰마님과 작은마님, 경한이 소식은 모르시오?"

"제물포에서 배로 떠났다는 말은 들었는데 그 뒤로는 나도 모르오."

육손을 만나기 전에는 그 배를 저었던 뱃사람들에 대해서도 알 수 없으니 헛일이었다. 봄이 되기 전에는 육손도 돌아오지 않을 터였다. 그저 봄이 오기를 기다릴 수밖에 다른 방법이 없었다.

다시 봄이 됐다. 가영이네의 독촉이 심해졌다. 마침내 갑녕도 가영과 혼인하기로 마음먹었다. 갑녕의 대답을 들은 가영이네는 당장 혼례식을 준비했다. 며칠 후 갑녕과 가영은 혼례를 올렸다. 풍수원 사람들이 몽땅 손님으로 몰려오는 바람에 수구대는 모처럼 사람들로 북적였다. 몇 년 내 다시 볼 수 없는 흐뭇한 광경이었다.

# 5

 무심한 세월은 빠르게 흘렀다. 갑녕이 남한강 변 가재울 마을에서 쫓겨난 지 꼭 십 년이 됐다. 열여덟 총각이던 갑녕도 이제 스물여덟 먹은 가장이 됐다. 수구대로 들어온 지도 벌써 팔 년이 지난 것이다.
 그동안 수구대에는 많은 변화들이 있었다. 갑녕의 뒤를 따라 주학과 주혁 형제, 시봉도 외지에서 색시들을 데려왔다. 자식을 낳아 식구도 부쩍 늘었으며 덩달아 집도 많아졌다. 그뿐만 아니라 구산이라는 동네에서 몇 집이 이주해 오는 바람에 수구대는 제법 큰 마을을 이루게 됐다.
 갑녕은 남매를 두었다. 가영은 몸도 마음도 건강하여 모든 일을 척척 해냈다. 나이답지 않게 무슨 일이든 솔선수범하여 많은 사람들이 그녀의 말을 따랐다. 갑녕과 가영 부부는 수구대를 든든하게 지키는 수문장 같은 인물들이었다.

그러나 갑녕의 마음 한구석은 여전히 허전했다. 무엇인가 빠진 듯한 기분이 좀처럼 떠나지 않았다. 예수를 믿으면서 해야 할 일은 분명 많은데도 무엇을 어떻게 해야 할지 갈피를 잡을 수 없었다. 늘 밝게 웃던 갑녕의 얼굴에 그늘이 드리워지는 날들이 점점 많아졌다.

마침내 갑녕은 결단을 내렸다. 그해 추수를 끝내자마자 수구대를 떠난 갑녕은 유일한 스승이랄 수 있는 신태보를 찾아갔다. 신태보는 여전히 건강했으며 신앙생활에도 충실했다. 갑녕은 다짜고짜 자신의 마음을 털어놓았다.

"우리가 이대로 숨어 살 수만은 없지 않습니까?"

"자네 말뜻은 알겠네. 하지만 별도리가 없지 않은가."

"우리가 앞장서서 신부님을 모십시다."

"신부님을?"

신태보의 두 눈이 커졌다. 갑녕의 제안은 전혀 생각지도 못한 것이었다. 갑녕이 말을 이었다.

"우리가 함께하면 뜻을 이룰 수 있을 것입니다."

"자네가 아직 한창 나이라 그런 생각을 할 수도 있겠지만 쉽게 추진할 수 있는 일은 아닐세."

"저도 결코 쉬운 일이 아니라는 것을 잘 압니다. 그렇다고 곳곳에 숨어 지낼 교우들을 생각하면 이대로 눌러앉아 제 몸이나 간수하며 살 수는 없어요. 교난이 있은 후 벌써 십 년입니다. 지금처럼 십 년이 더 지나가면 조선 천주교는 소멸하고 말 것입니다."

갑녕의 말은 일리가 있었다. 신태보는 깊은 생각에 잠겼다.

"스승님과 제가 교우들을 만나러 다니는 겁니다. 시국도 잠잠해졌으니 전날처럼 포졸들이 마구 날뛰지는 않겠지요. 어떻습니까? 우리가 한번 시도해 보는 것이······."

"그렇게 하세. 한양을 비롯하여 전국 방방곡곡에 묻혀 있는 교우들을 만나보면 무슨 좋은 의견이 나올 게야."

"좋습니다. 스승님만 모시고 다니면 누구를 만나도 설득할 수 있을 것 같습니다."

"충청도 내포 지방과 전라도는 내가 두세 차례 다녀봤으나 경상도로는 한 번도 가보지 못했네."

"경상도요?"

"교난을 피한 교우들이 그쪽으로 많이 갔다더군. 그런 교우들이 우리 일에 큰 도움이 될 게야. 그중에 한 명이라도 우리가 하는 일에 적극 협조할 것을 나는 믿네."

"암요, 우리와 뜻을 같이하는 사람들이 분명 있을 것입니다."

두 사람은 의기투합하여 이튿날 당장 길을 떠났다. 경상도로 떠나기 전에 그들이 먼저 향한 곳은 여주였고, 그 의견을 낸 사람은 갑녕이었다.

"우선 여주로 가는 것이 좋겠습니다. 그곳 부엉골이라는 동네에 가면 우리를 반갑게 맞을 사람이 있구먼요."

하지만 막상 부엉골에 가서 그 사람을 만나자 그는 갑녕을 잘 기억하지 못했다. 갑녕은 애가 달았다.

"기억나지 않으십니까? 십 년 전 김건순 어르신 댁에서 한 번 뵈었는데……."

"김건순의 집? 옳지, 그때 정약종 회장님의 심부름을 왔던 총각이 아닌가?"

"그렇습니다."

"무슨 책인가를 내려는 원고였지, 자네가 가져왔던 것이……."

"정확하게 기억하시는군요."

"내가 어찌 그 일을 잊을 수 있겠는가? 이제 생생히 기억나는구먼."

여주의 송길수는 그제야 두 사람을 반갑게 맞이했다. 그날 처음으로 신태보와 송길수는 인사를 나누었다. 송길수가 그동안 마음에 담아두었던 말을 털어놓았다.

"나는 김건순을 도무지 잊을 수가 없구려. 모든 부귀영화를 누리던 사람이 무엇이 답답해서 천주학에 빠져 참형을 당했단 말인가. 조정의 노론 패거리가 그 친구를 구하려고 갖은 수단을 다 썼음에도 그는 '내가 어찌 주문모 신부님을 모른단 말이오?'라고 말하며 죽었답디다. 주문모 신부님을 모른다는 말만 한마디 했어도 그만이었을 것을……. 그 한마디로 죽고 사는 것이 결정되는데도 그는 죽는 쪽을 택했소."

"찬미 예수!"

신태보와 갑녕은 두 손을 모으고 기도했다.

"그가 죽었다는 소리를 듣고 나는 몇 날 며칠을 울었소. 조선에 있는 책을 전부 읽다시피 했던 그가 스물여섯, 젊은 나이에 그토록 허무하게 죽다니!"

어느덧 송길수의 눈가에 눈물이 번졌다. 사실 김건순과는 말이 친구였지 신분으로 따지면 평민과 양반으로 송길수는 감히 그에게 가까이 다가갈 수도 없는 사이였다.

"그가 죽은 후에 나는 곰곰 생각했소. 이 세상을 떡으로만 살 것이 아니라 말씀으로 살아야 한다는 성서의 글귀를……. 나는 덤으로 사는 사람이니 신부님을 모셔 오는 일에 앞장을 서겠소. 그런 공로라도 쌓아야 먼저 죽은 김건순에게 조금이나마 면목이 설 것이오."

신유교난 때 여주에서도 여섯 명의 목이 잘렸다. 송길수가 그들 속에 끼지 않은 것은 외딴곳에 동떨어져 살았을뿐더러 다른 사람과 접촉하지 않고 김건순만 만났기 때문이다.

"두 사람이 이 일에 앞장선 것을 높이 평가하지 않을 수 없소."

"그런데 남인 학자들이 전부 몰살당하는 바람에 교회에는 연경 주교님에게 서신을 쓸 사람조차 없소. 그것이 큰 문제라오."

"그런 일이라면 내가 추천하고 싶은 사람이 있소. 권철신 어르신의 조카 되는 분인데 문장에 조예가 깊소."

"어떻게 하면 그분을 만날 수 있겠소?"

"그 집안도 풍비박산했소. 그분이 어디로 갔는지는 모르지만 여기저기 수소문하면 찾을 수 있을 것이오."

"그럼 우리가 전국을 돌면서 각지에 숨어 있는 교인들을 찾아보는 동안에 그 사람을 찾아주시오."

"그렇게 하리다."

신태보와 갑녕은 홀가분한 마음으로 여주를 떠났다. 두 달 동안 경상도 교우들이 모여 사는 곳을 두루 돌아본 두 사람은 3월 초에 다시 송길수를 찾았다. 송길수는 그들을 보자마자 권철신의 조카를 찾았다는 반가운 소식을 알렸다.

"이름은 권기인이오. 지금 퇴계원에 산답니다."

"주교님에게 보낼 서신을 쓰겠답니까?"

"직접 만나보시오. 처음에는 그런 글을 못 쓰겠다고 사양할 테지만 그는 틀림없이 써줄 것이오."

"그럼 내일은 그 댁으로 갑시다."

신태보와 갑녕은 긴 여행에 피로했지만 당장이라도 달려가고 싶은 마음뿐이었다.

사흘 후, 두 사람에게 설득당한 권기인은 신태보가 말한 내용을 옮겨 적어 두 통의 서신을 작성했다. 한 통은 연경 주교 앞으로, 또 한 통은 로마 교황 앞으로 보내는 것이었다. 보내는 사람의 이름은 '김 프란치스코'였다. 프란치스코는 바로 갑녕의 세례명이었다.

그해 동지사 편에 갑녕과 이여진이 그 서신을 가지고 연경으로 떠났다. 황사영이 보내려다가 실패한 백서를 대신하여 갑녕이 십여 년 후에 기어코 조선 천주교회의 힘겨운 형편과 신유교난의 성스러운 희생을 연경의 주교에게 전했다. 이듬해에는 마카오의 신부들이 그 서신을 라틴어로 번역하여 로마 교황청으로 보냈다. 멀고도 먼

극동의 조선이라는 작은 나라에서 온 편지는 교황청에 커다란 반향을 일으켰다. 하지만 그들의 답장은 좀처럼 오지 않았다. 교황청에서 수만 리 밖의 조선에 신부를 보내는 일은 쉽게 결정할 수 있는 일이 아니었던 것이다.

이제나저제나 답장을 기다리던 갑녕은 조금씩 지쳐갔다. 그렇지만 결코 포기할 수는 없었다. 하느님이 인내심을 더 가지라고 요구하는 것이리라. 갑녕 대에 신부가 오지 못하면 아들 대라도 반드시 올 것이었다. 갑녕은 그처럼 느긋하게 마음을 먹기로 했다. 하느님이 조선의 천주교인들을 절대 버리지 않으리라는 것, 그 사실을 갑녕은 단 하루도 믿지 않은 적이 없었다. 밖에서 아이들이 노니는 소리가 들렸다. 갑녕은 두 손을 모아 조용히 기도하기 시작했다.

(3권에 계속)